SOLEIL D'OCTOBRE

Du même auteur

Le Vent mauvais, L. Souny, 1993
Les Caramels à un franc, L. Souny, 1995
Le Domaine de Rocheveyre, Presses de la Cité, 1999
Les Vignerons de Chantegrêle, Presses de la Cité, 2000
Jours de colère à Malpertuis, Presses de la Cité, 2001
Quai des Chartrons, Presses de la Cité, 2002
Les Compagnons de Maletaverne, Presses de la Cité, 2003
Le Carnaval des loups, Presses de la Cité, 2004
La Tradition Albarède, vol. I, *Les Césarines*, Presses de la Cité, 2004
La Tradition Albarède, vol. II, *Grand-mère Antonia*, Presses de la Cité, 2005
Une maison dans les arbres, Presses de la Cité, 2006
Les Encriers de porcelaine, éd. De Borée, 2006
Une reine de trop, Presses de la Cité, 2006
Une famille française, Presses de la Cité, 2007
Les Eaux profondes, L. Souny, 2007
L'Homme qui rêvait d'un village, Presses de la Cité, 2008
La Rosée blanche, Presses de la Cité, 2008
Les Fruits verts, L. Souny, 2009
L'Auberge des diligences, Presses de la Cité, 2009
Le Notaire de Pradeloup, Presses de la Cité, 2009
L'Or des Borderies, Calmann-Lévy, 2010

Jean-Paul Malaval

SOLEIL D'OCTOBRE

Roman

Collection
« France de toujours et d'aujourd'hui »
dirigée par
Jeannine Balland

calmann-lévy

COUVERTURE
Maquette : Atelier Didier Thimonier
Peinture de Giovanni Boldoni, *Promenade dans le parc*,
Museo Nazionale di Capodimonte, Naples, © Aisa / Leemage

ISBN 978-2-7021-4194-6
ISSN 2107-2639

1

Une fille à marier

Angéline aimait à passer ses après-midi dans le grenier de la vaste demeure de son père où étaient stockées toutes les reliques familiales. Rien n'impressionnait plus la jeune fille que ces collections de vêtements, de linges, de chapeaux, de parapluies, de gants, de chaussures soigneusement rangées dans des malles ventrues, désormais abandonnées à la poussière dans leur sanctuaire obscur.

Souvent, depuis l'installation des Charpenet à Darnac – c'est-à-dire en septembre 1911 – elle avait visité ces coffres, admiré les chemises de soie blanche, les vestons d'alpaga, les robes pêche et cerise en tulle brodé, les coiffes en satin ornées de fleurs en perles de verre. Elle s'était émue de la conservation des coloris de velours et de mousseline. Le temps n'avait pu en altérer la grâce et la beauté. S'il n'eût été sacrilège de les essayer pour en mesurer le bel effet sur son jeune corps gracile, Angéline se fût exécutée. Mais comme ces précieuses choses avaient appartenu à sa mère, disparue deux printemps après sa naissance, M. Charpenet avait scrupuleusement défendu à sa fille de les caresser, même des yeux. La jeune fille avait fini par admettre le bien-fondé de cet interdit.

L'autorité paternelle oscillait entre la mansuétude forcée et la tolérance raisonnée, sauf concernant l'épisode dramatique qui avait marqué le destin des Charpenet et que les années avaient fini par sacraliser. Sur ce point précis, M. Charpenet n'admettait pas qu'on touchât au culte du souvenir. Et sa fille, du reste, avait toujours eu les plus grandes difficultés à évoquer l'existence de sa mère, tant M. Charpenet refusait d'en livrer quelques images, quelques traits, quelques couleurs. L'émotion ne s'était jamais dissipée en lui, peut-être à cause d'Angéline, de sa ressemblance avec son épouse.

Plus tard, l'intérêt de la jeune fille s'était tourné vers d'autres malles, celles-ci contenant des centaines de livres qui avaient appartenu à sa mère. On ne pouvait en douter puisque les pages de garde portaient toutes, en haut à droite, l'inscription en lettres déliées : *Émilienne Villette*.

– Ta chère mère, expliqua un jour M. Charpenet en écrasant une larme, avait décidé de conserver son nom de jeune fille. C'était une aimable coquetterie de sa part. Elle n'eut pas le temps de m'appartenir suffisamment, reconnut Joseph en fermant l'ouvrage que sa fille lui avait présenté pour quérir un brin d'explication. Sinon, elle aurait fini par adopter notre nom. Mais tu es trop jeune encore pour comprendre ces choses compliquées...

La réaction du père était ainsi, souvent empreinte de singuliers raccourcis, comme s'il voulait chaque fois s'affranchir de quelques justifications nécessaires. Il ne voyait point sa fille grandir, et par conséquent, s'ouvrir à d'inévitables interrogations.

En définitive, la seule bibliothèque que la petite Angéline avait eue à sa disposition était celle de sa mère. Chaque lecture avait nécessité une sorte de transgression, puisque le père avait interdit l'ouverture de ces malles où les livres d'Émilienne dormaient, entassés, de déménagement en déménagement. Il y avait eu Senlis, puis Bordeaux et Saint-Raphaël, avant que M. Charpenet jetât son dévolu sur cette grande maison de

Darnac, dont le lieudit, La Califourche, lui avait servi de nom de baptême.

Un jour, pourtant, Angéline avait osé demander à son père d'installer les ouvrages d'Émilienne dans une bibliothèque, prétextant que ce serait pour elle plus commode de les choisir, plutôt que de fouiller le grenier. Le conseiller à la cour d'appel refusa d'une voix forte et autoritaire. « N'oublie jamais, ma petite, que lire les livres de ta mère, c'est une tolérance. Rien de plus. » En ce temps-là, à Senlis, Joseph Charpenet parlait encore comme un juge, même à sa petite fille.

Angéline se cachait donc pour lire, bien que le conseiller à la cour d'appel ne fût point dupe de sa désobéissance. Mais à court d'attendus, il peinait à justifier sa décision. Le mot tolérance était donc fort bien appliqué à cette situation singulière.

Peu à peu, au fil des années, Angéline acquit pouce par pouce sa liberté. Et ce faisant, M. Charpenet, à trop combattre les ombres, perdit de son ascendance.

Dans cet étrange face-à-face père et fille, les caractères prirent à la longue d'étranges couleurs. Joseph Charpenet abandonna sa superbe de juge intègre et rigoureux, laissant parler la fibre paternelle, tandis qu'Angéline gagnait de l'assurance à contourner, détourner les crises d'autorité.

Elle avait de la diplomatie à revendre, si bien que M. le conseiller s'amusait à engager quelques joutes pour éprouver la rouerie de sa fille bien-aimée. Il n'était plus, entre eux, que le jeu des rôles. Tantôt elle endossait celui du juge, tantôt celui de la coupable. Ce dernier était des plus scabreux car il lui fallait interpréter alternativement l'assassin et l'avocat de l'assassin.

En traversant les jardins de La Califourche, le vieux père, sa fille au bras, chercha un coin d'ombre près des lilas. C'était un matin de mai précoce, la lumière était déjà celle de l'été avec ses ombres courtes sur l'herbe poivrée de fleurs jaunes. Les fleurs de pissenlits étaient aussi en avance, comme les primevères, les violettes et les pâquerettes.

Tout s'était décidé en une semaine, sur un coup de tête. M. le conseiller humait l'air bourdonnant d'insectes. Il n'avait plus assez de sève en lui pour marcher d'un pas leste, ni de rêves d'enfance pour fermer les yeux sur la douceur du jour.

Il conduisait sa petite reine, avec délicatesse, comme il l'eût fait sous le porche de l'église de Darnac. Mais on ne parlait pas encore mariage. On y songeait tout juste. Plutôt, il n'était que Joseph pour s'en inquiéter. La petite Angéline n'avait que dix-huit ans. Trop fantasque pour se résigner aux choses sérieuses. Par la faute des romans d'Émilienne et des mauvais exemples qu'ils mettaient en scène, sans doute.

Dans le clos de La Califourche, il y avait plus d'ombre que de lumière, grâce aux frondaisons des chênes, des tilleuls et des robiniers. Sous cette couverture végétale ne poussaient que des camélias, des rhododendrons, des hortensias, des clématites se satisfaisant d'un soleil tamisé et de l'acidité du sol. Dans les recoins et le renfoncement des murs roses, l'humidité avait favorisé les fougères et les mousses, quelques bancs indomptés d'orties blanches et de lierres rapaces. Hors de portée des hauts arbres, si proches, trop proches de la maison dont ils verdissaient les toitures d'ardoise, il y avait de grands puits de lumière où les rosiers avaient trouvé leur bonheur. C'était pour l'essentiel des variétés sauvages, grimpantes, buissonnantes, aussi négligées que le reste. Peut-être s'étaient-ils appauvris par excès de liberté et de laisser-aller ? Les rosiers n'offraient ici que de chétifs pompons aux couleurs simples et rustiques, mais tellement odoriférants.

Joseph mena sa fille près de la roseraie pour goûter le jour chaud et admirer les teintes dorées des feuillages tendres.

Angéline parlait sans cesse de tout ce qu'elle avait appris sur la vie de Darnac. Tant et tant d'histoires médiocres qui n'intéressaient pas le père. Il aimait simplement entendre le timbre enjoué de sa voix. Cette jeunesse le ravissait et l'horrifiait à la fois. Joseph se voyait vieillir, décliner – il avait eu sa fille sur le tard – et craignait de disparaître avant qu'elle n'eût trouvé confort et sécurité.

Certes, M. Charpenet lui avait apporté une bonne éducation, des études soldées par un brevet élémentaire. Peut-être eût-elle pu devenir institutrice en s'inscrivant aux cours de l'École normale ? Comme il l'avait espéré, du reste. Mais l'occasion ne s'était pas présentée. Ou plutôt, le conseiller de la cour d'appel avait préféré égoïstement conserver auprès de lui sa petite Angéline.

Ils contournèrent quelques anciennes poteries dont la présence balisait l'espace entre les allées et les massifs.

– Nous devrions y replanter nos dahlias, suggéra Joseph à sa fille qui fit la moue. Les tubercules sommeillent dans la cave. Jusqu'à quand hiberneront-ils ? C'est un désordre tout ça.

– Comment père ? Tu sembles me le reprocher ? Je n'ai jamais eu de goût pour les jardins.

Charpenet se mit à ricaner, le visage fermé, les lèvres pincées, comme il en avait acquis l'habitude dans les prétoires, à supposer que la manifestation émotive sur un visage pût révéler quelque faiblesse.

– Tu cultives d'autres jardins secrets, avança-t-il.

– Parfaitement, répliqua Angéline. Tu connais mes péchés, mon petit papa. Tu les connais tous.

Il hocha la tête, le regard lointain. L'insistance des beaux jours avait rendu la nature appétissante à l'œil. Le feuillage avait vite perdu son vert tendre de bourgeons éclatés. Les tilleuls surtout. Les petites feuilles, nouvellement écloses, s'étaient aisément défripées et épandues sur les ramures. Désormais, le vieil homme guettait le moment où l'ombre s'installerait sur son gazon pour y déplier les chaises longues. Ce serait une corvée dont sa petite fille s'acquitterait forcément, en toute hâte, tant elle appréciait ce confort bucolique pour y lire ou y rêvasser.

Quand ils furent parvenus, tous deux, près du mur en pierre rose dévoré par le lierre, là où s'arrêtait la limite de leur propriété, Joseph prit sa fille par la main et l'amena, d'un pas lent et mesuré, jusqu'à l'arbre mort.

– Maintenant il perd son écorce, déplora Angéline.

– Pourtant, je l'avais cru sauvé.

La jeune fille haussa les épaules.

– Tu te répètes, mon petit papa. Ce châtaignier est mort et bien mort. Voilà.

– L'encre, murmura le vieil homme. Une maladie propre à l'espèce. Un nouzillard. Bien greffé.

Et il montra dans un geste circulaire tout l'espace qu'il eût dû conquérir dans le ciel si la maladie n'en avait point décidé autrement.

– Pauvre papa sentimental, s'apitoya Angéline avec tout l'attendrissement qu'elle réservait à ses angoisses. Nous aurions dû en faire du bois de chauffage et le brûler cet hiver dans notre cheminée.

– Jamais. Tant que je serai là, s'indigna Joseph.

La jeune fille ne comprenait pas sa passion pour ce châtaignier, cette obstination à y voir quelque symbole de la fuite des jours. Peut-être était-ce à sa propre disparition qu'il songeait.

– Cette horreur d'arbre mort finira par nous porter malheur, protesta Angéline.

Joseph prit sa fille par les épaules et l'entraîna, serrée contre lui, vers la maison. Elle se laissa faire, abandonnée à l'affection paternelle si rare. Elle goûtait ces secondes avec ravissement, ignorant encore qu'elles n'étaient pas si pures et spontanées.

– J'aimerais connaître ton avis sur une question qui me turlupine, dit Joseph.

– Oui, mon petit papa.

– As-tu réfléchi à ton avenir ?

Elle éclata de rire. Angéline cultivait la désinvolture avec l'innocence des enfants qui ne voudraient jamais grandir. Elle se confortait dans l'idée que le temps est inépuisable et que son vieux papa, tout âgé qu'il fût, serait toujours auprès d'elle, pour la protéger.

– Je parle sérieusement, insista Joseph.

– Voudrais-tu que je parte de La Califourche ? Que tu vives sans moi, seul ? Mon pauvre papa, tu serais si malheureux…

L'homme détourna le visage pour cacher son désarroi. Son cœur battait fort dans la poitrine, sous le fouet de l'émotion. « La vie m'épuise, pensa-t-il. Tout ce qu'il me reste à faire encore avant de partir… »

– Je ne serai pas toujours là, fit-il dans un murmure.

Mais c'était comme une phrase de trop, une funeste pensée, dont l'accent pathétique n'arrivait pas à dissiper l'enjouement de sa fille.

– Dimanche, reprit Angéline, nous irons faire une promenade à Boismoitier avec la voiture du brave Cramois. Il me la prêtera, père. Sa petite jument est docile et je ne crains rien avec elle.

Joseph ne l'écoutait plus. Il n'avait pas envie de se laisser distraire. Le sujet qu'il espérait aborder exigeait de la rectitude dans les mots, les gestes, les silences. Et il se retira en lui-même, comme s'il voulait prendre ses distances avec ces jeux dont elle était friande, les balades en carriole sur le chemin de halage, les visites au hameau de Pertuis, la récolte du cresson dans les fontaines de Jourdan, la cueillette des escargots dans les vieux murs de Darnac...

– Oui, promit-il avec agacement, nous irons à Boismoitier. Mais auparavant, je voudrais que tu m'écoutes, Angéline...

La jeune fille se dressa, soudain, devant son vieux père, le buste droit, les mains jointes, le menton en avant.

– Oui, papa !

– Il faudrait que je te trouve un mari, dit Joseph d'une voix blanche.

Les yeux d'Angéline se mirent à papilloter.

– Un mari. Rien que ça. Où as-tu été pêcher une idée pareille ?

– N'as-tu pas l'âge de songer à ton avenir ?

– Tu ne voudrais pas me marier au premier venu, tout de même ?

Joseph reprit sa marche vers la maison à pas comptés. Il se retourna pour vérifier que sa fille ne s'était pas enfuie à toutes jambes.

– Au premier venu, non ! s'écria-t-il. Mais à un bon parti, oui.

– Et à qui penses-tu ?

Le père n'osa répondre tandis que sa fille insistait avec des cris de colère.

– J'ai ma petite idée, lâcha Joseph.

Cette nuit-là, Angéline dormit dans le bureau où elle s'était enfermée à double tour avec, pour tout repas, une poignée de noix.

2

L'amour est ennemi de la raison

Pour montrer qu'il n'était pas le monstre que les apparences voulaient bien laisser accroire, M. Charpenet faisait porter les repas par Adélaïde jusqu'à la porte du bureau. Angéline se saisissait du plateau, vivement, puis refermait le battant à grand bruit. C'était le seul signe perceptible de sa colère. Celle-ci, peu à peu, s'amoindrit et le claquement de la porte se fit decrescendo, ce qui signifiait que la crise tirait à sa fin.

En effet, au bout de trois jours, Angéline se résolut à quitter sa retraite après un long examen de conscience. « Seras-tu adulte, un jour ? se demandait-elle sur un ton de reproche. Finiras-tu par écouter ce pauvre petit papa qui songe à ton avenir ? Mais un mariage, tout de même… Ce serait finir ma vie d'une bien triste façon… » Angéline ne pouvait imaginer, comme ses personnages de romans préférés, Emma Bovary ou Jane Eyre, que le mariage fût porteur de félicité. Il y avait tant de désenchantement sentimental dans les récits qu'elle adorait, tant de désarroi, que cette perspective ne pourrait se solder que par un fiasco. Si à ce moment M. Charpenet avait eu la possibilité de visiter cette belle âme, il eût été convaincu que le roman, décidément, n'avait qu'un usage chez les jeunes filles : leur mettre en tête des idées fausses sur l'existence.

Le soir même, Angéline se rendit à la table familiale comme si de rien n'était, répondant volontiers à toutes les questions qu'on lui posait, à croire que son exil volontaire l'avait changée du tout au tout. Mais M. le conseiller n'était pas dupe. Il s'attendait à quelques revirements brutaux. Seule, la cuisinière, Mlle Adélaïde voulait bien espérer que la sérénité fût revenue dans la maison.

– Vous disiez, monsieur, qu'Achille Coutureau vous prêterait la main ?

– Ne vois-tu pas comment l'herbe pousse ? C'est une bonne nourriture pour ses vaches, non ?

La vieille dame à la tête d'oiseau se mit à ricaner doucement, pour elle-même, sans trop le montrer. Mais rien n'échappait à l'œil vigilant de Charpenet, rien qui ne lui fût étranger comme ce qu'on pensait de lui, ce qu'on murmurait dans son dos ou ce qu'on préférait lui cacher pour ne pas trop le vexer. Il aimait à débusquer le fond secret de chaque être, car là, forcément, se dissimulait la vérité dont il était friand en vieux juge intraitable.

– Quoi ? Vous ne croyez tout de même pas que ce brave homme ruse avec moi ?

– Je ne dis rien, répliqua Adélaïde.

La jeune fille jouait avec sa fourchette sur la nappe blanche. Elle la tournait, la retournait, comme si son indécision aussi ne cessait de lui tournebouler l'esprit. Épouser, ne pas épouser…

– Vous ne dites rien, Adélaïde, mais vous n'en pensez pas moins. Croyez-vous que je n'ai pas deviné le sens de votre moue ? Vous vous dites que le vieux fou que je suis ne comprendra jamais rien à l'âme paysanne. N'est-ce pas ?

Il la fixait obstinément, sans lui laisser la moindre chance de fuir. Il voulait qu'elle lui répondît sur-le-champ. Pourtant, rien n'était plus insignifiant que cette conversation. Il la poursuivait donc avec un sot acharnement, comme s'il prenait plaisir à la voir ainsi à sa merci, obligée de rendre les armes.

– Oui monsieur, jeta-t-elle. Oui monsieur, vous ne connaissez pas les gens de notre pays. Ils se fichent bien de vous.

Charpenet regarda tour à tour sa fille et sa cuisinière.

– Je laisse pâturer les vaches d'Achille dans mon parc, dit-il, et vous trouvez que ce n'est rien ? Peut-être faudrait-il aussi que je lui verse un dédommagement ?

La cuisinière revint avec sa cafetière en porcelaine, décidée à lui dire le fond de sa pensée, enfin.

– Achille ne vous aime pas, monsieur. Oh non, il ne vous porte guère dans son cœur. Vous pouvez me croire…

– Et pourquoi cela ? Je ne lui ai jamais fait le moindre mal. Au contraire, je suis complaisant avec lui. Ne parlons pas de ses vaches… Ceci est une petite histoire sans importance. Un sujet de taquinerie entre nous.

– Vous lui faites sentir votre supériorité. Cela est insupportable, rétorqua Adélaïde. D'ailleurs, il n'est pas beaucoup de gens à Darnac qui vous apprécient, monsieur. Pour eux, vous êtes un étranger. Et puis vous avez acquis cette grande maison à La Califourche… de quoi faire des envieux.

– J'ai gagné honnêtement mon argent.

Adélaïde repartit d'un pied leste vers la cuisine. Le juge but sa tasse de café d'un trait et fit signe à sa fille de l'accompagner sur la terrasse.

– Achille Coutureau est un vil personnage, dit le conseiller, qui traite ses fils comme des bêtes de somme. Je l'ai vu un jour martyriser son petit Basile parce qu'il n'arrivait pas à tenir les manchons de la charrue. Un bonhomme haut comme trois pommes, chétif et malingre… J'ai eu pitié, certes, mais je n'ai rien fait pour le retirer des griffes de son père. Je me suis dit : « Ce sont les mœurs de ces gens… »

– Pour un sauvage, il en est tant d'autres qui ont le cœur sur la main, répliqua Angéline.

Le père se mit à hocher la tête. Il n'était guère convaincu, mais il hochait la tête quand même, pour clore la conversation sur ce sujet sans intérêt.

– Tu as bon cœur, papa, dit Angéline, mais tu es lâche, aussi lâche que les autres.

Le juge prit le bras de sa fille et la conduisit dans l'allée, à l'endroit où les lilas s'étaient épandus en grappes blanches et violettes. Le soir, toutes les odeurs s'en revenaient, exhalées par la fraîcheur du feuillage.

– Les seringas sont repartis aussi, constata Angéline.

Le vieil homme accusa un peu de fatigue et chercha un banc pour s'asseoir.

– Tu devrais t'accorder plus d'exercice, dit sa fille.

Il la contempla d'un regard envieux. Comme si la jeunesse pouvait comprendre la moindre chose à la décrépitude de l'âge.

– Mes forces s'amenuisent, ma chère enfant.

Angéline n'était guère sensible à ces plaintes, elle se refusait à leur prêter la moindre consistance. Peut-être y a-t-il un brin de comédie dans cette posture ? pensait-elle. Du reste, si le vieil homme avait toujours été avare dans l'expression de ses sentiments, il n'en avait point été dépourvu, mais il les cachait dans le secret de son être, orgueilleux et fier.

– Tu voudrais que je me marie, n'est-ce pas ?

– Il est un bon parti auquel j'ai songé, dit M. Charpenet.

Angéline soupira. Elle se sentait vaincue, résignée, sans force aucune. Pendant ce temps, le conseiller tardait à avancer un nom, celui qu'il avait choisi pour sa fille et qu'elle devrait porter toute sa vie. Angéline ne montrait aucune curiosité, ce qui avait de quoi le surprendre.

– Le jeune Decosteur, lâcha-t-il pour mettre fin au suspens.

Elle tourna vivement la tête vers lui. Il reprit :

– La grande ferme de Bourguenave.

– Les marchands de vaches et de cochons ! s'éleva-t-elle. Quoi, père, tu voudrais me marier à un marchand de vaches et de cochons ? À celui qui s'appelle Théodore ?

Joseph Charpenet balança la tête de droite à gauche pour l'arrêter aussitôt.

– Non. L'aîné bien sûr ! Artus… L'héritier. Quant au cadet ? Quelle drôle d'idée ! Je ne vois pas ce qu'il vient faire là-dedans. Un petit blanc-bec.

Angéline blêmit de surprise.

– Ce gros bonhomme emprunté, balourd, laid comme un pou ? Oh non, tu ne peux pas me faire ça, mon cher père. Ce serait me livrer aux pourceaux.

Le juge hochait la tête. Il s'attendait à la réaction de sa fille, même à des mots très durs. Mais, qu'importe, son jugement était arrêté.

– Artus n'est pas l'idiot que tu dis, défendit Joseph. Au contraire. C'est un garçon doué dans sa partie, l'élevage, le commerce, la terre… Tout ça, fit-il dans un geste enjoué, n'a plus de secret pour lui. Il t'apportera une vie facile…

– À la ferme ?

– Les Decosteur disposent au moins de trois ou quatre ouvriers agricoles, d'une jeune servante et d'une cuisinière. Ils vivent bien. Et je gage que tu ne seras pas malheureuse à Bourguenave.

– Quant à l'amour… déplora avec ironie la petite Angéline dont le feu aux joues trahissait la colère.

– Je n'ai pas les moyens de t'offrir un mariage d'amour, balbutia-t-il.

Ils étaient parvenus au bout du sentier traversant le jardin de La Califourche de part en part. Aux vieux chênes commençait le pays sauvage avec ses végétations indomptées de buissons noirs, d'aubépines et de ronciers.

Angéline aimait à venir au bord de la rivière, là où les rayons du soleil peinaient à descendre. On y trouvait des fraisiers sauvages et des arbrisseaux d'airelles rouges. « Perdre tout cela, sans rien dire, résignée, songea-t-elle en fixant son vieux père, n'est-ce pas trop exiger de moi ? »

Avant de s'établir en Corrèze en 1911, les Charpenet avaient vécu à Saint-Raphaël, dans le beau quartier de la Marine. Inscrite au lycée Saint-Charles de Marseille, Angéline y avait terminé ses études, sans autre intention que d'acquérir une culture générale pour faire un bon mariage. Obsession, déjà, d'un père qui, se jugeant trop âgé pour attendre que sa chère fille fût inspirée par quelque vocation, voulait l'installer au plus vite dans une bonne famille bourgeoise. Mais trahi par les siens, deux présidents de tribunaux de Marseille et de Toulon, M. le conseiller n'obtint point le poste honorable qu'on lui avait promis. Anéanti par cet échec, Joseph Charpenet décida alors de vendre ses derniers biens et de refaire sa vie en Corrèze, dans une région où la terre et la pierre ne valaient rien.

Conséquence de ce choix, à seize ans, Angéline perdit toutes ses amies, laissant derrière elle tant de secrets d'enfance, de complices attaches et de souvenirs tendres. Il lui parut alors que la vie s'en repartait de zéro.

Après la promenade dans le jardin au bras de son père, Angéline alla se réfugier dans la soupente où elle avait caché dans un coffre de quoi écrire. Une fois par semaine, elle adressait une lettre à Gabrielle Giroux, sa camarade du pensionnat Saint-Charles. Cette amitié était le seul trésor qui lui restait des années passées dans le Midi. Du reste, le sentiment était partagé. Gabrielle ne manquait jamais de lui répondre par des lettres plus brèves, certes, mais tout aussi passionnées.

« Père s'est mis dans la tête de me marier, sans tenir compte de mon avis, ainsi brutalement, par un vilain acte d'autorité », écrivit-elle en refrénant ses sanglots. Elle ne voulait point que le papier en portât les traces. Une lettre mouillée de larmes est un terrible aveu. Et sa douleur, sa déchirure, Angéline désirait plus que tout la garder pour elle, c'est pourquoi le ton de sa confession était plutôt crâne et frondeur. Elle ajoutait enfin qu'elle s'y résignerait, à ce mariage, pour faire plaisir à son père. « Même si je n'arrive jamais à aimer mon prétendant, ce ne sera pas un drame. Il est plus d'un roman pathétique qui relate ces contrariétés et cela donne de belles pages tout de même. À croire que l'amour est ennemi de la raison. Et si par pure hypothèse, je tombais dès demain amoureuse d'un jeune homme, je gagerais que mon père m'interdirait de l'épouser. »

3

Bourguenave

Sur les tables décennales de Darnac, on ne comptait plus les générations de Decosteur qui avaient occupé Bourguenave. Ici, sur cette terre grasse et rouge, pesante au soc des charrues, les propriétaires n'avaient su faire que des garçons et surtout des paysans dans l'âme, bien sûr, à n'en plus finir, c'est-à-dire des cultivateurs, des éleveurs, des maquignons. Les rares autres Decosteur qui avaient vendu leur âme au diable en devenant employé du chemin de fer, facteur, tailleur de pierre, maçon ou, pire, ouvrier de manufactures étaient considérés comme des renégats. La valeur de l'homme s'appréciait selon la grandeur de sa propriété, la dimension de sa ferme et aux têtes de bétail qui peuplaient les pâturages.

De ce point de vue, les gens de Bourguenave étaient des seigneurs. Ils avaient acquis toutes les terres fertiles de Darnac à la fin du Second Empire. Et forts de ces vertes prairies, les Decosteur avaient su imposer leur cheptel sur tous les foirails de la région. Il n'était plus une seule foire primée, un comice agricole, un concours d'élevage, sans qu'ils ne remportassent les trophées. Ceux-ci s'alignaient du reste sur les portes de leurs étables : les premiers prix, les prix d'excellence, les prix hors catégorie… Une belle collection datée, entre 1880 et

1910… Et rien ne laissait supposer que l'aventure cesserait un jour.

Les Decosteur étaient une espèce robuste, travailleuse et entreprenante. Roux et blonds, contre toute attente – le pays avait été durablement occupé, jadis, par les Normands – ils faisaient des vieillards à la pelle. L'arrière-grand-père Honorus avait vécu quatre-vingt-dix ans, et son fils Honoré suivait le même chemin tandis que son aîné, Mattéo, s'apprêtait à fêter ses quarante-cinq ans.

Cependant, il n'était pas encore prêt à prendre de son ascendance à Bourguenave. Il faudrait attendre que le vieil Honoré passe l'arme à gauche ou que sa mémoire défaille, signe de déchéance absolue chez les Decosteur. « Nous sommes solides du coffre, avait-on coutume d'entendre dans la famille, mais fragile de la citrouille… »

C'était ainsi qu'Honorus avait commencé à perdre le pouvoir, au premier signe de sénilité. On l'avait relégué à l'étage supérieur de la maison, là où les Decosteur entraient en agonie. Il est souvent des habitudes tenaces sur lesquelles on fonde la tradition. Celle-ci, toute mortifère qu'elle fût, illustrait assez bien l'esprit de famille. Qui cesse d'être utile à Bourguenave finit comme les vieilles reines du rucher, proscrit et reclus.

À la vérité, Honoré Decosteur était proche de la chute, il appréhendait déjà le moment où il ne servirait plus à rien. Cette situation était d'autant plus pathétique que Mattéo guettait le moindre signe pour le conduire à son notaire et lui faire signer les papiers de la succession. Ensuite, on le remiserait à l'étage sans état d'âme. Telle était la rude loi des Decosteur.

Sans religion, sans foi ni principe, sinon l'argent, la terre et le pouvoir, la famille était honnie dans le pays. On craignait leur esprit d'entreprise et de combine, on critiquait leur réussite. L'argent décidément se choisit de drôles de maîtres, pensait-on. De quoi inspirer quelques sermons au curé Langlois. « La fortune ne suffit pas à grandir les âmes, peut-être qu'il est plus de vertu chez les pauvres ? » questionnait le vieux prêtre sans jamais nommer les propriétaires de Bourguenave. Mais chacun avait compris qui, au juste, se trouvait ainsi désigné.

Sa décision prise, M. le conseiller sollicita un second rendez-vous. Mattéo Decosteur le lui accorda à une heure si matinale que Joseph faillit se décommander. « Que ne faut-il pas supporter pour mériter un peu d'apaisement… » se dit-il en maugréant.

Depuis que ses jambes se paralysaient, peu à peu, le juge réduisait ses activités à l'essentiel : lever à dix heures du matin, petite promenade dans le jardin, repas rapide, longue sieste… Ainsi se rétrécissaient ses espérances et ses ambitions, lui qui avait bourlingué de ville en ville, des années durant, selon le bon vouloir de la chancellerie. Parfois, dans ses moments d'inquiétude, Joseph Charpenet imaginait une proche débâcle. Paralysie… Perte de la raison… Effondrement de sa misérable personne. « Avec une fille sur les bras au tempérament d'enfant gâté… songeait-il. Qu'adviendrait-il alors ? »

Blaise Cramois, qui faisait volontiers office de voiturier pour gagner quelques sous, fut à La Califourche dès l'angélus. C'était trop tôt mais, en vieux fonctionnaire zélé, Charpenet avait ses habitudes, ne jamais être pris au dépourvu. M. le conseiller s'était apprêté avec soin, comme pour se rendre chez un notable de Brive. Certes, c'était un brin exagéré s'agissant des Decosteur, mais Joseph voulait conserver son rang par une inflexible hauteur.

Le chauffeur, un robuste bonhomme, portait en toutes saisons le béret vissé sur le crâne. Joseph le fit entrer dans sa cuisine par une porte dérobée en lui faisant signe de laisser ses chaussures cloutées sur le pas-de-porte. Par habitude, Cramois tendit sa main, mais le juge refusa de la lui serrer. Quoi qu'il pensât de son voiturier, Charpenet ne souhaitait entreprendre aucun commerce avec lui.

Joseph se servit une tasse de café et en proposa à Blaise presque à regret. L'homme répondit en baissant la tête :

– C'est pas de refus, monsieur le juge.

Si Charpenet n'eût jamais imaginé déguster son noir autrement que dans de la fine porcelaine, il servit son voisin dans un gobelet.

– Vous allez voir un sacré bon Dieu de butor, nota Cramois.

Le juge l'observa avec un sourire forcé. Il n'avait pas envie de parler des Decosteur. Il savait ce qu'on en pensait dans le pays. Le mutisme de Charpenet ne découragea pas pour autant Cramois. Comme Adélaïde, Blaise avait son franc-parler.

– Pourtant, fichtre, Mattéo, c'est rien à côté d'Honoré. Plus d'une fois, j'ai tâté du fouet du vieux. Sale animal !

– Et pourquoi cela ? interrogea Joseph.

– J'avais posé des lacets dans ses brandes, là où les lapins pullulent comme des tiques sur le dos d'un chien.

M. Charpenet se mit à hocher la tête.

– Le braconnage est interdit, fit-il. Cela peut coûter un an de prison. Vous ne le saviez pas ?

Décidément, il ne pouvait s'empêcher de jouer l'homme de loi. Mais Blaise ne se laissait guère intimider par un juge en retraite.

– Quand le lapin prolifère et s'attaque aux cultures, c'est un bien, monsieur le conseiller. Si l'on avait un peu de bon sens, on devrait comprendre cela en haut lieu. Mais on préfère occuper la force publique à ces bêtises plutôt que de poursuivre les Ravachol.

Dans le placard du haut, Charpenet prit une carafe d'eau-de-vie. C'était une vieille prune qu'on faisait au pays avec de la reine-claude. Il en versa une bonne rasade au voiturier. Celui-ci protesta pour la forme ; il était un amateur de gnôle et celle du juge était l'une des meilleures.

– Si vous le voulez, monsieur le conseiller, je pourrais vous apporter quelques petits garennes. Ils me mangent mes carottes de Laroussie, c'est justice tout de même que j'en prenne un de temps en temps pour me dédommager.

Joseph Charpenet resta silencieux. « Ce n'est pas à moi d'encourager les délits, songeait-il. Mais je puis fermer les yeux, si c'est cela qu'on me demande. »

– Vous êtes un brave garçon, Blaise, finit-il par reconnaître.

L'homme rajusta son béret. Chaque fois, il avait droit à ce compliment : « Un brave garçon, Blaise ! Un précieux serviteur, Blaise ! Un homme serviable, Blaise… » Le vieux radote, pensa-t-il. Mais en s'installant dans sa carriole, il se demanda quel motif pouvait conduire un ancien juge chez un Decosteur de si bon matin.

Le malheureux juge attendit encore une heure au bout d'un couloir infesté de grosses mouches bleues. Enfin, Mattéo, gros bonhomme joufflu et sanguin, vint le chercher pour le conduire dans la salle à manger. Une odeur d'ail avait envahi l'atmosphère. À l'étage supérieur, on y faisait sécher toute la production récemment récoltée, des milliers de têtes, tantôt suspendues à des fils de fer qui couraient d'un bord à l'autre, tantôt posées à même le plancher, où Fanette, petite main à tout faire, allait une fois par jour retourner les bottes pour qu'elles ne moisissent pas.

On installa le juge près d'une longue table couverte d'un napperon. Au centre était posée une soupière dont le couvercle avait été ôté. Celle-ci servait de fourre-tout. Par curiosité, Joseph y arrêta son regard pour voir ce qu'elle contenait : des pinces à linge, des rondelles de caoutchouc pour les bocaux de stérilisation, quelques vieux journaux pliés menus…

– Ça la tient donc tant que ça, mille dieux, dit Mattéo à brûle-pourpoint.

Charpenet fronça les sourcils. Il feignit de ne pas comprendre et le fit répéter dans l'espoir qu'il corrigerait sa phrase. Mais c'était peine perdue.

– Quoi, mon brave, vous savez ce que je veux dire. La jeunesse, ça la travaille. Même nous, qu'quefois…

Il se mit à ricaner en passant une main sur son poitrail. Rien n'était plus drôle pour un Decosteur que de voir son visiteur décontenancé.

– Je crois, monsieur Decosteur, qu'il nous faudrait parler avec un peu plus de sérieux.

Mattéo s'affaissa dans son grand fauteuil à bascule, croisant ses jambes, les bras abandonnés le long du corps.

– J'ai bien compris. Vous souhaiteriez que nous avancions sur la question du mariage. Artus et votre petite Angéline… Ça nous ferait une belle affaire.

Un silence se dessina dans la vaste pièce. Derrière les portes et au bout des couloirs, on entendait de lointains éclats de voix. La cuisinière, les bonnes, et peut-être aussi Lucienne, l'épouse de Mattéo… ce petit monde avait le verbe haut. Des portes se mirent à claquer. Et un grand vent de tristesse tomba, soudain, sur le juge. « Comment se fera-t-elle à cette nouvelle vie ? » pensa-t-il.

– Mon aîné est pour. Il trouve votre fille à son goût. Mais faudrait quand même qu'ils se connaissent ?

Joseph Charpenet opina de la tête.

– Nous pourrions organiser une fête pour eux ? suggéra-t-il.

Mattéo passa une main dans sa chevelure noire graissée par la sueur. Cela faisait trois heures qu'il était levé, trois heures passées à préparer la pâtée aux cochons, à surveiller le travail des domestiques. Puis, il était descendu au fond de ses pacages, jusqu'à la rivière, pour voir ses vaches.

– Diable, tout ça est bien compliqué. Mon Artus n'est pas timide. Y a pas besoin de toutes ces minauderies.

Le juge toisa le paysan avec gravité. Il entendait bien lui faire la leçon, tout en douceur certes, mais la leçon tout de même.

– Angéline a reçu la meilleure éducation. Et je doute que votre fils soit insensible au fait que nous prenions quelques précautions avant de les mettre en présence. Il me paraît tout aussi bien élevé que ma fille, n'est-ce pas ?

Mattéo se redressa enfin dans son fauteuil, renonçant soudain à l'attitude débonnaire qu'il avait adoptée jusqu'alors. Car il tenait, lui aussi, bien plus qu'il ne voulait le laisser paraître, au succès de ces accordailles.

– Mon Artus, c'est un garçon travailleur, sérieux, mais peu habitué aux bonnes manières. Faut que vous compreniez, monsieur Charpenet, que nous nous sommes faits à la force du poignet. Tout ça, ces terres, cette ferme de Bourguenave, les trois métairies de Boismoitier, de Guerdioude et de La Serve ont été gagnées de haute lutte, génération après génération, avec le même objectif dans la tête. Tous les Decosteur sont pareils, des acharnés, des besogneux pour qui un franc est un franc. Chaque fois qu'un petit Decosteur naît, nous achetons cinq ou six hectares de terres par tradition, histoire de lui mettre quelque chose dans le berceau, quelque chose qui compte dans la vie. Mais c'est du travail de faire un troupeau de bonnes bêtes à viande, sans cesse renouvelé. Et de même, tenir cinquante cochons l'an. Sans oublier mes chevaux. Je les élève pour le charroi. Y a de la demande à la Compagnie du chemin de fer. Et les primeurs, les fruits, le tabac, énuméra-t-il avec une certaine jubilation.

M. Charpenet l'écoutait les yeux fermés, les mains jointes. Tant d'étalage le lassait au fond. Il y décelait plus de vulgarité que de pathétique passion. Pourtant, il n'y avait aucun doute, les gens de Bourguenave avaient l'amour de la terre chevillé au corps, de père en fils. Sans autre horizon dans la vie que celui où ils avaient trimé et conquis, sou à sou, le droit de devenir des notables.

– Je note toutefois la différence de nos conditions, releva le conseiller, histoire de ne pas céder sans combattre. Ma fille possède une solide instruction. Elle a obtenu un brevet supérieur au lycée Saint-Charles à Marseille, c'est-à-dire qu'elle pourrait enseigner dans quelque institution tout à fait honorable. Mais je crois que la vie au grand air, la liberté, l'amour des animaux, enfin mille joies pastorales lui agréent davantage…

Le père Decosteur fixait le plafond de son salon et ses rudes poutres noircies par les fumées de cheminée. Il attendit que son visiteur eût terminé son petit discours pour expédier le sien sur un ton vif et désagréable. Lui aussi avait un fils intelligent, puisqu'il avait obtenu le certificat d'étude et qu'il savait mieux compter qu'écrire.

C'est alors que M. Charpenet plaça dans la conversation que sa chère Angéline avait le don de la composition française, qu'elle écrivait souvent. Mais c'était une indication bien inutile, puisqu'ils convinrent l'un et l'autre que, dans l'existence, les chiffres étaient plus importants que les mots.

– Un mauvais calcul est préjudiciable aux affaires, défendit Mattéo, tandis qu'une faute d'orthographe reste sans conséquence…

À ce moment de la rencontre, Joseph se sentait prêt à toutes les démissions. C'était entendu, il donnerait sa fille en mariage à Artus. Et il trouvait même que ces affrontements d'école sur la supériorité de l'une ou l'autre des classes sociales qu'ils étaient supposés représenter ne pourraient, à l'avenir, que nuire à leurs relations. Bien sûr, Mattéo Decosteur serait toujours un paysan rustre, mais possédant plus de bien qu'un conseiller à la cour d'appel en retraite, pour ne pas dire en disponibilité. Certes, Angéline n'y trouverait peut-être pas l'atmosphère bourgeoise et raffinée qui l'avait toujours séduite, mais ce changement de vie lui serait hautement profitable. M. Charpenet ressentait trop de souffrance physique, d'angoisse existentielle pour s'attacher aux états d'âme de sa fille. « Lorsqu'il y a urgence, pourquoi atermoyer, se disait-il. L'occasion ne se présentera pas tous les jours… »

4

Rencontre

Le jeune homme, en marchant sur la panne faîtière comme un acrobate sur un cheval-d'arçons, avait l'agilité et la souplesse d'un danseur de tango. Il allait et venait, sur le fil, d'un bord à l'autre de la charpente. Puis il pivotait sur lui-même, jouant de l'équilibre précaire, et repartait en sens contraire, sans une hésitation, aussi rassuré et tranquille que sur un chemin de crête.

Enhardi par ses succès, les applaudissements des gamins sur la place quelque vingt mètres plus bas et l'attroupement qui se formait peu à peu, le garçon se risqua à marcher, cette fois, à l'aveugle, comme si le vide sous lui n'existait plus. Les spectateurs se mirent à pousser des cris d'effroi, à exulter devant tant de courage, à vociférer aussi contre son inconscience. Les sentiments se trouvaient ainsi partagés entre les hourras et les sifflements, entre ceux qui désiraient toujours plus d'audace et ceux qui exigeaient la fin de ces clowneries.

Puis, le jeune homme parut se lasser de son jeu, cabotin en diable, sous sa casquette de toile bleue. Il alla s'asseoir sur le poinçon qui terminait la charpente de l'église, comme une proue de navire suspendue sur les flots.

– Hé Sylvestre, lui cria-t-on, as-tu fini de faire l'idiot ? Je ne voudrais pas te ramasser sur le pavé… J'en ai connu plus d'un qui a fini tristement.

Le maître couvreur exprimait ainsi sa crainte, tout en faisant signe à son ouvrier de revenir sur le chantier, là où quatre compagnons ajustaient et clouaient des voliges de châtaignier. Mais l'ordre de Philibert ne fut suivi d'aucun effet. Le petit Sylvestre était ainsi fait, bon ouvrier certes, mais indiscipliné comme un chien fou.

– C'est bien le diable. Par ces temps, on ne trouve que des farceurs. C'est à vous dégoûter…, marmonna-t-il entre ses dents.

Mais il y avait pire encore ; Sylvestre, en jouant les acrobates sur son chantier, ne faisait que distraire les arpètes, quand ceux-ci ne se mettaient pas en tête de l'imiter. Pour un rien, dans la petite confrérie des couvreurs, on se lançait des défis plus stupides les uns que les autres : marcher sur les arêtiers ou se tenir debout sur le poinçon, bras écartés. Maître Philibert s'arrachait les cheveux face à tant d'insouciance. N'était-ce pas l'apanage de la jeunesse de se croire sous l'aile d'un ange ?

Le spectacle n'avait pas échappé à une jeune fille vêtue d'une robe à fleurs rose, ton sur ton. Elle se tenait sur le pas-de-porte de la mercerie Coquelle, une ombrelle fermée à la main. Pour mieux profiter de la scène, elle avait ôté son chapeau de paille à large bord d'où bouillonnait avec extravagance un fouillis de rubans multicolores.

– Venez voir, madame Coquelle ! s'écria-t-elle. Il y a un curieux homme-singe sur le toit de notre église.

Elle éclata de rire en portant sur son visage une main gantée.

– Oh mon Dieu ! s'exclama la mercière.

Mme Coquelle détourna le regard pour ne plus voir. C'était le moment inouï où Sylvestre sautait à cloche-pied sur la panne du faîtage, faisait un pas en avant, puis s'en retournait sur l'étroite pièce de bois et prenait l'autre direction, comme sur une marelle.

– Ce jeune fou est-il lassé de vivre ? demanda la jeune fille à sa voisine.

– Mais je le reconnais, le pauvre garçon, c'est le petit Fournel de Portecroix. Tous les gens de ce patelin sont un peu fêlés.

La jeune fille s'en amusa.

– Votre jugement n'a rien de scientifique. Comment pourrions-nous croire, madame Coquelle, que la terre de Portecroix soit propice au grain de folie ? Non. Je crois que ce jeune homme est fou, naturellement fou, mais audacieux tout de même.

– Voyez-vous ça, insinua la mercière. Il vous séduit aussi, n'est-ce pas, avec ses excentricités ? Comme quoi, il ne se donne pas en spectacle sans raison. C'est un cabotin. Il finira dans un cirque. Vous verrez, mademoiselle, vous verrez…

Sur son perchoir, droit comme un i, girouette dans l'attente du vent, le jeune Sylvestre n'avait vu qu'elle, en vérité, la jeune fille devant la mercerie. Celle-ci, toute en blondeur, dans sa robe rose bonbon, tel un emballage de sucrerie, lui avait tapé dans l'œil directement. Et cela l'avait encouragé qu'elle contemplât son manège, dans l'habit sobre du trompe-la-mort. Il en avait rajouté un peu, quitte à prendre quelques risques supplémentaires.

Cette fois, la jeune beauté aux cheveux bouclés était entrée dans le magasin. Il n'y avait plus de raison d'exposer sa vie. Il se laissa couler tranquillement sur le flanc de la toiture, le dos au ciel, comme un scarabée sur une tige de noisetier. Il se retourna deux ou trois fois pour voir la place de l'église se vider peu à peu. Tous les badauds avaient eu leur comptant d'acrobaties. Ils allaient vaquer à leur occupation en tressaillant à l'idée du vertige qu'il leur aurait fallu surmonter pour égaler ce jeune fou.

Sylvestre avait rejoint Philibert sur l'échafaudage, un peu branlant avec ses attaches de fortune.

– Descends donc chercher des ardoises, ça calmera tes ardeurs, petit Sylvestre.

– Non, protesta le jeune homme. C'est le boulot des arpètes.

– Tu obéis ou je te renvoie chez tes parents.

– Je me rends, patron, à un chantage aussi déloyal. Vous le savez bien que pour rien au monde je voudrais devenir paysan, comme mon père.

Maître Philibert rajusta sa casquette en ricanant et fit chuter son crayon de charpentier posé sur l'oreille. Sylvestre rattrapa l'objet de justesse d'un geste si vif que le chef couvreur en resta médusé.

– Toi, mon gars, tu dois être bon pour ramasser les truites.

– Bien sûr, ajouta Sylvestre, je n'ai fait que ça dans mon enfance, choper les farios dans le Maumont, lorsqu'elles s'agitent à contre-courant. Il suffit de les approcher délicatement par-derrière et de les ferrer d'une poigne ferme, à la tête. Sinon, ça vous glisse dans le creux de la main comme une savonnette.

Philibert replaça son crayon sur l'oreille, la pointe passée dans le creux de la casquette.

– Va donc me chercher un lot de dix-huit-six pour finir ces arêtiers. Il n'y a que toi pour les bien choisir, sonnant clair sous le marteau, n'est-ce pas ? Tu connais cette musique, mon gars ? Je vais pas demander ça à des arpètes. Tu me comprends. Le petit Henri n'y connaît rien, pas plus que Jeannot...

Maître Philibert avait deviné ce qui était de nature à remuer le fond de l'âme de son jeunot d'ouvrier, un peu de flatterie. C'était par cette autorité-là qu'il entendait mener ses hommes. Et cela lui rapportait plus d'estime que de ressentiment.

– Allez garçon ! Prends donc l'échelle pour rejoindre le plancher des vaches. Ce n'est pas la peine de descendre à la corde. Y a plus de filles à épater à cent mètres à la ronde...

Au moment où Sylvestre Fournel composait son lot d'ardoises, en les faisant chanter près de l'oreille avec le soin extrême d'un compagnon couvreur, la jeune fille sortit de la mercerie. Elle ouvrit son ombrelle, traversa la place en roulant des hanches. Sa robe de mousseline virevoltait autour de ses jambes ; elle allait d'un bon pas pressé. Et même dans cette hâte, qui eût pu passer pour une sorte de fuite, il se dégageait d'elle une grâce jusque dans le port de tête altier. Sylvestre se retourna lorsqu'elle vint à sa hauteur. Elle feignit d'ignorer le jeune homme qui la toisait effrontément, mais en y mettant tellement de désintéressement que cela sonnait faux. Sans doute, sa timidité naturelle l'obligeait-elle à disparaître au plus vite, avant les quolibets et les sifflets des garçons.

– Vous êtes nouvelle, ici, mademoiselle ?

Elle s'arrêta net, suspendue au silence d'un regard qui ne la quittait plus et qu'elle se refusait à croiser pour l'instant. Pour fuir, il lui suffisait de faire vingt pas à peine et de prendre la petite rue du marchand de légumes, celui qu'on appelait si curieusement Choux-Pierrot. Mais elle demeura quelques secondes immobile, et ce fut suffisant pour que le garçon la relançât.

– Une étrangère, à coup sûr, un peu fière..., poursuivit-il d'une voix moqueuse.

– C'est vous qui faites le fier sur le toit de l'église, répliqua la jeune fille.

Tout encourageait donc le jeune homme à s'avancer vers la gracile silhouette. Mais pas trop tout de même. Habitude de chasseur : la promptitude égare la proie. Cette comparaison qui lui était venue en tête l'amusait assez, bien qu'il sût que la belle étrangère ne tomberait jamais dans des rets aussi grossiers. Pourtant, elle pivota légèrement, fit bouger l'ombre sur le pavage de la place. Le garçon fixait cette ombre mouvante, peut-être pour ne pas la regarder le premier, peut-être pour lui laisser le loisir de l'observer sans crainte.

– Je ne faisais pas le fier, se défendit-il. Mon métier consiste à marcher sur les toits. J'ai des semelles pour ça.

– Et des ailes, de belles ailes, en auriez-vous aussi, si par malheur, vous veniez à chuter ?

Elle avait posé son regard sur lui, tandis qu'il gardait les yeux rivés au sol, absorbé par sa pensée. « Des ailes, quelle belle idée » songeait-il.

– Je ne tomberai pas. Je l'ai décidé. Ça suffit à me rassurer, dit-il.

– Jeune fou que vous êtes, vous finirez par vous rompre le cou, vous dis-je.

Sylvestre s'approcha pour contempler le visage dont une partie était cachée par un chapeau. Il voulait la voir tout entière, persuadé de sa beauté. Et il ne fut point déçu. Quelques mèches blondes bouclées fusaient de sa coiffe. Un peu de rose brouillait son sourire. La lumière était tellement éblouissante, qu'elle se forçait à écarquiller les yeux. Ils étaient bleus et transparents, limpides et calmes, comme une eau de lagon. « S'y perdre ou plutôt s'y égarer... Décidément, c'est moi la proie » pensa-t-il en s'approchant encore, jusqu'à ce qu'elle détournât la tête, légèrement de côté. Il distingua alors assez nettement le profil. Il y avait de la douceur, par-delà les mots qu'elle avait prononcés, « jeune fou », dans un accès de colère. Jamais son visage ne s'était départi de cette douceur, si bien que les reproches qu'elle lui avait adressés semblaient faire contraste.

– Vous n'arriveriez pas à vous mettre en rage contre moi, dit-il. Même si vous le vouliez…

– Il me serait triste de vous voir blessé ou…

Elle n'osa ajouter le mot qui lui répugnait le plus, et dont elle avait saisi le sens, si jeune, lorsque sa mère avait quitté ce monde.

– Je me nomme Sylvestre, dit-il. Et vous ?

La jeune fille hésita à répondre. On lui avait enseigné la méfiance dès son plus jeune âge. Mais c'était une défense inutile à ses yeux, rien ne sert de se cacher, de soi ou du regard des autres. Pour une fois, elle avait envie de trahir les préceptes de sa bonne éducation, et faire plaisir à ce garçon ténébreux et inquiet.

– Angéline Charpenet, avoua-t-elle.

Cette nuit-là, Angéline ne put trouver le sommeil. Sans doute avait-elle été impressionnée par le numéro d'équilibriste du jeune ouvrier sur son toit, mais cela n'expliquait son désarroi. Les raisons étaient ailleurs, loin d'une exhibition qui l'avait sans doute effrayée mais qui eût pu être oubliée dans l'heure s'il n'y avait eu ensuite une brève rencontre. Quoiqu'elle s'en défendît, son trouble venait donc de là, une simple conversation. Néanmoins, Angéline eût été incapable de se souvenir mot à mot du dialogue engagé, auquel elle avait voulu se soustraire, mais elle comprit en se tournant et se retournant sur sa couche qu'elle ne serait pas prête de l'effacer de sa mémoire, ce regard noir, pénétrant, sous une chevelure broussailleuse.

C'est en entendant les douze coups de minuit sonner à l'horloge du salon que la jeune fille se décida à quitter son lit. Elle fouilla dans le tiroir de sa table de toilette et y dénicha un ruban de soie pour nouer sa chevelure ramassée en queue-de-cheval, se couvrit d'un châle et alla s'asseoir devant son bureau.

Une fois encore, Angéline se confia par écrit à Gabrielle. La description de la rencontre lui inspira tant de détails fantasques que son amie de Saint-Raphaël ne manquerait d'y voir ce qu'il y avait à comprendre du reste, quelque chose comme la naissance d'un amour.

Cela sonnerait bizarrement, ce curieux contraste entre ses deux dernières lettres : dans la première, elle y annonçait un proche mariage de raison et, dans la seconde, un trouble amoureux pour un garçon presque inconnu. Il y aurait de quoi laisser perplexe la pauvre Gabrielle. Mais Angéline ne se découragea pas pour autant.

Une semaine plus tard, presque par retour du courrier, Angéline reçut la réponse qu'elle attendait. « Il faut choisir le camp de la passion contre celui de la résignation » conseillait Gabrielle. En laissant glisser la missive sur le tapis, devant elle, observant rêveuse la lumière jouant dans les tilleuls, elle se dit : « Je ne l'ai guère vu plus de cinq minutes, ce jeune Fournel… Comment pourrais-je en être déjà amoureuse ? »

Angéline voulut en avoir le cœur net. Elle descendit à Darnac par le chemin qui longeait le cimetière. Elle aimait la fraîcheur de ces lieux où le sentier se faufile dans un creux de roche. En toutes saisons, l'eau sourdait de la pierre rouge où s'accrochaient des paquets de fougères dentelées, parfois minuscules, parfois exubérantes. Elle prit ensuite la rue

Saint-Pierre. Cet itinéraire ne lui était pas coutumier, elle lui préférait la grande rue du Lavoir. Mais Angéline savait que, une fois parvenue à l'angle de l'immeuble Morvillard, elle pourrait apercevoir, sans être vue, la place de l'église. C'était ce qu'elle désirait le plus : ne point se laisser surprendre.

Elle s'adossa à la glycine, dont la liane noueuse courait sur le mur à hauteur de son visage. D'une main, elle écarta le feuillage, celui-ci faisait une protection idéale pour se dissimuler. Mais en cet endroit, les abeilles butinaient les grappes de fleurs odorantes et, à se tenir trop proche, Angéline faillit se faire piquer. Tant de témérité lui tira un soupir. « Moi qui ai peur de tout, décidément je ne me reconnais plus. »

La jeune fille aperçut, parmi les siens, Sylvestre Fournel. Il était occupé à trier des ardoises sur un établi accolé au mur de l'église. Elle attendait qu'il se tournât vers l'épicerie Coquelle pour surgir enfin en pleine lumière. Mais le garçon s'y refusait obstinément. À vrai dire, Philibert surveillait son arpète du coin de l'œil, et ce dernier n'osait plus broncher depuis qu'une charge de belles ardoises retaillées lui avait échappé par mégarde.

Angéline se décida enfin à quitter son poste d'observation. Elle entra sur la place comme sur une scène de théâtre, timide et hésitante. En voyant la belle jeune fille dans sa robe de mousseline blanche, les jeunes ouvriers perchés sur leur échafaudage sifflèrent en chœur. Un tel accueil, plutôt cavalier, eût dû suffire à la chasser instantanément. Mais au contraire, elle freina le pas, déterminée à croiser enfin le regard de Sylvestre Fournel. Mais le jeune homme ne prêta guère attention aux cris qui fusaient autour de lui, tout occupé à son tri minutieux. Et Angéline traversa la place sans être parvenue à ses fins. Un sentiment de découragement s'empara de la jeune fille tandis qu'elle montait vers le jardin d'un pas nonchalant. « Ne suis-je pas stupide de me mettre ainsi des idées en tête… Ce Fournel est un idiot comme les autres. Je n'ai rien à attendre de lui. »

Ainsi se torturait-elle entre rage et désolation, oscillant d'un sentiment à l'autre, comme s'il n'était plus pour elle, désormais, d'autre choix que de se rendre au projet du père. « Autant s'y conformer sans réserve, se disait-elle, le plus vite sera le mieux. » Elle chercha l'ombre des marronniers dans le jardin clos où l'on avait disposé des bancs sur le pourtour de l'allée en castine rose. Elle aimait cet endroit parce qu'il ressemblait, en minuscule, au jardin Valescure près de Saint-Raphaël. Angéline avait la nostalgie de ses années passées sur la côte, si bien qu'elle ne comprenait toujours pas pourquoi son père avait choisi de quitter ce paradis pour un exil en Corrèze. Elle entrevoyait bien quelques raisons pécuniaires, mais se refusait à les entendre. On l'avait élevée dans cette sorte d'état d'esprit bien particulier, selon lequel l'argent ne concerne pas les enfants, qu'en parler est aussi inconvenant que les histoires de sexe. M. Charpenet ne se cachait-il pas de sa fille lorsqu'il faisait ses comptes ? Et chaque fois qu'il se rendait chez son notaire, il s'arrangeait pour qu'elle ignorât la nature de ses démarches…

5

Les grandes manœuvres

Monsieur Charpenet s'interrogeait souvent sur la débauche de toilettes de sa fille. Il s'interrogeait d'autant plus que cette frénésie était inédite chez elle. Mais le père ne s'en inquiétait guère plus, puisque cela ne lui coûtait rien. Angéline n'avait eu qu'à ouvrir les malles de sa mère et se servir, au gré de sa fantaisie. Ainsi Joseph revoyait-il défiler devant lui, par toutes ces robes en soie, satin, mousseline et linon, ornées de motifs brodés tantôt fleurs, tantôt chenilles ou perles, des images d'autrefois. Le vieil homme ne parvenait à dissimuler son émotion. De petites larmes embrumaient son regard, et pour ne point être pris au dépourvu, il détournait bien vite la tête.

Certes, les coupes de certaines robes étaient un brin vieillottes, passées de mode, avec leurs faux-culs, leurs manches gigot, leurs crinolines et, bien qu'Angéline les portât avec élégance, elles détonnaient au point qu'on n'eût pu sortir ainsi vêtu dans la rue. Elles avaient été conçues, ces belles robes d'avant 1900, pour les soirées dansantes et nul autre lieu où elles eussent paru ridicules et malaisées.

– Je ne peux me résoudre à croire que ma chère petite maman portait ces choses extravagantes.

– Et pourtant..., soupira Joseph.

– En quels lieux ? Me diras-tu, père ?

M. Charpenet se sentait sur des charbons ardents. Il n'était conversation plus scabreuse que celle-ci. En ces temps-là, si lointains, et à jamais enfouis dans un recoin de sa mémoire, M. le conseiller et madame s'offraient des virées à Monte-Carlo, à Bagatelle, et dans les salons parisiens où se montraient les célébrités du moment, passage Vivienne ou maison Lapérouse…

– Nous étions mondains, outrageusement superficiels, futiles sans doute, par inclination… Puisque nous ne manquions pas d'argent.

– Je ne te vois pas ainsi, père.

Il eut un sourire embarrassé. Cela lui coûtait d'évoquer cette époque pour laquelle il n'éprouvait plus que mépris.

– C'était le goût de ta chère mère, nous faire courir dans tous les endroits à la mode. Émilienne possédait ce penchant frivole, comme si elle craignait que le rêve que nous vivions, les yeux ouverts, s'interrompe soudain. Peut-être avait-elle le pressentiment qu'elle partirait prématurément. On ne sait quel mystère habite nos âmes. Contre toute raison, l'existence est un tourbillon qui nous emporte et l'insouciance une drogue douce qui accélère le temps. Parfois, nous espérions que cette vie légère ne s'arrêterait jamais.

Joseph fit tournoyer sa main avec lassitude. Angéline aussi se mit à valser au milieu du salon de La Califourche, enflant ainsi ses vieilles broderies, leur redonnant vie si brièvement que M. Charpenet ressentit à l'endroit du cœur un sourd pincement.

– Arrête donc cette comédie, ma pauvre enfant.

Angéline se retira aussitôt dans sa chambre pour ôter sa robe de moire, pestant contre les pressions et les crochets qui résistaient à son impatience. Le lit était encombré de vêtures luxueuses, flambant de couleurs vives, avec leurs motifs sophistiqués : pompons et dentelles Chantilly, biais en satin, galons en brandebourg... Elle ne pouvait se résigner à les ranger dans le coffre d'où elle les avait tirées d'un si long sommeil. Il lui avait suffi de les enfiler pour qu'elles reprennent vie. Et par chance, Angéline avait la taille mannequin de sa mère ; rien n'était à reprendre, nulle pince à réduire ou à élargir. C'était un miracle, en somme, qu'elle fût ainsi la copie conforme d'Émilienne à son âge, d'où le trouble de Joseph, revoyant son amour passé sous les traits de sa fille.

Un jour, M. Charpenet se fâcha et reprit ce ton cassant qui lui était propre et qui lui avait tant servi dans sa fonction. Il exigea de sa fille qu'elle remisât toutes les robes dans leur sarcophage de vieux cuir. Pour un peu, il eût fait un mauvais sort aux antiquités, comme il disait, peut-être un feu de joie au bout du jardin, mais il lui restait un petit fond superstitieux. Néanmoins, on se décida pour la chambre Empire (ainsi nommée à cause du papier peint orné d'abeilles dorées sur fond vert) qui servait de débarras. Les robes d'Émilienne rejoignirent donc les collections du *Gaulois* et de *L'Illustration*.

À la vérité, le vieil homme ne supportait plus que sa fille conservât ses manières d'enfant maintenant qu'il envisageait de la marier. L'évocation du passé, avec sa cohorte de souvenirs, photos, lettres, livres, vêtements, ne faisait que retarder le moment, à ses yeux, où l'on entrerait enfin de plain-pied dans une vie nouvelle. C'est pourquoi il bataillait, souvent avec brusquerie, pour qu'Angéline s'en séparât. Mais il lui paraissait au contraire qu'elle s'y accrochait avec force, sentant confusément sans doute que le passage de l'autre côté lui serait douloureux et qu'il marquerait irrémédiablement la fin de ses rêves.

– Ma chère petite, nous allons avancer dans notre projet, dit-il un soir alors qu'il dégustait un petit cognac et un bon cigare. Finissons-en. J'ai conclu toute l'affaire. Les conditions de ton union avec Artus Decosteur sont posées. Tu n'auras pas à le regretter. Celles-ci sont à ton avantage. Fort heureusement. Car je ne serai pas toujours là pour te protéger…

Contrairement à la dernière fois, Angéline resta immobile, tête baissée, soumise. Mais lorsque le père fit allusion à sa disparition dans un proche avenir, la jeune fille alla se blottir contre lui, posant la tête sur ses genoux. Joseph, s'il n'aimait guère les démonstrations, céda, pour une fois, en caressant doucement la longue chevelure blonde de sa fille. Il sentit poindre en elle des sanglots étouffés. Elle n'osait larmoyer, parce qu'il l'avait élevée en espérant l'endurcir, sans grand succès il est vrai.

– Je t'obéirai, mon petit papa, n'aie crainte, promit-elle.

M. Charpenet repoussa sa fille avec plus de délicatesse qu'il n'aurait voulu ; il se sentait vulnérable à ce moment de leur conversation. Elle chercha une chaise et vint s'asseoir devant lui. Il n'aimait guère qu'elle restât à genoux sur le tapis, comme autrefois lorsqu'elle quêtait des caresses de chatte.

– Nous aurons un beau mariage, lança-t-il d'un air faussement enjoué.

– Je le crois, ajouta-t-elle.

– Après la cérémonie, nous nous rendrons tous chez les Decosteur. Mattéo tient à ce que nous ayons un bon banquet avec de nombreux invités. Ce sera un peu pénible, je le conçois. Mais la famille d'Artus est imposante, des frères, des sœurs, des tantes, des cousins et que sais-je encore ? Ce n'est pas comme chez nous ; notre famille se résume ainsi, toi et moi. Du côté des Charpenet et des Villette, il n'est pas un seul membre qui consentirait à faire le déplacement. Du reste, je ne voudrais pas que nous dérangions tout le monde, que nous fassions des histoires pour…

Le vieil homme s'interrompit soudain, mesurant l'incongruité de son propos. Mais Angéline n'attacha guère d'attention à ce qu'il avait dit, sachant combien la famille Charpenet était désunie, éparpillée, sans lien aucun.

Le cognac et le cigare étaient réservés au dimanche soir et à nul autre jour. Son cœur et sa mauvaise circulation sanguine n'autorisaient à Joseph qu'une seule folie par semaine. Autrefois, il aimait à boire de la grande champagne quinze ans d'âge et fumer des cigares cubains, des Hoyo de Monterrey de préférence. C'était un rituel auquel il s'était accoutumé dans les cercles à Paris, au temps de sa splendeur, lorsqu'il gagnait cinq mille francs l'an et que ses titres lui rapportaient l'équivalent : Panama, chemin de fer russe, armateur-ligne Delaigre de la franco-algérienne...

M. Charpenet prit sa fille par la main et la conduisit dans son bureau. Pour la première fois de son existence, il lui parla argent.

– Ta dot de mariage sera de soixante-dix mille francs, fit-il. C'est une coquette somme. L'équivalent de notre maison.

Angéline l'écouta sans un cillement du regard. Elle ne connaissait rien à la valeur de l'argent, mais elle avait compris, néanmoins, que cette manne lui assurerait sa subsistance. De prime abord, elle exulta en calculant que, le salaire annuel d'un ouvrier étant de trois mille francs au moins, elle serait à l'abri pour les vingt prochaines années au moins. Vingt ans, ce lui paraissait tellement long, tellement loin, qu'elle soupira en imaginant sa vie future. En tout cas, elle n'aurait pas de compte à rendre à un mari.

– Oh papa ! s'exclama-t-elle, je ne sais comment te remercier...

Joseph l'observa gravement par-dessus ses lunettes. Il la sentait immature, une indécrottable petite fille, sans un gramme de cervelle. « Comment avons-nous pu faire une enfant aussi inconséquente ? » se dit-il. Pour une fois, il associait Émilienne à sa déconvenue. Pourtant, quand il s'agissait de vanter sa beauté, sa grâce, son élégance, il en revendiquait la paternité pleine et entière.

– Ce n'est pas ce que tu crois, ma chère petite, reprit Joseph. Il faudra mettre cet argent dans l'affaire de ton mari, afin que vous puissiez le faire fructifier ensemble. Sinon… tu en verras vite le bout.

– Mais je ne le ferai pas puisqu'il m'appartient.

– Votre alliance réciproque devra être placée sous le sceau de la confiance. C'est ainsi un mariage, une union indéfectible.

– Ne pourrais-tu exiger que mes biens soient préservés ? insista Angéline.

Le père la foudroya d'un regard autoritaire.

– Ce ne serait plus une dot alors…, dit-il en haussant les épaules.

La jeune fille baissait la tête. Elle n'acceptait pas que l'argent de sa famille fût à la disposition des Decosteur. « Ce serait me placer sous leur coupe. Comment père ne peut-il saisir cette simple évidence ? » se demandait-elle.

– Du reste, ajouta Joseph, Mattéo Decosteur apportera lui aussi une contribution importante. Quatre-vingt mille francs de terres, de bâtiments agricoles et d'outillage aratoire…

Le vieil homme avait espéré l'apaiser par cette nouvelle mais, au contraire, elle se dressa de colère.

– Ça ne leur coûtera rien, eux ! Ils ne feront que mettre dans la balance leurs terres cultivables et leurs fermes qu'ils exploitent déjà. Simple jeu d'écriture, mon bon papa… Tandis que nous, hélas, nous abonderons une coquette somme, dont je ne pourrai même pas disposer sans l'accord de mon futur mari. Je crains de ne voir jamais la couleur du moindre sou.

M. Charpenet accueillit la réflexion de sa fille avec stupéfaction. Une heure auparavant, elle était encore une petite fille superficielle, essayant les robes de sa mère avec des manières précieuses. Ne lui avait-elle pas dit avec assurance : « Il y a au moins trois robes chics qui feraient bien l'affaire pour mon prochain mariage. Ce ne sera pas la peine de se mettre en frais » ?

Après coup, dans la solitude de sa chambre, Angéline réalisa que les arrangements de son prochain mariage étaient déjà conclus. Tout avait été négocié sans qu'elle n'eût été consultée. La question de la dot était tranchée par-devant notaire sans doute. « Je n'aurai même pas la satisfaction d'épouser un homme que j'aime », s'indignait-elle.

Le lendemain, devant son père qui dégustait un café face à la fenêtre de la cuisine, contemplant la lumière dans les tilleuls dont les ramures basses affleuraient la façade, Angéline lui servit en guise de bonjour :

– Je n'aurai même pas la satisfaction d'épouser l'homme que j'aime…

Sans s'en rendre compte, elle avait donné un autre sens à la phrase énoncée la veille dans sa chambre. « L'homme que j'aime » et non plus « un homme que j'aime ». Cela en changeait du tout au tout la signification. Joseph sursauta de surprise et il saisit au passage le pan de la robe de chambre de sa fille pour l'arrêter à sa hauteur. Elle n'opposa aucune résistance bien qu'elle fût d'une humeur massacrante.

– L'homme que tu aimes ! Ai-je bien entendu ? Me diras-tu enfin qui tu aimes, ma chère enfant ?

La panique s'était emparée de Joseph Charpenet. Il avait misé sa tranquillité, sa sérénité sur ce mariage et espérait pouvoir enfin partir l'âme en paix. Angéline parut étonnée par la vive réaction de son père. Mais à ce moment, elle se rendit compte de l'ambiguïté de son propos, et comme elle était plutôt intelligente malgré son immaturité, elle flaira que son inconscient lui avait joué un tour malicieux.

– Oh non mon cher papa, se défendit-elle, je parlais de l'amour en général. Il ne t'aura pas échappé que mon union avec Artus Decosteur ne sera, tout compte fait, rien d'autre qu'un mariage de raison.

– Tu n'aimeras jamais cet homme ? interrogea Joseph.

– Avec le temps, peut-être finirais-je par lui trouver quelques qualités.

– Bien sûr, se persuada M. Charpenet, l'amour est un sentiment qui a besoin du temps pour se fortifier et grandir, comme nos baliveaux souvent chétifs les premières années qui, soudain, croissent et se développent contre toute attente, parce que les racines ont enfin trouvé la bonne terre nourricière.

Plus tard dans la journée, Angéline se remémora l'instant où son père l'avait prise en flagrant délit de lapsus et elle en rougit de honte. « Mais non, c'est impossible, se dit-elle, je ne peux pas aimer ce jeune homme que je n'ai vu qu'une fois ? Certes, il possède un beau visage grave et ténébreux, mais qu'y a-t-il derrière cette apparence ? Il se peut que l'enveloppe ne soit qu'une enveloppe, de quoi faire tourner les têtes des belles dames et rien d'autre. »

Cette lucidité lui parut convenir à merveille à sa situation. Elle prenait même un malin plaisir à se mortifier. « Que ferais-tu d'un petit amoureux de cet acabit ? Il te rendrait ridicule aux yeux de papa, et pire encore à tes propres yeux… »

Elle n'était pas si sûre en vérité des mots qui l'éloignaient de ses rêveries, et pour les bien comprendre, elle eût dû les poser sur le papier, encre verte sur bristol bleu selon son habitude. Mais c'était une tentation qu'elle ne s'autoriserait plus désormais, comme l'on craint de succomber à un désir trop fort et destructeur, pas plus du reste que d'envoyer une nouvelle lettre à son amie de Saint-Raphaël. « De ce côté-ci, on me raillerait, se dit-elle. On raillerait ma complaisance à sombrer dans la facilité. Sécurité, platitude, obligeance : ce que contient tout mariage arrangé en somme. » Et elle se mit à hurler de rire, si bruyamment que M. Charpenet accourut vers sa fille.

Joseph comprit à ces réactions intempestives, outrées, pour ne pas dire hystériques, qu'il lui fallait hâter le mariage.

6

Artus

Pour sa première visite à Bourguenave, M. Charpenet avait tenu à ce que sa fille fût vêtue d'une robe stricte, vert foncé, avec un col en tulle brodé de fleurettes. La tenue fut l'objet d'une âpre négociation entre le père et la fille.

– Pourquoi apparaître telle que je ne suis pas ?

– C'est-à-dire ?

– Vieille fille qui court vers sa dernière chance.

Joseph éclata de rire. Angéline avait à peine dix-neuf ans, et c'était la première fois qu'elle se laissait conduire à des accordailles.

– Pour la surjupe, ce sera non, trancha-t-elle.

Aussitôt, elle se mit à l'œuvre pour enlever la pièce de tissu. Il est vrai que cette seconde jupe épousant les courbes de la première, mais coupée à mi-hauteur, ne faisait qu'arrondir ses hanches. Elle en avait condamné le ridicule devant une psyché. Les ciseaux défirent les accroches, rapidement. Mais M. Charpenet ne s'en laissa conter pour autant. Il alla vérifier dans le contre-jour de la porte d'entrée si le vêtement ne trahissait pas quelques transparences fâcheuses, car le tissu, un taffetas de soie sauvage bien tissé au demeurant, lui avait paru trop léger faute d'une doublure de mousseline.

Angéline ne supporta guère cet examen.

– Je me marie ou j'entre au couvent ?

Le père ne prisa guère la réflexion.

– Étais-tu aussi tyrannique avec maman ?

M. Charpenet baissa la tête. Si Émilienne avait conservé cette surjupe ou si elle l'avait fait monter par un atelier de couture du Sentier, c'était par pur souci d'élégance. Certes, la mode actuelle avait évolué vers plus de légèreté, de souplesse, mais M. Charpenet n'en était pas encore informé.

Avant de quitter la maison, Angéline se coiffa d'un toquet en velours vert. C'était la note parfaite, provocatrice, dont elle n'eût pu se passer pour être à l'aise dans cette nouvelle aventure. Curieusement, M. Charpenet ne trouva rien à redire. Il aimait les chapeaux, tous les chapeaux de femme, même les plus extravagants comme en inventa le grand siècle et dont toute la mode future se nourrirait avec gourmandise.

Blaise Cramois avait arrêté sa voiture à cheval près du grand escalier. Le cocher de circonstance était maniaque au point de vérifier les attaches de sa vieille jument à tout moment. Aussi, négligea-t-il l'arrivée de la belle demoiselle, qui attendait sans doute quelque compliment, même venant d'un paysan. Lorsqu'il se redressa, tournant le regard vers Angéline, il comprit enfin le sens de ces allées et venues entre La Califourche et Bourguenave.

– Des fiançailles, fichtre, fit-il en parlant dans sa barbe.

Adélaïde avait accompagné les Charpenet jusqu'au pied de la carriole. En entendant le mot fatidique, elle pinça le dos du voiturier.

– Tu as oublié de nous porter deux lapins de garenne.

Cramois se mit à ricaner. Sa moustache jaunie par le tabac se voulait fringante, mais elle puait l'ail. Blaise espérait toujours prendre la cuisinière par surprise pour lui voler un baiser. Mais cette dernière se méfiait de ses réactions.

– Toujours amoureux, animal, observa-t-elle.

– À Darnac, j'ai compté, reprit Cramois, il y a plus de vingt cœurs à prendre, et aucun qui veuille du pauvre Blaise. Faut-il que je change de pays, foutre Dieu ?

M. Charpenet aida sa fille à s'installer sur le siège de la voiture. Puis, il monta à son tour, en grand habit et chapeau gibus. Il portait le gris avec facilité ; le gris et le noir avaient fait partie de son quotidien dans les couloirs des tribunaux et les prétoires de justice. Cela continuait par-delà la retraite. Il n'avait jamais songé à mettre un peu de fantaisie dans sa mise, puisque la rigueur, la raideur, l'autorité étaient toute sa vie, un sacerdoce.

Blaise accompagna Adélaïde jusqu'en haut de l'escalier. Elle avait l'air de fuir son tenace galant aux manières relâchées avec amusement.

– Il ne va pas la donner à un Decosteur, tout de même ? interrogea le voiturier.

– À Artus, murmura Adélaïde consternée.

– Ce putois ! jura Cramois.

Pour accueillir la fiancée de son aîné, Mattéo avait fait balayer la cour de ferme. On avait fait enlever aussi un tas de fumier proche de l'étable, par crainte que les odeurs n'incommodent des nez trop sensibles. Du reste, Decosteur en avait profité pour faire la leçon à ses fils. Ils devraient rendre Bourguenave attrayant à l'avenir, c'est-à-dire ne plus laisser traîner les outils, passer le pavage de la cour à grande eau une fois par semaine, interdire les volailles devant la maison familiale, badigeonner les murs des dépendances à la chaux et désinfecter au grésil les lieux d'aisance et les poulaillers…

– C'est donc une princesse que tu vas épouser, mon pauvre Artus, ironisa Théodore.

Le frère cadet était sans doute jaloux de n'être pas le premier des Decosteur. On l'oubliait aisément dans les partages, bien qu'il fût le préféré dans la maison, le protégé du grand-père Honoré. Lucienne, la mère, lui vouait également une admiration sans bornes, tandis qu'elle n'était pas au mieux avec Artus, trop emporté et butor à ses heures. Mais comme Mattéo avait pris de l'ascendance dans la maison depuis la maladie du grand-père, Artus en avait été conforté. « Tel père tel fils » pensait ou disait Fanette chaque fois que passaient à portée de son regard les deux Decosteur, si ressemblants à vingt-cinq ans d'intervalle.

Artus était plus costaud que son père, plus solide aussi, avec un cou de taureau et une mine renfrognée. Il possédait une voix forte, dont il aimait jouer pour intimider son voisinage. Cette apparente rudesse n'avait pas encore donné toute sa mesure, on la soupçonnait en sommeil, soumise au contrôle de Mattéo dont l'autorité était si grande qu'elle n'avait encore jamais été contestée.

Chez les Decosteur, on n'avait pas appris grand-chose de la vie, sinon le respect du père. Mattéo savait déjà que son aîné serait un jour bien plus dominateur que lui. Et cette certitude l'incitait à l'observer avec moins de complaisance qu'un père eût dû le faire. En somme, chez les Decosteur, on ne s'aimait pas, puisque la terre et l'argent, l'argent et la terre tenaient lieu de religion. Pour ces maîtres exigeants, on eût tout sacrifié : l'affection des siens, l'attachement aux petits bonheurs de la vie, la compassion pour les souffrances humaines.

La voiture de Blaise pénétra dans la cour de la ferme Bourguenave à vive allure. Les chevaux étaient excités par l'avoine dont le propriétaire les avait gratifiés, comme pour un dimanche. M. Charpenet payait généreusement ces courses trente sous, l'équivalent de trois journées de labeur pour un petit employé de ferme. Le voiturier descendit prestement pour aider la jeune fille entravée par sa robe étroite. Angéline sauta dans les bras du pauvre Blaise qui en fut émoustillé.

– Jamais nous ne vous remercierons assez, dit la jeune fille dans un excès de politesse que son père réprouva par la suite.

– À votre service, mademoiselle, marmonna Cramois qui avait hâte de repartir.

Les gens de Bourguenave n'étaient pas très fréquentables à ses yeux.

M. Charpenet, chapeau bas, saluait déjà Lucienne et Mattéo qu'Angéline en était encore à rajuster sa toilette. Les fils se tenaient derrière les parents, gauches dans leurs beaux habits du dimanche. En redressant la tête, M. le conseiller ne vit que cela, la pompeuse décoration de la maison. On avait fait composer un porche d'accueil en ramures de noyer et de chêne, le tout amarré sur des tiges frêles mais astucieusement agencées de noisetier, liées par des vîmes d'osier. Cela était attendrissant, dans le genre mauvais goût, mais plein de bonne volonté.

Elle avança, tête baissée, jouant à cacher sa frimousse sous le toquet de velours vert. Quand elle fut à hauteur des Decosteur, elle tendit la main. Lucienne la serra d'abord, en fixant avec insistance la poitrine de la jeune fille élégamment comprimée dans un bustier de soie. « Ça n'aura pas grand courage pour la terre, cette beauté-là… » pensa-t-elle. Puis, Mattéo fit de même, d'une poigne ferme. Le maître de Bourguenave ne ratait jamais une occasion d'exhiber sa force.

– Bien le bonjour, mademoiselle…

– Quelle débauche de verdure ! dit-elle en observant la façade de la demeure par-dessus l'épaule de Mattéo. Je ne mérite pas autant d'attention.

– Pensez donc, ce n'est rien, répondit Decosteur.

– Moi je trouve pas, répliqua une voix forte. On s'est drôlement enquiquinés pour vous…

Un visage carré aux mandibules proéminentes et au menton en galoche émergea entre Lucienne et Mattéo, comme un diable d'une boîte à surprise.

– Voici mon aîné, ajouta Mattéo. Celui que…

La phrase du père se perdit en chemin, les ailes coupées par l'hésitation. Il ne savait s'il fallait parler de fiancé ou de marié. Pour ainsi dire, c'était égal à ses yeux. Mais avec la jeune fille, tout de même, n'était-ce pas aller un peu vite en besogne ?

– Nous nous connaissons, je crois, reprit Angéline sur un ton doux et posé. Nous nous sommes croisés deux ou trois fois, n'est-ce pas ?

Artus battit des bras pour écarter ses parents. Ils pontifiaient inutilement, alors qu'il avait envie d'occuper la première place sans autre cérémonie.

– Ma chère, fit-il d'une voix rauque, vous êtes diantrement jolie. Je vous le dis. C'est sincère. T'as eu raison, papa, de me la faire venir. Je crois qu'on va bien s'entendre tous les deux.

M. Charpenet tenait son gibus contre sa poitrine, il regardait son futur gendre avec un profond dégoût. « Comment se fait-il que Mattéo ne lui ait point fait la leçon ? songea-t-il. Nous ne sommes pas sur un foirail, que diable ! »

– Si vous le voulez, avança Artus, je peux vous faire visiter la propriété. Cinquante bons hectares de pacage d'un seul tenant. Et nos vaches, oh ! là ma chère, nous possédons le plus beau cheptel du pays. C'est bien connu, les Decosteur sont les rois de la race limousine… Je vous le dis, vous aurez pas à le regretter…

– Finissez d'entrer, le coupa Lucienne en repoussant Artus d'un geste.

En écartant la proposition de son fils, la mère préservait ainsi la susceptibilité de la promise. Il y avait à craindre qu'Artus ne brûlât les étapes, comme cela avait déjà été le cas lors d'un épisode précédent. Bon parti au demeurant, une dot satisfaisante, mais une timide qui n'avait pas supporté que le garçon posât sur elle ses grosses pattes avides.

– Incorrigible garçon, nota-t-elle en ouvrant la porte de sa maison.

Une prégnante odeur d'ail cueillit les visiteurs. Angéline en fut incommodée et ne cacha pas sa surprise. Par ces fortes chaleurs d'août, les Decosteur vivaient fenêtres et volets clos. On aimait la fraîcheur des vieux plâtres humides qui rodait dans les pièces, et encore plus dans les couloirs fleurant le moisi. On prisait cette sorte de réclusion à l'ombre des vieux murs et des cloisons épaisses, l'haleine de cave qui montait des profondeurs.

Mattéo s'assit en bout de table encadré par ses deux fils. La porcelaine de Limoges était de sortie pour les craquelins et la brioche. Personne n'osait toucher les gâteries. On attendait la première parole du maître. Puis le père Decosteur commença son petit speech laborieusement préparé dans un coin de son cerveau. Les deux ou trois premières phrases parurent apprises par cœur, mais la suite se délita en hésitations et flottements. M. Charpenet écoutait les mains jointes, presque religieusement, tandis que sa fille baissait la tête. Pourtant, Artus n'avait d'yeux que pour elle et cette insistance lui portait sur les nerfs. Les mots de bienvenue tournaient au rituel. Bien sûr, on était décidés chez les Decosteur à accueillir la jeune femme avec délicatesse, persuadés que le mariage marquerait l'histoire de Bourguenave.

– Certes, admit Mattéo, nous sommes des paysans, mais des paysans qui ont réussi. Jadis, on avait de la considération pour les propriétaires. Aujourd'hui, tout le monde à la campagne se dit propriétaire, même celui qui a trois hectares et deux vaches…

Joseph hochait la tête devant la belle ambition affichée. Et il se disait : « Certes, ma fille n'épousera pas un haut fonctionnaire de la République, un capitaine d'industrie, un fondé de pouvoirs de banque, mais du moins connaîtra-t-elle la réussite dans une famille de propriétaires terriens, ces pionniers des temps modernes. » Le juge tentait de se persuader que l'agriculture gagnerait au cours de ces vingt prochaines années ses titres de noblesse. On sanctifierait des Decosteur, au même titre que des Pereire, des Schneider ou des De Wendel.

M. le conseiller expliqua alors que la France avait une vocation agricole, qu'elle devrait tout à l'industrie alimentaire pourvu que l'on sache tirer parti du savoir-faire ancestral. Et il se mit à redessiner la France des terroirs avec les vins de Bordeaux, les primeurs du Limousin, les céréales de la Beauce, les betteraves sucrières du Nord et du Poitou, les élevages de l'Aubrac, les fromages de l'Auvergne et de l'Est, les fruits du Languedoc… M. Charpenet ressemblait à un vieux professeur de géographie encore enthousiasmé par ses cours magistraux.

– Prions pour que notre pays demeure en paix avec ses voisins, ajouta-t-il. Car c'est dans la paix que se bâtissent les grandes économies. Après que le bon roi Henri eut réconcilié les Français, enfin on s'attacha au labourage et au pâturage, conclut Joseph.

Il eût pu tout aussi bien illustrer son propos par une multitude d'autres exemples, mais il ne voulait point paraître présomptueux au moment où il fallait au contraire donner des gages de bonne entente. Du reste, Mattéo Decosteur fut flatté de se voir élevé au rang de pionnier et de novateur, lui qui n'avait eu de cesse, sa vie durant, d'acquérir des terres, d'accroître ses cultures, d'augmenter ses troupeaux.

Comme la conversation traînait en longueur et que M. Charpenet devait régler quelques détails avec les Decosteur, Artus proposa à sa fiancée une promenade autour de Bourguenave. Angéline hésita à répondre ; elle ne s'était pas mise en toilette pour batifoler sur les sentiers. À vrai dire, elle n'avait envisagé qu'une visite de courtoisie, tandis qu'Artus désirait faire connaissance avec sa promise. C'est Joseph, d'un geste autoritaire, qui mit un terme aux états d'âme de sa fille.

Angéline et Artus sortirent aussitôt. Théodore voulut suivre le mouvement. Lui aussi s'ennuyait ferme, mais sa mère lui fit signe de rester sagement à la table. Il insista encore. Lucienne le prit à part.

– Ton frère a besoin d'être seul avec la jeune fille, lui susurra-t-elle au creux de l'oreille. Tu peux bien comprendre ça ?

– Pourquoi ? Je n'ai plus cinq ans.

– C'est comme ça.

Il alla se rasseoir en bougonnant.

L'aîné des Decosteur n'avait pas la manière avec les femmes. Il avait passé son enfance dans un milieu d'hommes où les mères, sœurs et domestiques étaient traitées avec rudesse. Le grand-père Honoré, le père Mattéo, et lui enfin, dernier du genre paysan comblé par la bonne fortune (être un mâle et avoir du bien) s'étaient transmis cette culture-là, de la supériorité et de la suffisance en toute chose. Il n'était pas une situation que les Decosteur n'eussent pu maîtriser.

Cette arrogance avait été entretenue par l'étroitesse de leur existence à Bourguenave, par l'économie autarcique dans laquelle la destinée les avait enfermés. Aucun n'avait un jour envisagé de tenter l'aventure d'un grand départ et aucun n'avait dépassé le certificat d'étude primaire. Du reste, ils ne savaient parler que de la terre, des menaces météorologiques, telles les dix plaies de l'Égypte : gelée, grêle, orage, ouragan, sécheresse… des mercuriales aussi, marquées par une guerre incessante contre les maquignons, les courtiers et les expéditeurs.

Artus conduisit sa fiancée aux étables, à l'écurie, et choisit enfin, devant le peu d'intérêt que la demoiselle manifestait, de lui montrer les collines. De cet endroit, le plus élevé de Bourguenave, on jouissait d'une large vue sur le domaine familial.

– Mon arrière-grand-père a fait construire une nouvelle grange, toute en pierre de taille, dit Artus. Puis il a acheté vingt hectares aux Dumoulin qui n'avaient pas fait de bonnes affaires à Dourthemont. Honorus a eu la propriété pour une bouchée de pain. Il a fallu aller en justice, quand même. M'est avis qu'Honorus n'était pas des plus honnêtes. Mais, chut, c'est une histoire dont on ne parle pas.

Angéline fixait la marqueterie jaune, mauve et vert qui s'étendait devant elle. « Il n'est que le ciel que personne ne possédera jamais, pensait-elle, et c'est heureux. » Et elle respira un grand coup. L'air fleurait bon l'acacia, un effluve suave de miel chauffé par la lumière. « J'aurai au moins ce bonheur en venant me promener ici, humer la bonne odeur des cormiers, des lilas et des tilleuls » se dit-elle en marchant devant le garçon, lui abandonnant le plaisir d'observer le balancement de ses hanches enserrées dans le tissu moiré.

– Reste-t-il encore de la terre disponible pour les Decosteur ? ricana-t-elle.

Il se rapprocha d'Angéline en deux enjambées. Mais, au moment où il se hasarda à lui prendre la main, elle se tourna de côté et fit mine d'ignorer son geste.

– Les lopins de Mazergue, répondit-il à mi-voix.

Pourtant, il n'était à cent mètres à la ronde aucune oreille indiscrète. La posture d'Artus l'amusa, elle qui ne pouvait s'empêcher de voir le déroulement des événements sans un œil critique. « D'où tient-il cette attitude de conspirateur ? Comme si l'univers entier s'était ligué contre les gens de Bourguenave... »

– Vous pouvez parler haut et fort, Artus, non ?

– On ne sait pas. Tous nos projets doivent se préparer dans le plus grand secret. Ignorez-vous, ma chère, que nous n'avons que des ennemis autour de nous ? On veut nous faire la peau...

– Au moins...

– L'été dernier, trois de nos vaches ont été empoisonnées. M'est avis que Mazergue a mis du sulfate dans le puits.

Cernée par un banc d'orties, la fontaine était d'un accès difficile. Artus vola au secours de sa promise en écartant du pied les tiges hautes. Puis il rendit le passage aisé en piétinant les herbes urticantes. Celles-ci ne l'étaient pas pour tout le monde, puisqu'Artus n'hésitait pas à les prendre dans sa main.

– C'est bon pour le sang, maugréa-t-il.

– Moi, je n'aime guère les boutons.

Elle releva un peu sa robe, dévoilant ses jambes jusqu'aux genoux, subrepticement. Comme Angéline ne portait point de bas, Artus fut troublé par le grain de sa peau blanche. Le sang lui monta au visage. Elle sentit l'émotion qu'elle avait suscitée en lui, fort imprudemment, mais trop tard. Il fondit sur elle pour lui poser un baiser sur le cou. Elle le repoussa d'un cri de surprise. Et dans son mouvement de défense, Angéline faillit tomber à la renverse. L'homme la retint de justesse en la plaquant contre le rebord de la fontaine. Il y eut alors un long silence, seulement dérangé par le bruissement de l'eau coulant d'une gargouille.

– Je vous fais peur, murmura Artus. Moi qui vous aime tant déjà.

– Comment pourriez-vous m'aimer déjà, reprit-elle, alors que nous ne nous connaissons pas ?

– Coup de foudre, assura-t-il d'une voix pâteuse.

C'était une expression qu'il avait entendue quelquefois lorsque les hommes et les femmes parlaient d'amour dans son voisinage, une formule magique qui eut dû tout expliquer, tout justifier sur sa manière d'agir avec la gent féminine.

Désormais, Artus se tenait à moins de dix centimètres d'elle. Son haleine chaude fleurant l'ail lui venait en plein visage. Elle comprit qu'il voulait l'embrasser de force, sur les lèvres de préférence, avec cette mâle autorité de mari qui veut jouir de son bien.

– Je vous en prie, Artus, reprenez-vous.

– Mais je vous aime comme un fou, dit-il. Que vous le vouliez ou non, ma petite, vous serez mienne. Et vous n'aurez pas à le regretter. Je vous ferai des enfants, de beaux enfants, de rudes paysans plus tard, de notre race robuste. Tous les Decosteur sont des mâles. Vous ne le saviez pas ?

Sa main se porta à sa braguette comme s'il voulait s'assurer de la forte érection qui le tenaillait. Certes, l'heure n'était pas encore venue d'en éteindre le désir. Il lui fallait encore obtenir consentement devant curé et maire. À moins que la cérémonie des fiançailles pût lui octroyer une faveur anticipée…

– Je voudrais bien vous essayer, chuchota-t-il près de son oreille.

Angéline porta les mains sur son visage comme pour mettre, entre elle et la réalité, une cloison étanche.

– Qu'avez-vous dit, Artus ?

Le garçon s'esclaffa, d'un rire fort et tonitruant qui lui ébranlait sa grosse carcasse d'homme. Il ne pouvait décemment répéter cette phrase obscène. Elle avait émergé de sa bouche malgré lui peut-être, mais il était ainsi fait, Artus Decosteur, outrageusement direct quand il s'agissait de ses pulsions, et ensuite fort surpris lui-même par son audace. Le rire était une façon aisée de se tirer d'affaire, comme s'il pouvait par quelque vertu magique atténuer le tragique de la situation.

– Ben quoi, c'est l'usage, se défendit-il. Comment saurais-je que nous sommes faits l'un pour l'autre si nous n'essayons pas ? Que ce soit aujourd'hui ou demain, quelle différence ! Nous conclurons notre affaire avant le mariage, pour sûr… Je ne voudrais pas convoler en juste noce sans avoir un aperçu. Comprenez-vous Angéline ? Une fois mariés, c'est trop tard…

La jeune fille enjamba le massif d'orties sans précaution. Sur le coup, elle ne sentit pas les brûlures sur sa peau, pas plus d'ailleurs que les éraflures de ronces peuplant la fondrière où elle s'était égarée comme un animal apeuré.

Désormais, elle se tenait à bonne distance d'Artus. Il la contemplait avec amusement. « La demoiselle sera mienne et ça ne lui servira guère de regimber, maintenant que tout est passé devant notaire. » Au contraire, cela le flattait que sa promise fût farouche. « Mieux vaut un pucelage récalcitrant qu'une vertu passée » se dit-il avec cette suffisance propre à tous les Decosteur.

Avant le départ, Joseph indiqua que sa fille viendrait à Bourguenave au moins une fois par semaine et, de même, Mattéo assura Charpenet que son fils se rendrait à La Califourche chaque fois que ce serait nécessaire.

– Bien que nous n'ayons pas encore fini nos foins, ni commencé l'arrachage des pommes de terre, ni le ramassage des prunes blanches, commenta le père.

Blaise fouetta le flanc de son cheval avec la bride lâche de ses rênes, puis la voiture partit dans un nuage de poussière. Joseph était assis à côté de sa fille et ne la regardait pas. Il savait ce qu'elle pensait de la visite. Il avait compris que l'entrevue avec Artus avait été un désastre, mais il ne voulait laisser prise à la moindre plainte, puisque sa décision était irrévocable. Pourtant, Angéline se sentait assez forte pour exprimer le fond de sa pensée.

– Voilà une première rencontre qui ressemble à un gâchis, dit-elle.

Puis elle guetta sa réaction. Il demeura stoïque, droit sur son siège, fixant la route blanche devant lui. Le soleil était à son zénith, rapetissant les ombres des bosquets sur les prés jaunes.

– Est-il possible de vivre avec quelqu'un que l'on n'aime pas ? demanda-t-elle à son père.

M. Charpenet n'entendait rien, comme si le martèlement sourd des roues de la carriole sur la castine du chemin eût le pouvoir d'éteindre les voix discordantes, la sienne en sourdine et celle effarée de sa fille. Il était une douleur dans sa poitrine, incessante, qui le tenait toujours en éveil. Et celle-ci avait la triste mission de le reconduire à la réalité. « Je ne puis m'égarer dans de subtiles rêveries sur mon avenir, pensait-il avec sa tristesse habituelle. Les illusions me sont interdites, comme le gras du jambon, le petit salé aux lentilles et les sucreries de Mme Coquelle, sans oublier hélas, mille fois hélas, le château-giscours 1903 et le vieux cognac Decerf vingt ans d'âge… »

Angéline avait rabaissé son toquet de velours vert sur le front, cherchant à se cacher du soleil ardent. Les piqûres d'orties irradiaient ses mollets, comme mille moustiques. Elle soupira en revivant la scène de la fontaine. Jamais elle ne trouverait le courage, et les mots enfin, pour la raconter à son père. Trop de honte. Trop d'humiliation. Dès lors, il ne lui restait plus qu'à exister, avec cette déchirure intérieure. « Mon Dieu, se dit-elle, je n'ai décidément pas de chance… J'aurais pu mieux tomber, sur Théodore par exemple, puisqu'il faut à tout prix que ce soit un Decosteur. Il possède un beau visage, un regard doux et une timidité troublante. En me raisonnant un peu, je crois que je parviendrais à l'épouser ce jeune homme. »

Elle se mit alors à comparer les avantages de l'un et les défauts de l'autre, Théodore contre Artus. Ce jeu tout innocent qu'il fût ne portait guère à conséquence. Pourtant, un instant, la jeune fille se mit à caresser un étrange dessein. « Si je parvenais à séduire Théodore, se dit-elle, je sèmerais la zizanie dans la famille, et qui sait, peut-être y gagnerais-je une honorable porte de sortie. »

Sur le coup, elle se sentit rassurée. Digne de Gabrielle. « Voici qui me ferait une belle lettre, songea-t-elle, et redorerait mon blason… Moi qui étais perfide et insolente à douze ans, pourquoi suis-je devenue la jeune fille docile que l'on n'avait jamais soupçonnée ? » Elle se rêva donc perfide et insolente, comme une sorte de retour en grâce, un don d'enfance. Mais elle comprit un kilomètre plus loin, tandis que la voiture abordait les premières pentes de Darnac, que ce rôle-là elle ne pourrait jamais le jouer sous le regard de son père. C'était lui, le maître de ses jours, le commandeur de son destin. « Cependant, je ne parviendrai jamais à le haïr, pensa-t-elle. Pourtant, si cela se pouvait être, une seule fois, je serais sauvée. »

7

Une étrangère à Bourguenave

Le contrat fut respecté à la lettre, dans les premiers temps du moins. Mlle Angéline Charpenet se rendait donc à Bourguenave tous les jeudis après-midi pour y rencontrer son futur mari. La scène de la fontaine avait instillé en elle une sérieuse dose de méfiance, si bien que le couple ne s'éloignait guère de la ferme. Mattéo avait fait jurer à son aîné de respecter sa fiancée tant que le mariage ne serait pas prononcé. On avait fixé la date de la cérémonie à la veille de Noël. M. le curé en était avisé et les premières démarches administratives se trouvaient engagées auprès de la mairie. En homme de loi, Joseph s'était fait un devoir de remplir le dossier pour le compte des « enfants » comme il disait. Ainsi, se trouvait-il une distraction à peu de frais et veillait-il à ce que les actes tinssent les promesses. Car il avait promptement soupçonné que sa chère fille ne courait guère, le cœur battant, vers son amour de Bourguenave.

Pourtant, Angéline s'acquittait de son engagement avec application. On s'isolait dans une des pièces inoccupées des Decosteur. On se tenait à distance respectable. Un baiser à l'arrivée, un baiser au départ. Parfois, Artus lui prenait la main, la fixait dans les yeux. Elle se montrait fuyante dans ces moments-là par crainte que la bête ne se réveillât en lui avec ses désirs ravageurs. Parfois il s'autorisait quelques allusions appuyées sur son état d'amoureux insatisfait. On comprenait alors que le garçon, tenaillé par le désir charnel, ne rêvait que de ça, jour et nuit, la culbuter sur un lit.

Du côté d'Angéline, cette fureur mâle à peine dissimulée suscitait la peur. Elle s'imaginait déjà écartelée sous sa carcasse d'homme. « Pourtant, songeait-elle souvent, ce moment finira bien par arriver… »

Chaque jour préparait sa défaite. Et qu'il fût de plein soleil, de promenade solitaire sur les berges du Maumont, de lecture sous les tilleuls, le sourire grimacier d'Artus s'en revenait la troubler, s'interposant entre elle et ses rêvasseries. Elle l'entendait encore dire et répéter : « Je voudrais bien vous essayer… » Instinctivement, elle plaquait ses mains contre son ventre. « Pourvu que ce bel été ne finisse jamais » se rassurait-elle en soupirant. Mais l'addition des jours la trompait, peu à peu, sur elle-même, sur ses illusions. Et elle flairait qu'au bleu du ciel succéderaient le gris des nuages et les premiers frissons d'automne.

Ce qui la désespérait en somme, c'était que rien ne pouvait détraquer l'ordre du temps. On l'avait soumise au mariage, sans qu'elle n'eût un mot à dire, puisqu'on lui avait appris, malgré ses grands airs frondeurs, à obéir. C'était ainsi. Et quand elle chercha, un jour d'août, à se rapprocher de Théodore, elle sentit renaître en elle une force insoupçonnée. N'était-ce point tenter le diable que de courtiser le cadet des Decosteur dans le dos d'Artus ?

« Ça ne se fait pas. Mais quoi ? Je suis à peine fiancée… C'est-à-dire encore libre tant que je n'ai prononcé aucun serment… » se disait-elle devant son miroir.

Angéline minimisait la situation de la sorte en essayant une robe à fleurs ajustée pour la prochaine fête des moissons. « Alors, amusons-nous un peu. Et si l'affaire tourne à l'orage, je n'aurais qu'à ployer sous la bourrasque, en attendant la fin des hostilités. Qui sait, peut-être que la foudre me délivrera du rustre. La foudre ? » Elle se mit à rire. « Plutôt le feu de la jalousie… »

Blaise la voiturait vers Bourguenave à contrecœur. Cela le rendait d'une humeur massacrante de voir une si jolie fille livrée à un Artus Decosteur. C'était d'autant plus douloureux pour lui qu'il avait participé en tant que voiturier à la première rencontre, et qu'il avait espéré depuis ce jour que le mariage ne se ferait jamais. Cramois s'en était même ouvert à Joseph pour s'entendre répondre : « Depuis quand un cocher se mêle-t-il des affaires de ses clients ? N'avez-vous pas appris la discrétion ? Sinon, je me passerais de vos services… » Sans doute M. Charpenet eût été bien ennuyé de devoir mettre sa menace à exécution, tant il était seul et isolé dans sa grande maison, traité avec condescendance par le voisinage.

De temps à autre Blaise se retournait pour observer la jeune fille. Elle portait un chapeau encore plus extravagant que les autres fois. Et si Cramois avait eu quelques connaissances en matière de mode, il eût pu ainsi nommer cette nouvelle excentricité : un gainsborough. Le feutre empanaché de grandes plumes blanches avait appartenu, comme toutes ses mises du reste, à sa mère Émilienne, du temps où le couple Charpenet fréquentait les terrasses de Bagatelle.

Dès l'arrivée dans la grande cour de Bourguenave, le chapeau d'Angéline fit son effet. Il détonnait dans le décor, où les paysannes ne portaient que des coiffes brodées, parfois avec quelque fantaisie lorsqu'il s'agissait de jeunes filles cherchant un galant.

La moisson enfin engrangée, prête à être battue, il était de tradition chez les Decosteur d'inviter large. Artus, Théodore et Céline (la petite dernière des sœurs placée chez un notaire de Brive) avaient préparé les agapes. Une grande table recouverte d'une nappe blanche était dressée sous les tilleuls. À proximité, on avait mis deux tonnelets en perce.

Angéline avait raté la première partie des festivités, celle qui consistait à promener, dans les rues de Darnac et par tous les chemins de Dourthemont, de La Serve et de Guerdioude, quelques charrettes et tombereaux tirés par des bœufs. Les robustes animaux aux poils roux avaient été parés pour la circonstance d'une orgie de fleurs. Les bouquets étaient accrochés aux jougs, à la pointe des cornes, et parfois sur le dos des bestiaux. Il y avait profusion de marguerites, coquelicots, bleuets, mais aussi de roses sauvages blanches et pourpres.

– Oh ma chère Angéline, s'écria Artus en marchant à grands pas vers sa promise, ta coiffe n'a rien à envier à celle de nos bœufs…

La jeune fille s'arrêta tout net, se tournant de côté comme pour repartir vers la voiture de Blaise, tandis que les rires fusaient. Et Lucienne elle-même, qui n'approuvait pourtant pas les débauches de toilette de sa future belle-fille, éleva la voix pour exhorter son fils à plus de retenue.

– Mais quoi ? C'est pour plaisanter. Avec mon Angélie (il lui avait donné ce diminutif) je suis familier, maintenant.

Il s'adressa à tous les jeunes paysans de son âge, les Jobert, les Pradelle, les Lournac, les Métivier, tous affidés aux Decosteur, et leur fit signe de faire cercle autour de sa fiancée pour l'accueillir. Mais contrairement à l'effet escompté, Angéline se sentit prisonnière d'un ridicule qu'elle n'avait encore jamais éprouvé de sa vie, même au lycée Saint-Charles où les enfants de bonne famille avaient l'art et la manière de moquer les nouvelles arrivantes.

– Vous êtes odieux, Artus. Vous rendez-vous compte de ce que vous avez dit ? fronda Angéline.

Le jeune Decosteur l'observa un peu en dessous, perfide. Il se sentait fort au milieu de sa cour.

– Aux dieux, oui ! Porté aux dieux, notre Artus, s'exclama Pierre Métivier en faisant un mauvais jeu de mots.

Artus avait ainsi voulu leur faire comprendre à tous que s'il était si libre avec sa chère et tendre fiancée, c'était parce qu'il l'avait déjà possédée la petite, qu'il l'avait « essayée » comme il disait.

Levant les verres en chœur on but cul sec à la campagnarde, jetant la dernière goutte de vin au sol. Malheureusement, au passage, tant l'ivresse déjà avait gagné la compagnie, la pauvre Angéline en fut éclaboussée.

« Singulier présage, pensa-t-elle en ôtant son chapeau. On me livre aux lions. Croit-il, ce pauvre Artus, que je vais me laisser humilier de la sorte sans lui répondre ? »

– Nous ne sommes pas encore mari et femme, jeta-t-elle d'une voix forte. Il reste beaucoup de chemin à parcourir...

La réflexion dispersa la mêlée. Les garçons renoncèrent à la porter sur leurs épaules, comme une gourgandine.

– Tout est bien avancé, répliqua Artus d'un air teinté de suffisance. Ne sois pas stupide.

Il portait une veste en toile bistre, passablement chiffonnée et tiraillée aux poches, une cravate rouge sur une chemise blanche, nouée à la diable. Le vin, déjà, avait fait son œuvre sur le pantalon de même tissu. « Décidément, il n'a pas fière allure mon fiancé, se dit-elle. Se rendra-t-il ainsi à la messe, dans ce désordre endimanché ? » Elle le toisa avec un air de mégère, les mains posées sur ses hanches. Elle avait compris qu'il fallait se comporter ainsi avec un tel garçon, lui montrer quelque autorité féminine, et surtout dévoiler à l'entourage qu'il n'était pas encore parvenu à ses fins, quoi qu'il prétendît.

– Nos fiançailles sont en sursis. Continuez de la sorte, et je vous garantis une surprise, Artus.

L'aîné des Decosteur vint la prendre par la taille.

– Un baiser ! Un baiser ! criaient les jeunes paysans.

Artus s'y risqua comme on se jette dans l'eau glacée. Il le fit d'autorité en lui tenant le menton. Puis les applaudissements s'enchaînèrent.

– Avec cette jolie fille, tu auras du fil à retordre, dit Jean Pradelle. Ça oui, mon vieux. Sacrément même.

– Je le crois bien aussi. Mais ça se dresse, une femme, conseilla Octave Lournac. C'est comme le reste.

– Ne vous en faites pas les gars. Vous me connaissez.

– Fais pas comme avec Mariette des Prades. Celle-ci, putain, elle t'a claqué dans les doigts, ajouta Félix Bornave.

Angéline s'était rapprochée de la table où Fanette avait déposé une soupe trempée au pain de seigle. Malgré les chaleurs, c'était l'usage, on servait le potage, arrosé de vin, au second service. Cependant, bien que Fanette eût reçu l'ordre de servir, personne encore ne se risquait à commencer le festin. Les garçons d'un côté s'occupaient des tonnelets, et de l'autre, les filles péroraient à l'ombre d'un tilleul.

Il y avait là trois ou quatre donzelles qui eussent bien fait l'affaire d'Artus, sans qu'il se sentît dépaysé. Mais, il fallait bien se faire une raison, l'aîné des Decosteur ne pouvait épouser qu'une fille de la ville, bien éduquée, passablement instruite et fort avantagée de sa personne. C'était le pari familial : donner de la distinction à ce futur mariage. Question d'honneur, en somme puisque, désormais, les gens de Bourguenave se sentaient prêts à voler plus haut que le Darnaquois moyen.

M. Charpenet, conseiller à la cour en retraite, ne leur avait-il point fait comprendre que, bientôt, l'avenir de la France serait entièrement entre les mains des grandes familles d'agriculteurs ? S'il y avait eu dans le propos du juge un brin de démagogie, un fort soupçon d'hypocrisie, et un zeste de moquerie, Mattéo avait pris le discours de Charpenet au pied de la lettre.

Depuis ce fameux jour, le maître de Bourguenave ne cessait de prêcher cette bonne parole partout où il passait : les foires, les réunions agricoles, les comités des chasseurs, des vignerons, des tabaculteurs, il répétait cette grande idée à qui voulait l'entendre. « Ce n'est pas une parole en l'air, mes amis, notre Charpenet tient ça du ministre Clémentel lui-même. »

Pour montrer sa bonne volonté, Angéline courut serrer les mains des jeunes filles de Darnac. Elle avait remarqué qu'on lui faisait un peu la tête, depuis l'annonce du prochain mariage. Peut-être était-ce l'effet de son imagination ? Elle se refusait à croire qu'on pût la jalouser pour cette petite chose, une noce arrangée. Mais en engageant la conversation, elle se rendit compte que sa présence intimidait les petites paysannes.

À force de grandir dans le cocon familial, à l'ombre d'un père autoritaire et protecteur, la vraie vie lui avait été interdite. Aussi ses mots de gentillesse, ses compliments de circonstance n'eurent guère d'effet sur le petit monde de Darnac. Au contraire, Angéline donna l'impression d'être encore plus éloignée de la réalité qu'on ne l'avait supposé. On ne comprenait guère qu'une jeune fille comme elle, avec des manières délicates, des toilettes extravagantes, allât s'enterrer à Bourguenave avec un Artus. N'y avait-il donc point d'autres partis intéressants dans son monde ? Car on en savait plus sur son existence qu'elle-même. On exagérait la bonne fortune du père Charpenet, et plus encore son passé de petite parisienne gâtée par le destin.

– Connaissez-vous Artus depuis longtemps ? demanda-t-elle à la frimousse la plus joviale et avenante qu'elle trouva dans le groupe.

– Oui, répondit la jeune fille. C'est un Decosteur. C'est tout dire.

Angéline insista alors. Mais le visage de la jeune fille se ferma soudain dans une moue dédaigneuse.

– Vous verrez bien.

Elle voulut l'entraîner à part, mais Louise – qui était serveuse au café *L'Hirondelle* – hésita à l'accompagner. Elle se sentait flattée d'avoir été choisie sur sa bonne mine, mais ne comprenait pas ce qu'on voulait d'elle. Peut-être Louise était-elle plus attentive à la réaction de ses amies qu'à sa curiosité. Pourtant, elle se glissa vers le muret droit de la grange tapissé de vigne dont les hampes retombantes formaient un tunnel fort ombragé.

– Que pensez-vous d'Artus ?

Louise l'observait, lèvres closes. Ce n'était pas l'usage, ici, à Darnac, de parler des Decosteur à la légère. Ils avaient la dent dure contre leurs ennemis.

– Il ne vous rendra pas heureuse, balbutia Louise.

Ainsi s'exprimait-elle, selon son habitude, par phrases hachées.

– Je n'attends rien de lui, répliqua Angéline frondeuse.

– Curieux amour que le vôtre.

– Il n'y a pas d'amour entre nous.

Louise hocha la tête. Elle se sentit, soudain, plus à l'aise devant Angéline.

– Moi, je ne pourrais pas partager la vie de quelqu'un que je n'aime pas.

Les jeux du soleil dans le feuillage jaspaient les visages de taches ambrées. L'épaisse végétation les cachait de la fête. C'était tout ce qu'elles souhaitaient, être loin des regards. Le grincement d'une vielle et les pleurs d'un accordéon ajoutaient une note ridicule à la gravité des paroles.

– Je ne cours pas après le bonheur, rectifia Angéline.

– Tout de même... Artus...

Louise éclata de rire. Et cette réaction si spontanée apporta une note de complicité inattendue. En moins d'une minute, on était passé de la suspicion à la connivence.

– Il n'est rien de mieux que le sujet du mariage pour fonder une amitié entre deux femmes, observa Angéline.

Elles décidèrent alors de se tutoyer et, en découvrant que sa nouvelle amie se nommait Fournel et qu'elle vivait à Portecroix, Angéline poussa un cri de surprise.

– Tu as un frère, n'est-ce pas ?

– Deux frères et une sœur. Pourquoi ?

– J'ai rencontré celui qui s'appelle Sylvestre, reprit Angéline en baissant le regard.

Louise observa le sourire de sa voisine, presque embarrassée.

– Je le sais, dit Louise.

– Comment sais-tu cela ?

– Sylvestre ne parle que de toi. Décidément. Je finirais par croire que l'amour existe...

Soudain, Artus surgit comme un diable d'une boîte, en écartant les hampes de la vigne.

– Tu te caches ?

Il eut un regard de mépris pour la belle Louise. Elle lui avait résisté, elle aussi, et c'était à ses yeux un affront impardonnable.

– Et toi, que fais-tu là avec ton air de mijaurée ? Tu ne vas pas me la pourrir...

Les deux jeunes femmes se regardèrent, dubitatives. Puis elles sortirent de l'ombre pour se jeter en pleine lumière. La tablée était complète. Les faces avinées ne portèrent aucune attention à la jeune promise lorsqu'elle vint prendre place entre Artus et Théodore. Elle n'aimait pas la soupe de pain, et encore moins le rouge tannique. En un mot, elle n'avait rien à faire ici.

Dans son coin, Louise avait déjà pitié d'elle. Elle ne se rendait pas compte que sa dernière phrase sous la tonnelle avait pourtant mis du baume au cœur de sa nouvelle amie. Le seul énoncé de ce prénom, Sylvestre, avait réveillé en Angéline toutes les espérances, dont une lettre à Gabrielle Giroux ne suffirait pas à étancher la veine. Le sujet était vaste, si vaste, comme une *terra incognita.* « L'amour en somme est une île qu'il convient de découvrir par gros temps », songeait-elle tandis qu'Artus, à côté d'elle, flagornait ses voisins.

Tout occupée à ses pensées, Angéline ne voyait pas qu'on l'observait à la dérobée.

« Ce n'est pas le genre de femme qu'on renverse sur un tas de foin », jugeait Pierre Métivier. – M'est avis que ça doit être une rude place à conquérir, ajoutait Octave Lournac. – À ferrailler dur avant de rendre les armes », complétait Jean Pradelle. Chez ces jeunes gens, on aimait à employer la métaphore militaire pour parler de l'amour, comme si les affaires de cœur se gagnaient en duellistes sur le pré, à la régulière.

Seul, Théodore, assis à la gauche de sa future belle-sœur, se montrait plein de prévenance. Il la débarrassa même d'un plein verre de vin rouge qu'elle était incapable d'ingurgiter. Et quand elle perdit sa serviette, il l'aida à la récupérer sous la table. Leurs mains s'effleurèrent. Aussitôt, Angéline cacha son visage avec la fameuse serviette. Elle se sentait rougir comme une petite fille. Mais, trop tard, le cadet des Decosteur avait déjà saisi le trouble que son geste occasionnait. Elle n'avait rien fait pour se prémunir de l'ambiguïté de la situation, sinon accepter mollement l'avance que Théodore lui faisait. Mais à quelle fin ? se demandait-il.

La question valait aussi pour Angéline. « Je suis folle ou quoi ? » Elle se sentait en colère contre elle-même, sans parvenir à en vouloir à Théodore. « Si jamais Artus s'aperçoit du manège, se dit-elle, ce sera la guerre entre les deux frères. Sans pitié. Sans concession. Deux coqs dans la même basse-cour, voici un combat à mort qui s'annonce. »

Prise d'un fou rire, Angéline quitta la table précipitamment. Artus voulut la retenir, sans grand succès. Elle avait besoin d'air. L'atmosphère de Bourguenave était devenue pesante comme un ciel d'orage.

Théodore demanda à son frère l'autorisation d'aller chercher la jeune fille là où elle s'était réfugiée, c'est-à-dire sous la tonnelle. Elle avait déniché un petit banc de pierre contre le muret. Elle se sentait bien sous la végétation exubérante.

– Artus n'aurait pas dû m'inviter, remarqua Angéline, puisqu'il me traite sans aucun égard.

– Il ne faut pas faire attention, l'excusa-t-il.

Ils échangèrent un sourire contrit.

– Je t'aime bien, dit Théodore. Je serais heureux que tu viennes vivre sous notre toit. Les précédentes…

Il se mit à rire.

– Les précédentes, reprit-il, je ne les supportais pas. Elles n'étaient pas aussi belles et élégantes que toi.

– Il y en a eu beaucoup ?

Théodore compta sur ses doigts, tout en énumérant des prénoms qui laissaient Angéline rêveuse.

– Il aura fallu que ça tombe sur moi, déplora-t-elle dans un souffle de voix.

Le jeune homme prit la main d'Angéline ; elle n'offrit aucune résistance lorsqu'il lui demanda de se lever.

– Il faudrait que nous revenions à table…

– Je n'ai pas envie.

Elle tira de son aumônière en coton brodé une montre qui avait appartenu à sa mère. Il lui faudrait attendre encore deux heures avant que Blaise ne vienne la récupérer. Cela la tentait assez de faire sa mauvaise tête. Un caprice. Ou pire encore, une petite fugue incognito.

– Tu ne voudrais pas me faire visiter Dourthemont ? Il paraît qu'il y a une petite chapelle en ruines.

La suggestion mit Théodore dans l'embarras. Il en avait envie mais qu'en penseraient les parents, et Artus et tous les amis d'Artus ? Incident familial.

Théodore ne sut trouver les mots pour refuser. Devant Angéline toute son énergie se diluait dans une sorte de béatitude contemplative. En un mot, il était sous le charme et l'emprise de la belle étrangère. Aussi l'accompagna-t-il jusqu'à ce fameux endroit où une chapelle du XIIe siècle avait connu les affres du temps. On pouvait encore déceler, dans la haute herbe, la trace des anciens murs portants. Seul le chevet avait supporté la démolition. Il ne restait plus qu'une haute façade, dont on devinait les arcatures et l'espace que celles-ci occupaient avant l'effondrement.

– Pourquoi n'avoir pas reconstruit la chapelle ?

– Elle nous appartient, répondit fièrement Théodore. Mais notre père dit que c'est rien du tout, juste un endroit où puiser de la bonne pierre de taille.

– Sauvage, murmura Angéline.

Le jeune homme la précéda dans ce qui avait été autrefois la petite nef. En certains endroits, on apercevait, sous les ronces et les buissons noirs, le pavage de granit.

– Tout esprit a déserté ce lieu, ajouta Angéline qui avait un goût prononcé pour les lieux romantiques, ou plutôt romanesques.

Car il lui suffisait d'ordinaire de fermer les yeux pour voir, entendre, sentir quelques scènes de ce temps où les chapelles étaient des refuges pour les pèlerins de saint Jacques, pour les âmes torturées et les amants cachés.

– Nous la rebâtirons, promit Théodore. Bien sûr. Artus entendra ton désir.

Elle éclata de rire.

– Pourquoi me ferait-il ce plaisir ? Il n'est que le sien qui importe. Et puis c'est un peu ridicule de demander ça, aujourd'hui. Il n'y a place que pour l'expansion future de Bourguenave, les granges, les écuries, les fenils, et non les chapelles... Voici de la bonne pierre. Il n'y a plus qu'à se pencher pour la ramasser.

Théodore l'observait sans comprendre ce qu'elle attendait de lui, avec une sorte d'anxiété et d'euphorie à la fois. Elle l'attirait et lui faisait peur en même temps. Puis, c'est elle-même qui décida, d'un geste autoritaire, de rejoindre Bourguenave. Lui, il eût désiré que la promenade s'attardât encore, surtout lorsqu'elle lui demanda de la tenir par la main sur la sente scabreuse. Il y avait tant de ronces qu'elle craignait de déchirer sa robe.

Lorsqu'ils entrèrent dans la cour, le banquet tirait à sa fin. Les convives s'étaient retirés pour fuir la colère d'Artus. Il n'était pire esprit ombrageux lorsque les choses n'allaient pas comme il l'entendait.

En apercevant les deux fugitifs, surtout son frère à la mine penaude, il bondit vers eux, les prenant rudement à partie. Angéline s'écarta, apeurée. Battant des ailes, elle ressemblait à un bel oiseau pris dans la tourmente. Mais c'était Théodore le responsable de la désertion.

– Tu voudrais me la voler celle-là ? Saligaud !

Mattéo tenta de s'interposer.

– C'est un idiot, un innocent, plaida-t-il. Il passe son temps à zieuter les filles qui vont à la rivière. Je l'ai surpris bien des fois. Faudrait lui en trouver une, aussi, pour le soulager. Mais qui en voudrait, nom de Dieu ?

Tandis qu'Angéline se tenait à distance, Artus pestait tout son soûl.

– Tu laisseras mon frère tranquille.

– Mais, balbutia Angéline, nous n'avons rien fait de mal.

– Je lui ai montré la chapelle, se justifia Théodore.

– Vaurien, je te reconnais bien là. Tu la roulerais dans l'herbe. Ma femme, ma femme, répétait-il en se tenant la tête. Quelle honte. Faudra les lui couper à celui-là…

Lucienne n'osait plus franchir le pas de sa porte. On la devinait, zieutant la scène, dans l'entrebâillement des volets. « Trop jolie, se disait-elle. Trop jolie pour être honnête. Et voilà ce qui arrive ! Ça jette le poison dans la famille. Déjà. Oh sainte Marie, une bonne petite bien propre aurait suffi à notre bonheur à tous. Qu'a-t-il été cherché cette typesse avec ses airs de mijaurée ? Pour foutre le désordre. Bien vrai. »

Théodore faisait face à l'orage, hébété. Il était accoutumé aux humiliations. C'était lui le souffre-douleur, l'idiot de la famille, le bon à rien, le vilain canard de la nichée. En le voyant ainsi, droit sous la bourrasque, alors qu'il l'eût voulu à genoux, implorant mille pardons, Artus lui donna quelques gifles en pleine figure. Comme cela ne l'apaisait pas, c'est à coups de poings répétés qu'il l'assaillit enfin. Angéline accourut pour le tirer des griffes de la bête sauvage qui s'acharnait sur lui, mais ce geste accrut encore sa colère.

– Voyez, cria-t-il, ma femme vient le défendre. C'est un comble !

8

Nuit d'orage, heureux présage

La nuit du 7 août, il s'abattit sur la région un orage d'une violence extrême. Blaise et Adélaïde, chacun à leur manière, en avaient prédit l'arrivée. « Ce sera pour la nuit, avait auguré la servante, et nous serions bien inspirés de demeurer habillés… – Mais non, avait contredit Blaise, tout juste un orage sec, sans bourrasque ni grêle. Avec des éclairs et du tonnerre… » Puis tout le monde avait été se coucher. Le voiturier possédait une petite maison à la sortie de Darnac dont il avait hérité à la mort de ses parents, une masure pour tout dire, qu'il n'avait pas les moyens d'entretenir. Quant à Adélaïde, elle jouissait d'un appartement à La Califourche, une chambre et une alcôve assez grande au demeurant pour y remiser toutes ses affaires. Ce soir-là, elle s'allongea sur le lit tout habillée. Auparavant, elle avait pris soin, malgré la chaleur étouffante, de fermer volets et fenêtres.

L'orage faisait partie de ses grandes peurs. Une peur enfantine inexpliquée. Dans son enfance, on se claquemurait tous dans la même pièce, on attendait anxieusement qu'il passe, on comptait les secondes séparant l'éclair et le roulement du tonnerre pour en estimer la distance. On pronostiquait de la sorte le lieu où il avait bien pu tomber, sur un ormeau de la rivière, sur la grange de Patassier ou sur la colline de Boismoitier. À la vérité, chaque orage inspirait les mêmes craintes. Lorsqu'il s'annonçait avec son couvercle d'étain sur les puys de Joulac, la menace pesait sur le secteur de Darnac. On se dépêchait de rentrer les troupeaux, de fermer soigneusement les portes des granges, de limiter les courants d'air dans les bâtisses. On prétendait que ceux-ci étaient de bons conducteurs de foudre. D'autres disaient l'inverse, que la boule de feu devait trouver une sortie si l'on ne voulait pas qu'elle éclate dans la maison et propage l'incendie.

M. Charpenet avait entendu cent fois ces mêmes histoires et en riait, en bon rationaliste qu'il était. Selon lui, la foudre frappait en priorité les points hauts et les masses métalliques. Cela l'ennuyait qu'on pût y voir, comme c'était le cas pour la pauvre Adélaïde, quelques manifestations diaboliques.

Dans le milieu de la nuit, le vent se leva en bourrasques répétées. Un temps, celles-ci parurent suffisamment espacées pour qu'on crût que l'orage passerait au large de Darnac. M. Charpenet se contenta de cette hypothèse et retourna dans sa chambre, contre l'avis de sa domestique.

Bientôt la nuit fut zébrée d'éclairs, tous plus vifs les uns que les autres, et le roulement du tonnerre ne paraissait jamais s'interrompre. Non loin de La Califourche, il y eut un craquement si violent qu'Adélaïde pensa que la foudre était tombée dans le parc. Mais Angéline, en camisole blanche, le nez collé sur la vitre contre laquelle venait battre la pluie diluvienne, indiqua qu'elle avait frappé un chêne dans le bois aux girolles. Cette nouvelle emplit le juge de tristesse.

Comme il voulut voir aussi ce qui se passait dans le voisinage de sa maison et que le feu du ciel éblouissait d'une manière presque continue la scène de son théâtre personnel, Joseph ouvrit la fenêtre. Le vent et la pluie s'engouffrèrent dans le salon. Les cris d'Adélaïde le firent renoncer à son projet et il fallut que sa fille l'aidât à refermer le battant.

– On n'est plus maître chez soi, déplora le juge.

– Vous voudriez nous faire mourir, répliqua la domestique.

Il y avait, aux yeux de M. Charpenet, plus menaçant que la foudre dont on ne pourrait jamais prévoir les points de chute. La tempête s'acharnait sur les arbres près de la maison, deux marronniers et trois tilleuls. Joseph ne nourrissait guère d'inquiétude pour les marronniers dont les bois entremêlés opposaient une résistance tenace au vent. Quant aux tilleuls, encore plus proches de la maison, ils étaient de loin les plus fragiles. Les ramures, chargées par le feuillage, cassaient comme du verre. C'était ce qu'il voulait surveiller en ouvrant sa fenêtre : les hautes branches que le vent fouettait contre sa toiture. On entendait, dans le feulement de la tempête, les entrechoquements du bois meurtri et de l'ardoise.

Il fallait une occasion comme celle-ci pour lui rappeler une antique promesse : l'élagage des tilleuls, qu'il n'avait jamais mis à exécution, bien que Blaise eût insisté, et pas seulement Blaise, mais aussi Lecomte, le maire de Darnac et Daubresse, le petit cantonnier. « Faudra élaguer vos tilleuls, monsieur Charpenet, avant qu'ils n'endommagent votre maison. »

Voilà. C'était trop tard. Il se prit la tête dans les mains, en rage. « Pourquoi suis-je indifférent à ce point, jusqu'à négliger mes affaires, ma famille ? » Il se reprocha alors de livrer de la sorte, par négligence, par facilité, sa fille aux Decosteur. « Avec un peu de chance, je n'en verrai pas les dégâts, se dit-il en se pinçant les lèvres. Le spectacle m'en sera épargné… À moins qu'elle finisse par s'adapter à sa nouvelle vie. Mais comment y croire ? » Les derniers échos rapportés par Cramois sur la querelle des deux frères ne portaient guère à l'optimisme.

Soudain, un long craquement résonna dans toute la maison. Puis un choc sur la toiture. Quelque chose qui parut ébranler la membrure de la maison. Peut-être était-ce un effet de l'imagination ? Mais Joseph ne rêvait pas. Devant lui, Angéline et Adélaïde restaient pétrifiées de surprise.

– Que se passe-t-il ? La foudre. Vous croyez ?

Joseph ouvrit la fenêtre et le vent le repoussa d'un coup de bélier. On n'y voyait goutte. L'eau tombait à seaux. Cela clapotait partout, sur le gravier des allées, dans le feuillage des arbres. Contre les vitres, la pluie cinglait en déformant les flashs intermittents du dehors.

Le vieil homme chercha un fauteuil près de la lampe à pétrole. Il s'y abandonna avec résignation. « Notre navire est solide sur la mer démontée » pensait-il. Cette image parut le rassurer. « Je reste le capitaine, malgré les ans. »

Une goutte, puis une autre, vinrent toucher son front.

– Ça prend l'eau notre affaire, s'écria-t-il en levant les yeux au plafond.

– Quoi, père ? dit Angéline.

Elle aussi distingua une large auréole sur la boiserie, déjà fort humide. M. Charpenet déplaça son fauteuil pour se mettre au sec.

– Nous n'y pouvons rien, Adélaïde, la carcasse est touchée. Nous allons couler, voilà tout.

– Ne faites pas l'enfant, reprit-elle. Je parierais plutôt que la toiture a pris un coup, un sacré coup.

– C'est un écueil que j'aurais pu éviter, ricana Joseph, si j'avais été un bon capitaine. Mais voilà, je suis un piètre chef.

Passée une certaine heure, la servante ne l'écoutait plus. Surtout lorsqu'il lui prenait l'envie de s'imbiber de cognac. Justement, le conseiller se traîna vers le buffet Empire. Et il s'y servit trois doigts de Borderies. Puis il revint s'asseoir dans le halo jaune de la lampe. Comme le vent sifflait en s'engouffrant sous les portes, cela faisait vaciller les flammes.

– Nous rejoindrons le port, certes, marmonna le vieil homme, mais dans quel état ?

Pendant ce temps, armée d'une lampe-tempête, Angéline était montée dans les combles. Elle y avait découvert un vaste trou dans la toiture occasionné par la chute d'une branche de tilleul conséquente. L'eau coulait à flots par cette ouverture. Bientôt, le grenier serait inondé, puis les pièces inférieures, la chambre bleue, l'alcôve des poupées, le grand salon...

Adélaïde resta sur le palier du grenier, écoutant la description d'Angéline. Elle avait peur des chauves-souris, peur qu'elles se prissent dans sa chevelure, peur qu'elles se missent à lui sucer le sang, ou qui sait ? à la transformer en vampire.

– Venez m'aider à placer cette bassine. Ce sera autant d'eau que nous n'aurons pas à éponger dans le salon...

– Oh non, je ne peux pas, mademoiselle Angéline, ne me demandez pas ça.

En effet, les pipistrelles voletaient autour des deux femmes, les frôlant parfois, maîtresses de l'espace sur lequel elles régnaient. Par les lucarnes, une fois la pluie cessante, elles finiraient par regagner la nuit enfin, en quête d'insectes.

Angéline tira la cuvette en zinc qui faisait bien son mètre de largeur sous l'accroc de la toiture. L'eau se mit à ruisseler en chantant sur le métal.

À l'aube, M. Charpenet offrit à sa fille le visage d'un homme désemparé. Cette longue nuit de veille, émaillée de quelques périls imprévus, la chute de branches sur sa toiture, les infiltrations d'eau jusque dans le salon, le petit parc de La Califourche encombré de tilleuls couchés, d'arbustes brisés, de roseraies dévastées, lui avait fait prendre dix années supplémentaires.

Joseph était décidément à un âge où la moindre contrariété laisse une trace malfaisante, là où la jeunesse triomphe dans sa grâce naturelle. Il errait l'âme en peine, n'osant plus descendre jusqu'au bois de crainte d'y constater la mort de ses arbres préférés.

– Pauvre papa, dit Angéline, cesseras-tu de te croire persécuté ? Il n'y a pas que toi, monsieur le conseiller à la cour, qui souffres de cette catastrophe ! Allez donc, tout ça sera vite réparé. La nature est coutumière de ce genre de débâcle.

Le vieil homme se tenait la tête dans les mains. Il n'avait pas assez d'argent pour faire réparer sa toiture. Et l'assurance qu'il avait souscrite n'était pas très généreuse dans ce genre de situation. Cette évidence le rongeait de l'intérieur. Autrefois, il avait été presque riche, du temps d'Émilienne, puis sa bonne fortune s'était évaporée avec le décès de son épouse. Les malheurs surviennent ainsi dans une vie d'homme, par étapes successives, sans qu'on y prenne garde, par insouciance aussi, par légèreté.

– Le plus urgent, monsieur, insista Adélaïde drapée dans un tablier blanc de charcutier, c'est de nous mettre au sec. La pluie peut revenir d'une heure à l'autre.

Ils sortirent tous ensemble, à la queue leu leu, Joseph fermant la marche pour examiner encore une fois les ravages sur la toiture.

– Tout ça me désole ! pleurnicha Joseph en se prenant la tête dans les mains. Que faire ?

– Trouver un couvreur, répliqua Adélaïde. Vous ne seriez pas bête au point de croire que le toit va se réparer tout seul ?

– Il nous faudrait voir Mattéo Decosteur, proposa M. Charpenet. C'est un homme serviable dans le fond, d'autant plus serviable et ouvert à notre égard, que nous allons faire partie de sa famille.

– Quoi ? s'offusqua Angéline. Nous n'avons pas besoin des Decosteur. Nous saurons nous débrouiller sans eux. Mon pauvre papa, tu n'as plus la main.

Joseph retourna dans son salon comme un loup blessé dans sa tanière. Sans un mot, sans un geste, rompu, vaincu.

– Moi, je connais quelqu'un qui pourrait réparer notre toit, suggéra Angéline.

Adélaïde resta pensive. C'était la première fois qu'elle voyait la petite Charpenet prendre une initiative. Jusqu'alors, elle s'était comportée en enfant gâtée, loin, si loin, des contingences matérielles.

– Qui donc ?

Angéline ne répondit pas.

– Alors, si vous êtes si sûre, ma petite, ne traînez pas. Car votre père a démissionné. Ne voyez-vous pas ? Quel malheur !

Peu avant midi, la petite Charpenet sortit son vélo de l'ancienne écurie. C'était une machine dont elle se servait assez rarement.

– Savez-vous où je pourrai trouver M. Fournel ? demanda-t-elle à Blaise.

– À l'église de Darnac, forcément. Comme si vous ne le saviez pas, jeune fille ! s'exclama-t-il en esquissant un sourire plein de sous-entendu.

À ce moment, le voiturier découvrit les dégâts sur la toiture.

– Qu'est-il arrivé ?

Angéline, devant son manque de perspicacité, se moqua du cocher.

– L'orage, s'écria-t-elle, le bienheureux orage... Je ne le louerai jamais assez ce feu du ciel. Il me sauve... Ne comprenez-vous pas ? fit-elle en enfourchant le vélo. Sylvestre... le couvreur... l'orage... Et l'étonnant concours de circonstance...

Il se mit à hocher la tête.

– Je ne suis pas encore mariée, vous savez...

Angéline disparut au bout de l'allée, sans se retourner, le saluant d'un geste du bras, haut dressé.

Le maître couvreur Philibert était un maître exigeant, surtout avec ses apprentis. Sa plus grande fierté était de les former en une petite année. À la suite de cette expérience, peu d'entre eux restaient encore au service de celui qui leur avait pourtant tout appris. Ils préféraient se trouver un nouveau patron moins sourcilleux. Dans le corps de métier des couvreurs, le travail ne manquait guère, d'autant qu'avec un bon certificat de travail, les portes s'ouvraient toutes seules. M. Philibert ne mégotait guère sur les recommandations quand il s'agissait de ses garçons, qu'il avait portés au sommet de leur art.

Cela faisait trois mois à peine que Sylvestre Fournel avait intégré l'équipe de M. Philibert. Le jeune homme, outre ses qualités d'acrobate, s'était montré habile d'entrée de jeu. Il marchait sur les toits, se déplaçait avec dextérité, sans crainte du vide. Aussi, Philibert lui avait-il confié sans préambule la tâche la plus compliquée qui soit pour un couvreur, l'ancrage des pannes faîtières, des arêtiers et des tuiles de rive. Lorsqu'il le mit à la retaille des ardoises, sur le plancher des vaches, le jeune compagnon au caractère bien trempé expliqua que ce labeur monotone ne lui seyait guère et qu'il lui préférait la pose, même s'il n'était pas encore un ouvrier assez expérimenté pour clouer l'ardoise artistiquement.

Souvent, on le reprenait, on lui disait qu'il n'avait pas « le compas dans l'œil », mais Philibert s'en amusait. Il savait, lui, que ce Fournel ne tarderait pas à devenir l'un des meilleurs artisans du canton. Peut-être mettrait-il plus de temps que nécessaire à se familiariser avec la découpe, la pose et la soudure des parures et accessoires de zinc ?

– Je ne suis pas une couturière, se défendait Sylvestre en laissant échapper les ciseaux et filer la feuille de zinc entre ses doigts.

L'abergement de cheminée exigeait que les feuilles métalliques fussent ajustées au plus près de la pierre afin d'éviter les écoulements d'eau. Et la découpe du jeune Sylvestre était plutôt approximative. Dans le métier, on n'aimait guère gâcher le zinc ou le cuivre. Parfois une soudure permettait de rectifier une erreur, mais c'était un pis-aller indigne pour un compagnon du tour de France tel que Philibert.

– Suivre un trait n'est certes pas difficile, insista le patron en replaçant la feuille sur l'établi.

Et il lui prit des mains les cisailles et coupa le métal aussi aisément que du tissu.

– Je crois que c'est l'heure de la débauche, soupira Fournel.

– Tu inventerais n'importe quoi pour te tirer d'affaire.

Le garçon rajusta sa casquette et enfila son petit gilet de baptiste bleu. Puis il entra dans l'église, passant près du baptistère sans se signer. Il avait été enfant de chœur, en son temps, pour le curé Geoffroy. Un brave homme qui lui avait enseigné les fleurs des champs, les papillons, les insectes, et si peu la vie des saints ou le sens des Écritures. Sans doute ce prêtre avait-il flairé chez l'enfant Fournel une bonté naturelle qu'aucune scolastique ne pourrait améliorer, ou qui sait ? peut-être pervertir.

Sylvestre alla se réfugier dans la sacristie où il avait l'habitude de prendre son repas. Celui-ci tenait dans une gamelle. C'était une vilaine soupe chargée de pain. Elle serait agrémentée d'une poignée de reines-claudes qu'il avait ramassées le matin même sur le chemin de Portecroix. Ce frugal déjeuner était son ordinaire.

Les Fournel étaient des paysans pauvres. Toute leur production, lait, fruits, légumes, viandes, était destinée au bailleur. On se privait du matin au soir pour arracher des griffes d'un propriétaire tyrannique quelques malheureux sous. Certes, Maxime Fournel, le père, n'était pas des plus rusés pour tromper son maître, comme cela se faisait dans son entourage. « L'homme honnête est condamné à mourir de faim » disait souvent le jeune Sylvestre dont les études avaient été interrompues avant le certificat. « Oui, admettait sa mère, mais nous gagnerons notre place au paradis… » Cela mettait Sylvestre en rage. « Ma pauvre maman, rien n'est assuré de ce côté-ci… »

Tout en mangeant sa soupe, Sylvestre songeait au sort des petites gens comme lui et à l'injustice qui leur était faite jour après jour au nom d'une loi qui ne protège que les riches et les patrons. M. Darquoy, le possesseur de Portecroix, accordait des subsides à ses métayers selon son bon vouloir. Il n'était jamais une seule bonne récolte, ni une année profitable à ses yeux. Mille raisons justifiaient son avarice. « Des terres improductives qui me coûtent les yeux de la tête, s'indignait-il. Est-ce ma faute, Fournel, si tu ne sais pas travailler ? » Que répondre à cela, sinon courber l'échine.

Le jeune homme se sentait bien dans cette sacristie encombrée de vêtements sacerdotaux, d'objets cultuels. C'était un havre de paix nimbé d'une lumière tamisée, où les bruits du dehors lui parvenaient étouffés. Il se revoyait quelques années en arrière, espiègle et rebelle, un peu sauvage aussi, rétif à la discipline du maître d'école. Ses seuls moments de liberté avaient été volés au père, qui lui imposait des corvées harassantes à la métairie : les foins, les moissons, l'arrachage des pommes de terre, les vendanges, les labours… Chaque fois qu'il s'était ainsi évadé, on le lui avait fait payer au centuple à coup de gifle, de fouet et de ceinturon… « Nous materons le désobéissant jusqu'au sang, disait Maxime. Et s'il persiste, c'est qu'il n'est pas des nôtres… » Ainsi, Sylvestre comprit qu'il n'était pas de la race des soumis de Portecroix. Il chercha un bon patron et finit par le trouver. « Depuis, je joue les équilibristes, sans me soucier ni de la vie ni de la mort, pensa-t-il. La perdre pour un pauvre n'est rien puisqu'elle ne vaut pas tripette. »

Au moment où Sylvestre crachait ses noyaux en visant un calice, il entendit un bruit de pas dans l'église. Il rangea en hâte ses affaires, craignant d'être découvert par le curé de Darnac. Ce dernier ne l'aimait guère. Et la sacristie était réservée aux vases sacrés, un lieu où le commun des mortels n'avait droit de cité. « Quel sacrilège ! » se dit-il en entrouvrant la porte sur laquelle étaient punaisés les dix commandements. Il réprima un petit rire à l'idée que cette faute, ce péché mortel, il devrait le confesser. Mais ce n'était pas dans ses habitudes.

Dans l'entrebâillement de la porte, Sylvestre distingua dans la pénombre une forme blanche. La visiteuse poussa un cri.

– Je vous cherchais, Sylvestre.

Le garçon traversa le chœur, enjamba la grille qui protégeait le maître-autel.

– Comment m'avez-vous trouvé ?

Elle ôta son chapeau puis arrangea sa chevelure en désordre.

– M. Philibert m'a dit que vous étiez souvent dans la sacristie à la pause de midi.

– J'aime le silence.

– Vous avez raison.

– Mais uniquement le silence. Ne vous méprenez pas, Angéline, je ne crois pas que cet endroit soit encore habité.

Elle se mit à rire.

– Vous êtes drôle. Habité. Ce lieu est dévolu à Dieu, tout de même.

– Pour moi non. C'est un endroit comme un autre, aussi vide que la salle des pas perdus de la gare de Brive.

Sylvestre chercha une chaise et prit la plus confortable, recouverte de velours mauve. Sur le dossier, une petite plaque en cuivre indiquait le nom de sa propriétaire.

– Elle appartient à Mlle Leverbois. Vous ne la connaissez pas ? Elle habite près de la mairie, rue de la Fontaine, dans un petit appartement au premier étage. Elle paye trois sous par an pour conserver cette chaise dans l'église et de préférence au premier rang. C'est fou, non ? Croit-elle que cela se passera ainsi pour entrer au paradis ? Trois sous à une chaisière et le privilège, enfin, de s'asseoir à la droite de Dieu.

La jeune fille portait des gants ajourés en coton blanc. Et sa mise tranchait avec le pantalon de toile bleu et le petit gilet de même ton fort élimé de Sylvestre. Sa robe blanche paraissait flotter dans la lumière affaiblie par l'épaisseur des murs, l'opalescence des vitraux. Il semblait que deux mondes diamétralement opposés se côtoyaient dans la petite église de Darnac et que ces deux mondes n'osaient s'observer d'un regard appuyé.

– Moi, je n'ai rien contre Dieu, souffla Angéline.

Le garçon se tourna vers elle, puisqu'elle s'était assise à deux chaises d'intervalle. Il voyait distinctement le profil de son visage. Il ne s'attarda pas. Il craignait qu'elle le détaillât avec insistance. Pourtant, elle en avait envie, mais ne s'y risquait pas encore. Et il ne devinait pas, à ce moment crucial, qu'elle était possédée par ce désir, sinon il eût pris tous les risques. Bien au contraire, une sorte de défiance commençait à l'envahir, peu à peu.

– Contemplez-la bien cette nef, vous allez bientôt l'occuper tout entière, corps et âme, avec votre Artus.

Angéline fronça les sourcils. Elle ne comprenait pas cette soudaine aigreur. Il ne savait rien sur elle et la simple conversation engagée jusqu'alors, fort anodine, ne pouvait lui accorder ce droit.

Enfin, le jeune homme se leva pour lui faire face. Il avait envie, curieusement, de constater sur son visage les effets de sa pique.

– Vous allez vous marier. Artus, un bon parti tout de même. Mais l'aimez-vous seulement ce bonhomme ? J'en doute. Je vous sens plutôt malheureuse.

– Vous tenez cette impression de votre sœur ?

– Louise, s'exclama-t-il. Elle vous aime bien, Louise. Mais ce n'est pas une surprise, Louise aime tout le monde, sans discernement.

Sur le coup, elle fut étonnée par sa repartie distante comme s'il possédait quelque amertume contre la gent féminine. Sur ce point, le pauvre Sylvestre avait beaucoup à apprendre sur les femmes et sa stupidité de jeune homme arrogant ne faisait que lui masquer l'évidence, la belle Angéline était venue à sa rencontre avec la meilleure intention du monde.

– Vous avez tort de mépriser votre sœur, rétorqua Angéline, elle vous porte dans son cœur. Et je voudrais bien, moi, avoir un frère ou une sœur à qui me confier.

– Vous pourriez le faire avec moi ? Ce serait une bonne idée.

– Votre attitude pour l'instant n'est guère engageante.

Sylvestre parut s'abandonner à une longue réflexion, les bras croisés sur sa poitrine, la tête penchée en avant.

– Oui, finit-il par admettre, je me comporte comme un idiot. Peut-être que je vous trouve trop jolie pour un garçon comme moi, et que je suis en colère de savoir que c'est un Artus qui vous aura tout entière pour lui.

Elle jouait avec son chapeau, les doigts s'insinuant dans les replis de soie. Elle se sentait envahie par des sentiments contradictoires. Elle était heureuse de la jalousie de Sylvestre et triste de devoir renoncer à cet amour pour un Decosteur. Peut-être lui restait-il encore quelque chose à se prouver à elle-même ? Gagner du temps avant le couperet fatal, c'était tout ce dont elle avait envie. Mais on la pressait de toute part, et plus encore du côté paternel où l'on craignait un renoncement de dernière minute.

– Je ne sais pas si je me marierai avec Artus.

– On ne parle que de ça.

– Les derniers événements ne plaident pas en sa faveur.

– Je crois que vous vous bercez de douces illusions, reprit Sylvestre, car votre affaire est quasiment conclue.

Elle éclata de rire, frondeuse.

– Je ne suis plus une petite fille.

– Je l'espère, releva Sylvestre.

– Et vous, jeune Fournel, seriez-vous prêt à m'aider si je vous demandais un service ?

Le garçon tomba à genoux aux pieds de la jeune fille. Elle posa une main sur son front, lui caressa la joue. Si la pénombre de l'église n'avait été aussi enveloppante, sans doute eût-elle distingué le trouble du jeune homme, le frémissement de tout son être. Mais il ne put lui dire, à ce moment, qu'il l'aimait depuis la première seconde où il l'avait aperçue sur la place, dans la lumière blanche d'une matinée d'été. Depuis, il rêvait d'elle, la vénérait et la maudissait à la fois, car il ne voyait pas comment la conquérir, ni quel argument serait assez décisif pour la conduire à lui. Elle était devenue une sorte d'astre inaccessible, isolée et magnifiée dans son espace secret sur lequel elle paraissait régner. Il n'y avait point de place pour lui sur cette étoile, point de chemin pour la rejoindre. C'était un cœur à conquérir et il n'avait jamais cru qu'il fût possible, un jour, qu'un seul de par le monde puisse battre pour lui.

– Demandez, Angéline, demandez, et vous verrez tout ce que je pourrai faire pour vous être agréable.

Mlle Charpenet l'aida à se relever d'un geste appuyé. Elle se sentait ridicule devant une situation si peu maîtrisée. Elle se disait que le garçon était sans doute amoureux d'elle, comme il l'était de tous les jupons qui passaient, volage et perfide à l'image de ses héros de roman. Cela ne manquait pas les belles figures de séducteurs et les tristes mines des amantes flouées. Un mariage de raison au moins ne peut réserver aucune mauvaise surprise.

– Un orage a frappé notre maison de La Califourche. La toiture surtout qui laisse passer les eaux comme une passoire. Et mon pauvre papa ne sait comment se débrouiller devant cette avanie.

Sylvestre prit les mains de la jeune fille. Il les sentit molles et offertes, comme un gage. Alors il s'emballa, son esprit s'enflamma, et il déposa un baiser sur ses doigts gantés. Il les sentit se cabrer, s'offusquer, mais il insista, trop peut-être, car Angéline reconnut soudain dans cette insistance la mâle ardeur d'un Artus.

– Soyez sage, Sylvestre. Dans une église, tout de même… Ça ne se fait pas.

Le jeune homme se recula, confus et honteux. Désormais, l'emballement cédait la place à la débâcle. Il se fût enfui si elle n'avait pris soin de lui prendre le bras pour l'accompagner vers la sortie. Elle s'en voulait d'avoir été inutilement rétive. Elle se reprochait de l'avoir blessé peut-être.

– Bien entendu, je vais arranger votre toiture. Dès ce soir, mademoiselle. Vous pouvez compter sur moi.

– Nous paierons les heures de travail. Dix sous par jour, n'est-ce pas ? C'est bien ce que vous gagnez ?

9

Cristallisation

Monsieur Charpenet avait dépensé sa dernière énergie à négocier un bon mariage pour sa fille – du moins le croyait-il – aussi ne lui restait-il plus aucune force vitale pour accomplir les tâches quotidiennes. Ainsi, il accueillit avec soulagement la démarche d'Angéline, tant sa hantise depuis ces dernières heures avait crû et décru, suspendue au glissement des nuages dans le ciel d'été.

Certes, Blaise lui avait prédit que l'orage ne surviendrait pas avant au moins quatre jours. C'était une prophétie gratuite. Nul ne savait au juste ce que le ciel déciderait.

À la fin de la journée, comme il l'avait promis, le jeune Sylvestre installa ses échelles sur le pan de toiture endommagé. Il avait trouvé le moyen de gagner le toit par un soupirail et vite mesuré l'ampleur des dégâts. Angéline l'avait accompagné jusque dans les combles, lui avait montré l'endroit où elle se réfugiait pour lire et écrire. Fournel avait trouvé ça plutôt attendrissant, qu'une jolie fille fût aussi solitaire dans cette grande maison.

– Vous n'avez pas d'amies ? En dehors de ma sœur…

– Gabrielle, mais elle est tellement loin de moi.

– Vous en avez tout de même gagné un…

Elle parut réfléchir.

– Vous ne devinez pas qui ? insista-t-il.

– Non.

– Moi.

– Êtes-vous vraiment mon ami ?

– Cette suspicion est vexante.

Elle voulut retirer sa réflexion pour le moins blessante, mais Sylvestre avait déjà rejoint son chantier en jouant l'équilibriste. Il marchait sur la pente en écartant les bras, le pas léger et assuré. Une fois à demeure, il commença à ôter les ardoises sur le pourtour du trou, là où la branche de tilleul avait perforé la couverture. Angéline les récupérait au fur et à mesure.

– Faites un tas. Je trierai les ardoises qui peuvent resservir. Et s'il en manque, n'ayez crainte, je me débrouillerai.

– Que ne feriez-vous pas pour moi ?

La jeune fille comprit que sa remarque était outrée, mais trop tard pour la retirer. « Je suis folle ou quoi, se reprocha-t-elle. À trop tenter le diable… » Elle se mit à réfléchir et pensa aussi à Théodore avec qui, une semaine plus tôt, elle avait joué avec le feu. « Décidément, je ne rate aucune occasion de séduire comme si je cherchais inconsciemment à me dépêtrer de ce guêpier. N'importe qui, sauf Artus ! Pourtant, ce n'est pas ainsi que l'on quête le bonheur, par calcul ou pis-aller. »

À la nuit, le jeune couvreur arrêta son ouvrage. Il avait terminé la réparation des voliges. Restait donc à ajuster et clouer les ardoises pour que la toiture de La Califourche retrouve enfin sa physionomie habituelle. Deux ou trois jours seraient encore nécessaires.

M. Charpenet demanda à Adélaïde de servir un repas au jeune homme dans la cuisine. Ce dernier refusa, jugeant que son intervention ne méritait pas autant de dérangement. Mais Angéline insista à son tour. La manière dont elle prit la défense de Sylvestre ne manqua pas d'attirer l'attention du vieil homme.

– Vous connaissez ma fille, monsieur Fournel ?

Celui-ci bredouilla une vague réponse. Heureusement, Angéline vola à son secours.

– C'est un des ouvriers qui travaillent sur le chantier de l'église, expliqua-t-elle.

Rassuré, Joseph se retira dans son bureau pour y lire des journaux en fumant un bon cigare.

– Quelle belle maison ! s'exclama Sylvestre en faisant le tour du salon.

Angéline l'accompagnait en lui montrant toutes les richesses qu'elle contenait. Son attention se focalisa sur une belle collection de porcelaines dont certaines d'entre elles avaient plus de deux cents ans.

– Regardez ces motifs, dit Angéline.

Il y avait des vases de diverses dimensions, deux théières, une soupière, quelques assiettes. Le garçon n'osait les toucher, même du bout des doigts.

– Ça vaut une fortune ?

– Un bon prix, tout de même. La décoration est inspirée de la Compagnie des Indes, exposa Angéline.

À ce moment, la main du jeune homme effleura celle d'Angéline. Cette fois, elle n'affecta aucun mouvement de recul. Il précisa son geste.

– Vous êtes incorrigible, Sylvestre.

– Oui, reconnut-il. Parce que vous me plaisez.

Dans la lumière dorée des deux lampes à pétrole posées sur la cheminée de marbre blanc, il distinguait faiblement son visage, mais assez pour se rendre compte de son émotion. Au moment où il tenta de l'embrasser en l'enserrant légèrement, elle se déroba.

– Je ne vous plais pas ?

Elle ne répondit pas. Elle le fixait intensément de ses yeux noirs, sans désemparer.

– Vous allez trop vite. J'ai besoin de réfléchir.

– Je ferai tout pour faire échouer votre mariage.

– Si mon père vous entendait…

– Il a l'air d'un brave homme, dit-il. Un peu perdu dans cette vaste maison.

– C'est lui qui insiste pour que j'épouse Artus Decosteur, chuchota-t-elle.

Alors Sylvestre se mit à chuchoter lui aussi. Pourtant, il n'avait aucune crainte. Pour elle, il eût affronté la colère de M. Charpenet. Mais il comprit que la peur était du côté d'Angéline et qu'en forcer la porte ne ferait que ruiner son projet.

– J'ai envie de vous revoir, proposa-t-il.

Fournel se tenait de côté, près de la porte du salon. Le bureau où s'était réfugié M. Charpenet était à trois pas, ouvert sur le couloir. On pouvait entendre les murmures, surprendre leur jeu. Le silence du lieu, seulement troublé par le ronronnement de la flamme dans son tube de verre, était, à ce moment de la conversation, leur pire ennemi.

– Je vais vous raccompagner, monsieur Fournel, dit-elle d'une voix haute.

Ils sortirent dans le parc, marchèrent jusqu'à l'angle de la maison, là où commençait à s'épaissir l'ombre portée de la roseraie. Leurs pas crissaient sur le gravier, et leurs respirations étaient fortes.

– Je vous veux toute à moi, lui souffla le garçon en la prenant par la taille.

Angéline se taisait. Et pourtant, il sentait contre lui son corps palpiter. Il sentait monter et descendre le désir en elle, au rythme d'une respiration haletante. Il l'embrassa sur le fil de ses lèvres serrées. Il eût voulu qu'elle se libérât, et que sa bouche s'entrouvrît. Mais elle se méfiait de sa fougue, de son ardeur, de son intempérance.

Une voix forte, celle d'Adélaïde, retentit de la maison. On la rappelait à l'ordre. On craignait pour elle les sortilèges de la nuit.

– Je viens, je viens, répéta-t-elle.

Sylvestre ne l'avait pas encore lâchée. Ses deux mains plaquées sur sa taille l'enserraient avec force. Angéline se sentait légère comme un nuage. Elle eût tout donné pour qu'il l'entraînât là où l'ombre était encore plus épaisse que sous la roseraie. Mais ce n'était pas possible. On la tirait à hue et à dia : lui d'un côté, enflammé par un désir fou, Adélaïde de l'autre avec ses appels répétés.

– Venez me retrouver dimanche à dix heures à la fontaine de Jourdan, murmura-t-il. Jurez-le moi ! Je vous en prie. Jurez-le ! Sinon vous me ferez mourir...

Il ne voyait plus qu'une silhouette s'éloignant. Et c'était courir grand péril que de revenir vers elle.

Fuyant les questions d'Adélaïde et surtout ses regards interrogateurs, Angéline se faufila dans sa chambre sans demander son reste. Puisqu'on l'avait promise, elle ne devait plus regarder un garçon, désormais. Comme ce n'était pas une règle qu'elle avait édictée elle-même, ou du moins qu'elle avait faite sienne, Angéline se sentait en droit de se rebeller. Certes, sa résistance se cantonnait à jouer à cache-cache avec la réalité. Cependant, il lui semblait qu'elle s'avançait vers la lumière par paliers successifs. Elle cherchait quelque affranchissement mais ne savait comment le gagner.

La bouderie cette fois ne dura guère. M. Charpenet était entré dans sa chambre, ce qu'il ne faisait jamais d'ordinaire, peut-être pour l'en délivrer, crut-elle naïvement, de ce misérable serment. Il avait observé, lui aussi, quoi qu'il en parût, le manège entre les enfants. Et ce nouveau venu l'inquiétait.

– Je te remercie, ma chère petite, dit-il d'une voix caverneuse.

Ce n'était pas bon signe autant de gravité. Mais elle s'en moqua, toute rieuse qu'elle était.

– Mais de quoi donc ?

– D'avoir trouvé un sauveur. Sans lui, nous aurions dû écoper à la première averse.

Il employait volontiers ce vocabulaire de marin pour s'en amuser ; le vieux rafiot ci-nommé La Califourche était en cale sèche depuis longtemps. Et jamais sans doute il ne reprendrait la mer, faute de capitaine. « Un mousse, pensa-t-il, que faire d'un mousse dans notre équipage ? Voilà qui ne manquerait pas de perturber la discipline du bord. »

– Il fallait bien que je joue de mes connaissances, répliqua Angéline, espiègle. Ici, personne ne savait comment venir à bout de notre avarie. J'ai bien le droit d'avoir des amis, non ? reprit-elle.

Elle sentait qu'il brûlait de lui poser la question, la fameuse question.

– Certes, dit-il. Un gentil garçon adroit de ses mains. Et si peu paysan dans l'âme…

– Comment as-tu vu tout ça, mon cher papa ?

Mlle Adélaïde qui se trouvait à côté, dans l'alcôve voisine, près de la fenêtre haute pour quérir la lumière nécessaire à son délicat ouvrage, ne perdait rien de la discussion.

– Ce Fournel me paraît toutefois bien jeune…

– Il n'a que trois ans de moins qu'Artus, lâcha-t-elle.

Et elle réalisa sur-le-champ que cette comparaison trahissait sa tempête intérieure. Artus, Sylvestre, singulièrement posés au même rang dans la phrase, comme s'ils étaient soudain devenus des rivaux, au point qu'elle eût dû selon toute logique se presser de les départager. Elle s'y refusa. Puisque l'idée traçait son chemin toute seule, autant la laisser faire. M. Charpenet prit peur.

– C'est un ami ou plus qu'un ami ? s'inquiéta-t-il.

– Oh papa ! s'exclama Angéline. Que vas-tu croire ?

Adélaïde hochait la tête. Elle les avait bien vus sortir ensemble, remonter l'allée, puis se cacher sous la roseraie. Mais elle n'avait pas le droit d'intervenir dans la conversation. Heureusement, la bienséance, en ce temps-là, jouait le rôle de chien de garde des relations humaines. Les maîtres d'abord, les employés ensuite... La vérité des maîtres était incessible, comme celle des princes. On la tenait de haute tradition, et l'ordre se perpétuait ainsi par l'usage des conventions sociales. Il faudra encore deux ou trois générations pour que la règle se diluât, ou bien une révolution ou deux, présentement hélas, une guerre ou deux...

– Il n'est pas correct dans ta situation, ma petite, que tu fréquentes ce Fournel, même par pure amitié.

Angéline perdit son tendre sourire. Il se figea sur son visage comme un masque de scène.

– Il est assez bien pour réparer notre toiture et pas assez pour me tenir compagnie.

– Je doute que sa conversation soit aussi brillante que celle de tes héros de roman.

Dans ces moments, elle ne pouvait lui tenir tête et le savait, aussi se retira-t-elle sur la pointe des pieds. Mais cette réaction ne rassura guère Joseph. Il avait envie d'entendre d'elle, hauts et intelligibles, des mots tels que « mille excuses mon petit papa » ou encore « je ne recommencerai plus... » Elle persistait et signait dans la voie choisie, comme Émilienne autrefois, avec l'opiniâtreté des femmes insoumises à la volonté masculine. Mais M. Charpenet, réactionnaire en diable, (il lisait quelquefois *L'Action française*) ignorait que cette question, l'émancipation des femmes, occuperait plus de la moitié du siècle. Mais que lui eût apporté cette divination, puisqu'il ne vivrait plus longtemps désormais et qu'il partirait de toute évidence avec ses antiques préjugés ?

On ne change pas un homme empêtré dans sa vieille culture sans dégât. La mort, heureusement, rajeunit le cours de la pensée et du progrès en éliminant les tenaces certitudes ancrées dans les générations vieillissantes. Précisément parce qu'il possédait trop de certitudes, M. le conseiller ne s'était jamais interrogé sur la question, même si l'approche de la mort le titillait quelquefois ; au contraire, il croyait que ce qui avait fait la beauté et la grandeur de ce monde allait sombrer avec lui. C'était sa seule consolation.

Tandis que Joseph caressait les papiers du notaire, répétant à voix basse le futur patronyme de sa chère fille, Angéline Decosteur, cette dernière avait trouvé refuge sur son lit, face à la fenêtre où se dessinait la montée du soir. C'était une nuit de pleine lune, avec ses ombres moirées et ses diaprures platine. Dorénavant, pour elle, la vie se résumait à une longue attente. Le visage de Sylvestre la hanterait, seconde après seconde. Elle s'endormirait avec les derniers mots qu'il avait prononcés avant de disparaître, et se réveillerait les mots en bouche encore et toujours : « Sinon, vous me feriez mourir… » Elle eût pu tout aussi bien la faire sienne, cette phrase terrible. Angéline se trouvait engagée, désormais, à le suivre partout où il l'inviterait ou à accepter que leur amour mourût d'absence.

Mlle Charpenet riait et pleurait à la fois, sentant confusément qu'une chose inconnue s'était déclarée en elle, une fièvre, un trouble, un transport… Elle ne pouvait décrire ce qu'elle ressentait et pourtant brûlait de le faire, dans une lettre, selon son habitude, à Gabrielle Giroux. Mais trop honteuse où trouverait-elle le courage ? Il lui semblait entendre la réponse : « Toi, qui me certifiais hier encore que l'amour n'était pas fait pour toi... »

Mais alors qu'elle avait épuisé les ressources de son corps, tiré tout le plaisir de ses propres caresses, elle se sentit soudain devant une sorte de vide. « Et si tout cela n'était qu'une chimère ? Si je ne l'aimais pas, ce jeune Fournel, si je n'avais fait que projeter sur lui mon désir de fuir ce piège ? » Le doute ne perdura que le temps d'un soupir. Elle avait encore son image dans la tête. Ses grands yeux noirs d'obsidienne ne la quittaient plus. Dans ses brefs songes, Sylvestre était penché sur elle, l'effleurait du bout des doigts. Cela la mettait en rage ; il ne se passait rien, excepté l'effet de ses propres doigts fouillant sa chair.

Angéline n'avait aucune idée de ce qu'était un sexe d'homme, sinon par les gravures illustrant un ouvrage érotique perché sur le haut de la bibliothèque qu'elle lisait souvent en cachette. Dans ces gravures, l'attribut viril était souvent représenté roide et batailleur, *a contrario* des statues où on le figurait tempéré et attendrissant comme une fleur d'acanthe.

Dans cet abandon solitaire où réalité et rêve se côtoyaient sans jamais se joindre, l'un supprimant l'autre, le désir se perdait comme une eau bue par le sable du désert. Certes, elle pouvait imaginer que le jeune homme fougueux fût sur elle, mais impalpable comme un frisson. Elle serrait le vide, toujours le vide, et de l'illusion d'un sexe qui la pénétrait, elle ne tirait que l'illusion du plaisir.

10

Les nuages

M. Charpenet fut fort étonné de découvrir que sa fille avait désormais des penchants pour la liturgie chrétienne. Lui-même était peu enclin à la religiosité et sans doute, sans s'en rendre compte, avait-il élevé sa fille dans l'idée que la prière ou l'approche de Dieu se pouvait tout aussi bien accomplir dans la solitude d'un salon, d'une alcôve ou encore mieux sous un chêne centenaire. À ses yeux, rien ne pouvait imposer la fréquentation d'une église, l'adoration des idoles, l'agenouillement devant le chœur, ou pire, le baiser sur la croix. Mais Angéline insista pour se rendre à Darnac à l'heure de l'office et Joseph s'inclina en songeant que le mariage finirait peut-être par la rendre dévote, sa fille rebelle.

Le petit peuple chrétien du dimanche se mettait d'ordinaire en marche en entendant les cloches battre le rappel. M. Langlois les faisait sonner avec persévérance, croyant sans doute que leur long tintement répandu sur la campagne finirait par gonfler le rang de ses fidèles. Mais hélas pour lui l'histoire de Darnac se confondait parfois avec celle de la mécréance.

Même aux périodes les plus mystiques de la France, dans les villages de Corrèze, les lieux de culte n'avaient jamais été encombrés et cela continuait en ce début de siècle. Si les veuves vêtues de noir ornaient les premiers rangs, derrière elles, dans la nef, les longues rangées de chaises vides se succédaient les unes aux autres. « C'est un signe annonciateur de temps douloureux » répétait M. le curé du haut de sa chaire. Car dans la pensée chrétienne du moment, on faisait vite le raccourci : l'abandon de la spiritualité apportait le malheur comme les nuages des puys de Joulac la foudre.

Angéline avait revêtu une robe blanche en organdi et portait un chapeau de paille garni de fleurs de soie alizarine. L'évasement du jupon lui permettait de pédaler sans gêne, et quand elle se sentait à l'abri des regards indiscrets, mademoiselle ne s'embarrassait guère des principes en le relevant jusqu'aux genoux. Cambrée sur le guidon de sa bicyclette, elle fit un crochet par la place de l'église afin de constater que l'office allait commencer. Elle voulait qu'on la remarquât et, en mettant pied à terre devant le magasin de Mme Coquelle, elle s'arrangea pour entamer un brin de causette.

– J'ai de nouveaux thés, dont un mélange de Ceylan. Je suis sûre que votre père serait ravi.

– Oh madame Coquelle, il faudrait que je sache si cela convient à papa…

– Vous avez eu des dégâts de toiture, n'est-ce pas ?

– L'orage, répondit Angéline d'un air énigmatique. Mais tout est rentré dans l'ordre.

– Grâce à notre artiste, fit la mercière en papillotant des yeux.

Mlle Charpenet remonta sur son vélo en faisant la moue. Sur le coup elle en voulut à Sylvestre. Pourquoi ce besoin de tout raconter ?

La fontaine de Jourdan se tenait non loin d'un moulin désaffecté. Ici, le lierre et la vigne vierge avaient tout dévoré. La pierre de grès rouge, friable en ce pays, sensible aux assauts de l'humidité, était rongée en certains endroits. Il n'était que la toiture d'ardoise qui tenait encore, mais pour combien de temps ? La végétation abondante, la vigne surtout qui puisait ses ressources dans les profondeurs de la roche sans cesse mouillée, même à la pire période de sécheresse, par les surgeons de source, formait une voûte épaisse où se cachaient les merles. Dérangés, les volatiles prirent la fuite en rasant les buissons noirs de la garenne.

Angéline abandonna sa bicyclette contre un frêne dont les racines noueuses s'étaient incrustées dans le muret de pierres sèches. Elle connaissait cet endroit pour y être venue, une dizaine de fois, avec son père et Blaise. L'eau du Jourdan avait une fameuse réputation, celle de guérir les maladies d'estomac. Il n'était pas rare que l'on vienne de Darnac ou des communes voisines pour y puiser quelques seaux dans les noires profondeurs de la fontaine.

Instinctivement, Mlle Charpenet se mit à l'ombre de la vigne vierge. Ce n'était pas pour se protéger du soleil, déjà haut et ardent à cette heure, mais pour se dérober aux regards des paysans de Lourgnac. On y avait commencé la moisson, à la serpe autour des arbres, avant d'y faire naviguer la faucheuse mécanique sur les arpents dégagés. Et dimanche ou pas, les hommes s'adonnaient au labeur, pressés de voir leurs blés engrangés.

La jeune fille s'assit sur une souche. Celle-ci avait perdu son écorce, et les nœuds paraissaient lustrés comme un meuble d'ébénisterie. Pour passer le temps, cela l'amusa d'enlever les quelques pans d'écorce qui avaient résisté à l'assaut du temps. Il lui semblait que, par ce geste, elle délivrait le bois de sa vieille peau. Une mue d'arbre en somme. Mais elle ne fit que mettre en émoi un camp de fourmis retranché dans un repli creusé de galeries. Les insectes drillaient en rangs serrés vers un abri de fortune, portant leurs œufs tels des grains de riz. Et comme il s'en trouva quelques-unes pour s'égarer vers elle, Angéline quitta son siège. Elle avait une sainte horreur des fourmis, des guêpes, des mouches. Elle se voyait déjà assiégée par les guerrières, poursuivie de démangeaisons.

L'attente durait au-delà de ce que pouvait supporter sa patience. Les secondes lui semblaient suspendues. Elle allait et venait sous le porche végétal, n'osant entrer dans le vieux moulin délabré. Il en venait des bruits bizarres : suintements d'eau, battements d'ailes, coassements de crapauds… Ça grouillait de plaintes inconnues et qu'elle ne voulait connaître. Elle fixait la montre que sa mère lui avait confiée. Il était plus de dix heures. Mais c'était s'inquiéter pour rien. Il déboula enfin, le jeune Fournel, sur sa bicyclette noire, tête nue, cheveux au vent.

– Vous êtes sûr que personne ne vous a vu, Sylvestre ? Il y va de mon honneur. (Elle trouva le mot un peu fort. Il ne lui ressemblait pas.) Vous savez ce qu'il adviendrait de nous deux ?

Il l'observait avec gravité, le regard pénétrant, attentif à ses expressions. Tout se lisait sur le minois d'Angéline, l'émoi, l'ennui, le désir, l'agacement, la mélancolie… Elle n'était point comme ces visages neutres où les sentiments s'enlisent, ces figures froides que rien ne saurait jamais réveiller. Sans doute était-ce pour cette capacité d'étonnement et de passion que Sylvestre l'avait observée avec application la première fois. Il s'était dit : « Elle me fera rire, elle me fera pleurer, elle me fera souffrir, elle me fera rêver, du moins ne resterai-je pas indifférent. Et s'il faut aimer, du moins que ce soit un feu d'artifice… »

– Non, je ne sais pas, répondit-il. Rien de grave, je suppose.

– On colporterait des racontars sur notre rencontre. Et cela sonnerait vilainement dans toutes les bouches de Darnac. Vous ne souhaiteriez pas cela, Sylvestre, n'est-ce pas ?

Il se mit à sourire.

– Tout ce qui pourrait vous causer le moindre embarras me peinerait, assurément.

Le visage d'Angéline se détendit d'un coup, reprenant son sourire naturel.

– Ah ! parfait, soupira Sylvestre. Je vous sens rassurée, maintenant. Ça me plaît.

Angéline le devança sous la tonnelle, écartant les hampes de la vigne pour ouvrir le chemin à son beau chevalier. Elle se voulait prévenante, aimante, sérieuse aussi. Car elle avait à craindre la mauvaise réputation. Toutes ces intentions contradictoires se télescopaient dans sa tête. Elle ne savait plus ce qu'elle devait faire. Peut-être ne s'agissait-il, après tout, que de se laisser guider par son galant, s'abandonner à lui ? Mais cette posture n'était pas sans inconvénient, il lui fallait aussi conserver la tête froide. Ils contournèrent la fontaine, à l'endroit où on pouvait garder les pieds au sec en marchant sur les touffes d'ajoncs.

– Je connais un coin tranquille, conseilla Sylvestre. Une clairière où personne ne pourra nous voir.

– Une clairière, répéta-t-elle. Vous croyez, une clairière ? Nous sommes aussi bien ici.

Néanmoins, elle se laissa conduire.

– Il y a des fourrés de genêts. Et, entre ces fourrés, de petites clairières où on se sent protégé. Autrefois, poursuivit-il, j'y venais jouer avec mes camarades de Darnac. J'étais à la communale. Jusqu'au certificat. Et vous ?

Angéline ne répondit pas. Elle regardait le ciel et de grands nuages blancs, comme des montagnes. Cela enflait, boursouflait, gonflait, bourgeonnait, sans cesse en mouvement.

– Tu as vu les nuages ? montra-t-elle sans se rendre compte qu'elle avait tutoyé le garçon pour la première fois.

– Ce sont des nuages d'été. Des nuages voyageurs. Ça n'annonce rien de particulier. Le beau temps…

– Le blanc forme un contraste avec le bleu, et le vert des collines est encore plus vert et le jaune des blés et des champs plus éclatant. Alors qu'il y a des matins, une sorte de voile descend sur le paysage, un voile de chaleur. Et ce n'est pas aussi beau qu'à ce moment de l'été. Les couleurs semblent alors atténuées par ce glacis.

Il l'écoutait sans y attacher grande importance. Cela lui était égal le bleu du ciel et le glacis des journées de chaleur où la moindre goutte d'eau est absorbée par l'air. Il ne voyait qu'elle. Et cela l'enrageait déjà qu'elle se tînt à bonne distance de lui. Pourtant, il l'avait connue plus proche, à La Califourche, plus complice. Que s'était-il passé entre ces deux moments ? Il ne la retrouvait plus aussi aimante et se disait : « Il faudrait ne la quitter jamais, que rien ne s'interrompe entre nous deux pour que notre passion ne se refrène… »

De nouveau, il lui prit la main au moment où ils entrèrent dans le champ de genêts. La jeune fille le dirigea vers le carré d'ombre protégé sur les trois côtés par les fourrés. Il s'approcha d'elle et la prit dans ses bras, puis la couvrit de baisers. Elle voulut s'asseoir sur l'herbe sèche. Auparavant, il y déposa sa veste de toile en écartant les pans. Lui, cela ne l'embarrassait guère l'humidité du sol ou les traces de poussière et d'herbe sur son pantalon.

– Tu ne dois pas tacher ta robe, conseilla-t-il.

Elle avait ramené le jupon autour de ses jambes.

– Tu ne me suggérerais pas de l'enlever tout de même ?

Le garçon baissa la tête. Il ne voulait pas qu'elle vît son embarras. Angéline glissa une main dans la chevelure brune du garçon et agita sa tignasse.

– Je te taquine, Sylvestre.

– Le pire de tout, c'est que je ne serais pas contre.

– Tu es une petite canaille, comme tous les hommes.

– Comme Artus ? avança Fournel.

Elle se mit à rougir. Cela arrondissait ses pommettes ce feu soudain qui l'avait submergée.

– Oh non, ce n'est pas comparable. Sinon je ne serais pas avec toi. Toi, tu es doux et gentil. Je sais que tu brûles de désir pour moi. Mais ce ne serait pas correct que je cède. Nous ne nous connaissons pas assez…

Le garçon s'abandonna sur le dos, fixant les nuages. Il n'avait jamais pris le temps de les observer jusqu'alors. Il n'avait encore jamais éprouvé un tel sentiment pour une fille.

– Les nuages sont maintenant au-dessus de nos têtes, dit Angéline. Pourtant, quand on les regarde, on ne dirait pas qu'ils avancent dans le ciel, mais leur ombre court sur la terre, sur les champs et sur les bois.

– Qu'adviendra-t-il de nous ? demanda-t-il d'une voix cassée.

Il s'était redressé sur un coude et la dévisageait. Elle clignait des yeux pour se protéger de la lumière. Il se pencha pour l'embrasser, en insistant. Elle passa un bras autour de son cou pour le tenir contre elle, comme si elle craignait qu'il ne s'éloignât trop vite. Elle avait besoin que son baiser s'éternise, elle avait besoin de sentir ce frisson de désir l'envahir tout entière, comme la nuit dernière, seule dans sa chambre, mais plus violent encore.

Enfin, elle le laissa se détacher d'elle. Il voulut recommencer, mais elle se sentait trop dominée par ses sens pour se risquer plus loin.

– Je te pose une question et tu me fermes la bouche avec un baiser, fit-il.

Comme il tenait à ce qu'elle lui répondît sur leur devenir, il lui prit le visage entre ses deux mains et l'obligea à le regarder droit dans les yeux.

– Tu as peur ? dit-elle.

– Oui, j'ai peur… J'ai peur que tu ne m'aimes pas assez. J'ai peur de ne pas être à la hauteur de cet amour. J'ai peur de l'inconnu qui nous sépare encore.

Elle reçut ses mots avec gravité. Cela lui rappelait quelques souvenirs de lecture. « Mais l'exemple de mes chers héros ne me servira pas à grand-chose. » Elle posa sa tête sur le bras tendu de Sylvestre, en ayant pris soin auparavant de disposer sa chevelure en éventail. Le garçon avança une main vers cette poitrine offerte, mais avec tellement de précautions que ces caresses leur furent à tous deux sans profit.

– Je voudrais que nous ne nous quittions plus, dit-il.

– Ce n'est pas possible.

– Je le sais. Pour toi, je ne suis que de passage. Comme les nuages de ce jour.

Angéline ferma les yeux. Elle avait envie de pleurer, mais ne le pouvait pas. Car la raison de ces larmes était indiscernable, la peur, la joie…

– Depuis que je t'ai rencontrée, mon existence a changé, dit-il. C'est un fait. Et qu'y puis-je ? Même si tu m'abandonnes pour Artus, la vie ne sera plus la même pour moi.

Elle se tourna vivement vers lui, son visage posé contre sa poitrine.

– Je n'épouserai pas Artus. Je ne l'épouserai pas, répéta-t-elle.

Il voulait la croire bien que le temps jouât contre son amour naissant. Et il ne savait pas encore qui l'emporterait dans ce combat sourd et secret, l'héritier des Decosteur ou le petit compagnon ardoisier de Portecroix.

Avant que la cloche de l'église de Darnac n'eût sonné midi, ils se séparèrent et prirent des chemins opposés. Angéline pédalait à vive allure sur une route poussiéreuse et Sylvestre chantait à tue-tête. Le garçon, tout frileux qu'il fût, ne doutait pas cette fois que son amoureuse serait au prochain rendez-vous. « Je veillerai à ce que nos rencontres soient plus rapprochées, se promit-il, jusqu'à ce que nous nous voyions tous les jours... »

Pour occuper son après-midi, le jeune Fournel avait projeté de se baigner dans le Maumont, près de la digue de Boismoitier où l'eau était profonde et remuante. Cependant Angéline n'aurait pas cette chance, elle devrait rester à La Califourche dans le jardin ou cloîtrée dans sa chambre. Depuis que le père se sentait gagné par la fatigue, on avait décidé de supprimer toutes les sorties, hormis les visites à Bourguenave, bien entendu. Même Blaise n'avait pas l'autorisation de la conduire seule en balade dans des lieux où les Charpenet avaient leurs habitudes. Joseph n'avait aucune confiance en son employé. Il flairait quelque complicité.

Sur ce point, M. le conseiller à la cour ne se trompait guère. Le voiturier avait toutes les indulgences pour la fille Charpenet. Et s'il lui eût fallu choisir un camp dans la famille, sans hésitation, il se serait tourné vers la « petite » comme il disait. « Elle n'a pas hérité du virus, celle-là » confiait-il souvent à Adélaïde. Cela signifiait tout simplement qu'Angéline n'avait pas encore été touchée par l'orgueil des Charpenet et qu'elle se comportait en toute occasion avec modestie.

La rencontre des amoureux de la fontaine de Jourdan se renouvelait donc tous les dimanches, entre dix heures et midi. Personne n'avait vendu la mèche. Pour M. Charpenet, Angéline était supposée faire ses dévotions et cela était parfait ainsi puisque l'ordre régnait.

Pourtant Angéline ruminait des plans et des stratégies à n'en plus finir. Toute son énergie se trouvait mobilisée, toute son intelligence aussi, et une rouerie nouvelle se faisait jour en elle que personne n'avait pu soupçonner jusqu'à présent. Mensonge, dissimulation, tromperie, autant d'armes à fourbir pour satisfaire une passion que rien ne saurait dévier de son cours. Mais M. Charpenet, à son âge avancé, avait sans doute oublié ce qu'est un amour et les voies qu'il emprunte pour s'affranchir de toute contrainte.

Tout le mois d'août, Sylvestre Fournel avait supplié son amante pour qu'elle lui accorde deux, trois, voire quatre rendez-vous par semaine, et non plus seulement un misérable dimanche matin. De son côté, le jeune homme avait habilement négocié le droit de quitter son travail à cinq heures de l'après-midi les mardis et jeudis. Dans ce dessein, il avait prétexté des travaux à la ferme. M. Philibert avait accepté de bonne grâce en décomptant les heures à son avantage.

Trop heureux de cette libéralité, Fournel n'avait guère protesté. Il avait même loué son maître d'autant de générosité car, au fond de lui-même, il se sentait coupable de n'avoir pour toute justification qu'un pieux mensonge à offrir. Quant à Angéline, il lui restait à trouver, elle aussi, un motif d'absence. L'affaire fut gagnée par une audace assez extraordinaire.

Joseph goûtait les premiers rayons de soleil du matin dans un fauteuil qu'Adélaïde avait tiré sur la pelouse. À ses pieds, un journal chiffonné. Depuis six mois, il n'y avait que de mauvaises nouvelles dont la dernière en date était la loi de trois ans qui préparait la guerre inéluctable avec l'Allemagne. Angéline s'approcha à pas de chatte.

– Je pourrais te parler mon petit papa ?

Le père soupira et ôta ses grosses lunettes en écaille. Il ne lui refusait jamais rien, ni le droit d'être entendue, ni celui de supporter ses longs silences et plus rarement ses éclats de colère.

– Je vais devoir me marier bientôt, hélas, et je ne sais encore rien de la vie. N'est-ce pas étonnant ? Je sens assez confusément en moi que j'ai besoin d'acquérir un peu d'expérience. Ici, à La Califourche, qu'est-ce donc ? Un endroit douillet où une personne comme moi ne pourra jamais s'affirmer. Et si l'on me précipite directement dans le mariage, je souffrirai de ne rien avoir appris des choses de l'existence.

M. Charpenet à la vérité était plus préoccupé par la situation générale que par les états d'âme de sa fille. Aussi l'écouta-t-il ce matin-là avec une moue dubitative.

– Toi, ma chère enfant, (il employait volontiers ce « chère enfant » pour souligner son immaturité) tu es casée. Bien casée même. Avec ce qui nous pend au nez, une guerre, et qui sait ? peut-être aussi une révolution ouvrière, tu auras au moins la chance d'être dans une bonne maison. Que demander de mieux ?

Angéline ne répondait plus à ces réflexions paternelles louant le mariage, et surtout l'alliance avec les Decosteur, elle avait compris que, sur ce point, on ne parviendrait jamais à le faire varier d'un iota. Autant agir utilement, bâtir une savante stratégie pour sortir de la nasse.

– Oui papa, tu radotes un peu. Les Decosteur ne sont pas ce que tu croies. Mais qu'importe… C'est à moi de régler cette question.

Il releva la tête, hirsute. Parfois, l'esprit encombré par des pensées sombres, M. Charpenet survolait les conversations. Il semblait vouloir y prendre part mais ce n'était qu'une apparence. À ce moment de sa vie, M. le conseiller avait déjà perdu vingt à trente pour cent de son intelligence. Il aimait à reprendre Adélaïde sur une faute de français, mais ce n'était qu'une vieille habitude à laquelle il sacrifiait.

– Tout est devant notaire. Maître Delhomme à Brive, insista-t-il.

– Je sais, père. Cela fait dix fois au moins que tu me répètes la même chose.

– Oui, mais c'est une question d'importance. Ton avenir est scellé, ma chère.

D'un geste, il fit mine de tamponner quelques documents officiels pour montrer que rien n'avait été laissé au hasard.

En temps normal, Angéline eût quitté la place pour se réfugier dans sa chambre en proie à l'irritation. Mais cette fois, elle fit front, décidée à obtenir ce qu'elle voulait.

– Je dois faire mes apprentissages, reprit-elle, dans le petit commerce de préférence. Peut-être me sera-ce utile à Bourguenave, non ?

– Je veux bien le croire, admit Joseph. Mais tout cela me paraît bien tardif.

Il rajusta ses lunettes et posa sur sa tête un chapeau de paille. Le soleil poursuivait les ombres partout autour de la demeure, dans le parc aussi où celles-ci rapetissaient à mesure que la chaleur gagnait des degrés. Blaise avait prédit que ce serait une des journées les plus chaudes de ce début septembre. Mais sans orage. Malédiction de l'année. Depuis que la toiture avait été touchée, M. Charpenet craignait ces assauts soudains et imprévisibles de la nature.

– Bien sûr que non, contesta Angéline. Il n'est jamais trop tard pour bien faire. Mme Coquelle, la mercière de la place de l'église, m'a proposé de lui tenir son magasin le mardi et le jeudi après cinq heures du soir.

Angéline mentait avec un tel aplomb que le juge n'y voyait goutte. Bien entendu, il donna son autorisation sans même penser à se renseigner ; il ne pouvait imaginer que sa chère enfant était devenue la perfidie même.

– Et combien gagneras-tu ?

– Je ne serai pas exigeante, dit-elle. Je le vois plutôt comme un service mutuel.

La facilité déconcertante avec laquelle elle décrocha ses bons de sortie à une heure où, selon toute logique, elle se trouvait recluse à La Califourche, la laissa rêveuse. Et la pensée que le subterfuge puisse être découvert ne l'effleurait point. Cependant, il suffirait d'un rien, une indiscrétion, un bavardage intempestif, sachant qu'Adélaïde allait de temps à autre faire des achats à la mercerie Coquelle.

Plus tard, Angéline comprit que sa passion était de nature à renverser tous les obstacles. Mais ce qui la désolait, au fond, c'était que ce sentiment dût se vivre dans le mensonge et la cachotterie, et non en plein jour comme elle l'aurait souhaité. « Pourquoi faut-il que nous nous cachions comme des voleurs ? se disait-elle. Est-ce toujours ainsi, que l'amour doit conquérir sa lumière pour exister, se perdre dans les dédales obscurs du remords ? »

Néanmoins, en un rien de temps, elle avait acquis la force de défendre son bel amour naissant. Et si ce fait d'armes lui laissait sur le bord des lèvres un brin d'amertume, elle ne savait pas encore où elle avait puisé cette audace nouvelle, de son mépris d'Artus ou de sa passion pour Sylvestre.

11

L'amer et la mer…

Longtemps, des semaines sans doute, durant l'interminable automne de pluie et de vent sur Darnac, Angéline recula le moment de s'abandonner à son amant. On pouvait croire que son indécision était plutôt morale. Pourtant cela ne lui ressemblait guère, cette joute avec les règles imposées par la société pour qu'une femme demeure honnête et que le désir amoureux ne se muât en romance sexuelle. À la vérité, Angéline ne connaissait pas assez Fournel, jamais assez, et il devait à chacune de leurs rencontres fournir des gages et encore des gages, d'honnêteté, de franchise, de fidélité. Il ne suffisait point qu'ils répétassent l'un et l'autre à tout moment qu'ils s'aimaient, se voulaient prendre et ne jamais plus se séparer, pour qu'Angéline se donnât enfin.

Sylvestre avait fini par admettre que cette retenue n'appartenait qu'à elle et qu'elle la devait sans doute à son éducation. Le jeune homme avait possédé plus d'une fille, disons trois ou quatre, et aucune d'elles ne lui avait résisté au-delà du troisième rendez-vous. Mais aucune ne s'était attachée à lui et peut-être aussi qu'aucune n'avait espéré vivre un grand amour, à supposer que la question du grand amour se fût posée chez ces filles de fermes, ces petites vendeuses, ces servantes. Alors Fournel chercha à comprendre quelles sortes de passions on entretenait chez les bourgeois, dans la famille d'un conseiller à la cour par exemple. Sa réflexion le conduisit à admettre qu'il y avait des romances brèves, des adorations dévorantes et de médiocres adultères de haut en bas de la société. On tuait et on se tuait par amour dans les salons, dans les usines, dans les palais et dans les chaumières. Ainsi, estima-t-il, non sans fierté, que son histoire avec Angéline était somme toute assez singulière.

Le couple avait usé des derniers beaux jours en se donnant rendez-vous au bord du Maumont. Il était des endroits on ne peut plus romantiques pour cacher un amour, à l'ombre des saules et des frênes, sous les châtaigniers odorants de Pertuis ou de Boismoitier. Avec l'irruption brutale des pluies d'automne, les amoureux durent chercher des lieux plus accueillants. Certes, les granges abandonnées ou provisoirement délaissées, les abris de chasse ne manquaient pas dans le pays, à vingt minutes de bicyclette de Darnac. Ils dénichèrent une ancienne étable vers Boismoitier, cernée par les orties, les ronces et les buissons noirs. Tout indiquait que la bâtisse n'avait pas connu une présence humaine depuis des années sans doute.

On accédait au fenil par une échelle meunière et une trappe. Cette dernière, ouvrant sur la réserve de foin, n'était pas plus large que les épaules de Fournel, si bien qu'il devait s'y glisser en se tortillant comme un ver, en rentrant les abattis, en se raclant la peau sur les angles vifs du vieux chêne. Quant à Angéline, elle s'y faufilait avec aisance, sans même accrocher son châle. « Adroite comme une petite chatte » disait Sylvestre en l'aidant à grimper d'une poigne ferme.

Un soir d'octobre, sous l'averse, ils se rejoignirent devant la grange, mouillés jusqu'aux os. Fournel proposa d'allumer un feu pour se réchauffer. Il y avait une petite cheminée à l'angle de l'étable qui n'avait pas servi depuis des lustres.

Mais Angéline refusa de crainte que la fumée n'attirât sur eux des regards indiscrets. Alors, ils montèrent dans le fenil en claquant des dents. La pluie avait saturé l'atmosphère d'humidité, et une odeur de pierre moisie s'était répandue dans l'étable. Là-haut, sous le toit, le vieux foin sentait le bouquet fané, le millepertuis et la tisane. À tout bien considérer, c'était une consolation, comme un reste d'été un peu rance.

– J'ai calculé que nous nous connaissons seulement depuis deux mois et demi, dit Sylvestre en s'allongeant sur le dos, les coudes repliés derrière la tête.

Il fixait la toiture d'ardoise et, en bon professionnel, évaluait les détériorations du temps.

– Tu le regrettes ? interrogea-t-elle.

– Quoi donc ?

– De m'avoir rencontrée ?

– Je ne me retourne jamais, dit-il d'un ton las. À quoi bon ? La vie suit son cours, et rien ne peut contrevenir au destin. Il était écrit quelque part que nous nous rencontrerions à Darnac. Réfléchis un peu à la somme d'événements concordants dans nos existences respectives pour que nos regards se soient croisés un jour de juillet, le mercredi 23 juillet 1913 exactement.

Angéline fut étonnée par sa précision. Elle-même n'avait point noté ce fait dans son journal intime. Elle s'en voulut. Elle se dit qu'il l'aimait peut-être plus qu'elle ne l'aimait, à moins qu'il ne s'agisse d'un coup de foudre. Lui, c'était la vérité, avait ressenti ce coup de foudre. Et elle non. Pas ce jour-là du moins. Elle voulut lui en parler mais se ravisa. Le garçon était susceptible. Toutes les petites querelles provenaient chaque fois de leur différence sociale. Fournel faisait des histoires pour rien à l'idée qu'elle avait fréquenté des écoles huppées à Paris et à Marseille. Lui, il avait approché le certif, c'est-à-dire qu'il savait le nom des départements français et leurs préfectures, faire une règle de trois et calculer le volume d'un cube. Il n'avait pas été des plus intelligents au dire de son instituteur, mais volontaire et entreprenant. N'était-ce pas l'essentiel, être doué pour la vie ? Et peut-être aussi pour l'amour puisqu'il avait réussi à séduire la plus jolie fille de Darnac.

Comme elle tremblait de froid, Sylvestre l'invita à se réfugier dans ses bras, ce qu'elle fit sans retenue, maintenant qu'ils avaient apprivoisé leurs peaux, leurs odeurs, et que chaque nouvelle rencontre se soldait par des caresses innocentes.

– Si nous nous mettions nus, proposa-t-il, histoire de nous débarrasser de nos vêtements mouillés. Ils sécheront. Et nous, l'un contre l'autre, nous trouverons un peu de chaleur.

Elle refusa, comme il le craignait, en se roulant sur elle-même en boule. Il y avait du hérisson en elle. Et il attendit, patiemment, qu'elle se détendît. Pendant ce temps, il s'était déshabillé entièrement et cela l'amusait qu'elle n'osât le regarder.

– Je n'ai aucune honte, dit-il. Pourquoi du reste ?

– Ce n'est pas de la honte, mais de la pudeur.

Il se mit à rire. Et elle aussi céda à ce jeu, un brin gênée. Puis elle se retourna vers lui, et son regard le découvrit enfin. Le jeune Fournel était un garçon bien bâti. Il avait l'habitude de se dénuder pour nager dans le Maumont, et souvent sans se préoccuper de son entourage. C'était ainsi, à la belle saison, qu'il avait attiré quelques filles à lui, sans difficultés. Il n'avait pas eu à les séduire, ni à attendre qu'elles s'accordassent à son désir charnel. Et il avait imaginé, ainsi, qu'en se mettant à nu, en se livrant, le charme opérerait enfin avec Mlle Charpenet. Mais elle resta froide, distante, plus distante que s'il fût habillé. Alors, il ramena sur lui des poignées de foin, comme s'il ressentait le besoin de cacher quelques parcelles de son anatomie.

Il y avait si peu de lumière dans le fenil qu'on ne distinguait pas nettement les visages, et surtout le trouble de la jeune fille. Soudain, sa main s'avança sur la poitrine du garçon. Elle avait une forte envie de toucher sa peau, de sentir la chaleur de son corps. Elle avait les mains froides, mais Sylvestre ne se rebella pas. Au contraire, il ne fallait point effrayer cette hardiesse timide. Elle lui caressait la poitrine et il sentit son sexe devenir roide. Il avait porté à cet endroit une poignée de foin. C'était une pensée qui obsédait Angéline depuis longtemps, voir un sexe d'homme en érection, comme dans les gravures érotiques de la bibliothèque. Et du bout des doigts, elle écarta le foin qui le dissimulait à sa vue.

Sylvestre avait basculé la tête de côté, offert à cette main qui avançait sur son corps, centimètre après centimètre, si lentement, presque par hésitations successives. Quand elle fut à demeure, dans les poils pubiens qui ornaient son ventre et ajoutaient un peu de mystère à sa nudité, la main s'arrêta net, comme si une frontière, un interdit, s'était soudain imposée à elle.

La curiosité et la peur se livraient bataille dans sa tête. Ce qu'elle connaissait d'un corps d'homme nu, elle l'avait appris des statues livides et lisses, froides et impavides, autant dire de quelque chose qui fut proche de la mort. Et là, c'était l'être le plus vivant qui fût, amoureux et foudroyé de désir. Il s'abandonnait à discrétion et elle n'avait plus qu'à s'emparer de lui.

Un sursaut érectile effleura le dos de sa main. Elle la recula, comme si elle voulait se tenir à distance. Angéline se pencha sur son visage pour voir son regard. Elle avait envie d'être rassurée. « Dans ces instants, lui avait dit Gabrielle, dont l'expérience des hommes était assez sommaire, ils sont comme des bêtes sauvages, à se ruer sur vous, sans retenue ni frein. » Cela avait été le cas avec Artus. Elle en avait du reste conservé un souvenir désagréable. Mais ici, Sylvestre paraissait attendre qu'elle prît le pouvoir sur son corps.

Le jeune homme avait compris que la moindre initiative de sa part ne ferait que l'effrayer. Alors, il la laissait venir à lui par le sentier étroit de la tentation. « Je suis comme une gourmandise, pensait-il, les yeux clos sur sa nuit d'étincelles, on voudra me goûter non sans hésitation. »

Mais la main s'en revint lentement vers le sexe qui l'avait touchée par hasard. C'est alors qu'il se laissa dompter, prendre dans la souricière. Sylvestre poussa un long soupir d'aise. Elle le caressait de haut en bas, envoûtée, fascinée, par sa douceur brutale.

– Je ne voudrais pas me perdre si vite, murmura-t-il.

Elle avait posé sa tête sur sa poitrine, les yeux rivés sur ce prodige de l'amour.

– Il n'a plus peur de moi, dit-elle d'une voix enjouée. On dirait qu'il m'obéit au doigt et à l'œil.

– Cela fait si longtemps qu'il pense à toi, répondit Sylvestre. Et la nuit, figure-toi, il me rappelle à ton bon souvenir.

Elle éclata de rire.

– Il a des exigences, poursuivit-il, que je tente de minimiser. Il m'interroge sans cesse. Quand donc me la donneras-tu, Angéline ? Je suis fait pour elle. Et languir n'est pas dans ma nature.

Désormais, ses lèvres étaient à quelques centimètres. Il eût suffi qu'elle tendît la langue pour qu'elle sentît enfin si la sucrerie était à son goût. Mais elle se retint. Elle ne savait pas encore si ce jeu-là était convenable entre un homme et une femme. On ne lui avait rien appris sur ces choses, sinon quelques pages de littérature interdite dont les mots étaient parfois si crus et insolents qu'ils l'obligeaient à fermer l'ouvrage.

Plus tard, dans la montée du soir, sous l'averse qui fouettait la toiture et le vent impétueux, Angéline accepta enfin ses caresses. Elle lui offrit ses seins blancs, ronds et durs, son ventre tendu comme un arc et ses longues jambes jouant comme des ciseaux.

– Je crois qu'il trouvera le chemin tout seul, dit-elle.

Et il faillit s'étrangler devant autant d'audace. Qu'est-ce donc qui avait réveillé, soudain, en elle cette effronterie ?

– Tu peux lui parler si tu veux, conseilla-t-il.

– Il a des oreilles pour m'entendre ?

– Oh non, une obsession seulement.

– Il me veut donc ?

– Je le crois, dit-il.

– Sait-il à quoi il s'engage ? Car je lui ôterai toute liberté de folâtrer ailleurs.

– Il le veut bien.

– Sinon ce n'est pas la peine. Oh non, mon Dieu, ce serait trop triste…

– Il sera fidèle jusqu'à la mort.

Angéline pleurait d'émotion. Elle goûta attentivement ses petites larmes salées. Ce n'était pas comme celles du chagrin qui ont une saveur amère. Celles-ci étaient doucereuses comme le grain de la mer, comme le vent du large.

– Alors, je le veux, murmura-t-elle doucement, je le veux doux et tendre. Je n'ai encore appartenu à aucun autre. Comprends-tu ?

Elle poussa un cri et son visage s'enfouit dans les lames de foin qui la submergeaient à mesure qu'elle se débattait. Puis, la douceur reprit ses domaines, telle qu'elle l'avait rêvée dans ses nuits de caresses.

« Le cœur des petites filles éclôt sans qu'on y prenne garde, comme une rose du matin », écrivit-elle à son amie Gabrielle pour chanter victoire. Mais quant à narrer ses émotions et leur donner un peu de consistance, elle sentit que les mots étaient rétifs à sa plume. Il ne s'en présentait aucun qui fût assez fort et juste. À croire que tous s'étaient donné la main pour se conjurer contre elle. « Il faudrait être seulement la spectatrice de cette chose pour la bien raconter » pensa-t-elle.

Qu'elle se réveillât femme et délivrée de sa virginité était certes un événement hors de toute mesure. Angéline avait envie de le crier à tout le monde. « À moins que cela se voie sur le visage… Si c'est le cas, se dit-elle, Adélaïde sera la première à le découvrir. » Elle en fit le test avec la domestique et celle-ci la trouva bien fatiguée, le teint pâle et les yeux battus.

– Il ne faudrait pas que Mme Coquelle profite de vous, insista Adélaïde, et vous fasse faire la mauvaise besogne…

Angéline se découvrit soudain en danger. Elle comprit qu'elle pouvait user à satiété d'un beau et gros mensonge auquel elle s'était préparée, mais qu'elle ne parvenait pas à répondre à l'imprévu qui lui tirait des rougeurs au visage. Et quand il lui fallut expliquer en quoi consistait son nouveau travail à la mercerie, elle s'empêtra dans ses phrases.

Cependant, dans le secret de son être, la jeune fille jubilait à l'idée d'avoir enfin un amant ; certes un peu de psychologie eût décelé cette grâce nouvelle qui la possédait. Mais on était aveugle dans la maison Charpenet. Joseph ne songeait qu'à ses douleurs, égoïstement, et Adélaïde appréhendait le moment où Angéline quitterait La Califourche et qu'elle se retrouverait face à face avec le vieux père brisé par le chagrin.

Déjà, on préparait les habits du mariage. Joseph ferait l'économie d'un costume en rajustant l'ancien. Quant à

Angéline, elle porterait l'une des robes de sa mère en mousseline de soie plissée, couleur pêche claire, avec des applications de perles synthétiques, de dentelles et de serpentins sur le bustier.

Les séances d'essayage eussent dû ouvrir les yeux de Joseph ; la jeune fille rechignait à enfiler sa robe afin de vérifier si les pinces étaient bien ajustées. Et les événements nouveaux la confortaient dans sa révolte. Le mariage – prévu en décembre – n'aurait jamais lieu. Mais elle était la seule à le savoir, la seule à avoir pris sa décision. Irrévocable… Définitive… Depuis quelque temps, Angéline aimait ce vocabulaire ou un seul mot, bref et concis, suffit à peindre un état d'âme.

Semaine après semaine, les amants se retrouvaient dans le fenil. À la longue, ils avaient fini par l'aménager pour qu'il fût plus accueillant et mieux dissimulé. On craignait les indiscrets dans ce pays où un regard, un geste de trop vous trahit à jamais. C'était surtout Angéline qui avait insisté pour que le secret fût gardé le plus longtemps possible, comme si elle soupçonnait, une fois l'aventure éventée, que tout irait de mal en pis.

Elle était fort amoureuse de Sylvestre. Elle aimait tout de lui : son esprit, son corps, son sexe, son odeur, et mille autres petits détails qui entretiennent la passion, une manière de papilloter des yeux, une moue d'insatisfaction, une caresse sur des hanches frémissantes de désir… Il n'était que la nuit fragile de leur repaire pour entendre tout ce qu'ils avaient à se dire, des mots crus et violents parfois, qui en un tout autre lieu eussent paru d'une bêtise affligeante.

– Tu dois lui demander de retarder le moment où…

– Où quoi ?

– J'ai besoin de le sentir longtemps en moi. Et si tu l'ôtes promptement, je perds à ce jeu.

Il l'aimait une première fois et se perdait vite. Puis, il la reprenait avec toute la lenteur voulue. Et c'était ce qu'Angéline prisait le plus, ce lancinant flux et reflux. Elle sentait monter en elle ce plaisir sourd, qui la faisait crier un peu, qui la chahutait, qui la rendait sauvage aussi, toutes griffes dehors. Et si d'aventure, elle lui labourait le dos, l'amant se vengeait à coups de reins vifs. Toute sa force était là, dans ce balancement régulier, qui les emportait tous deux sur un nuage.

Parfois, jouir lui arrachait des larmes. Elle se sentait fautive. Elle se disait : « La vie pourrait nous séparer. Mais je dois y prendre garde. » Et elle échafaudait des plans compliqués pour que leur amour perdure. Encore une fois, elle lui demandait s'il l'aimait, et comment il l'aimait et pourquoi il l'aimait. Il ne savait que répondre, ou plutôt il ne savait comment varier ses réponses. Mais cela l'emballait tout de même, l'emplissait de force, de courage. Son sexe trouvait les réponses à sa place. Il courait à l'essentiel, et cela le flattait qu'il fût accueilli de la sorte, fêté, excité à force d'être réclamé.

À mesure que l'automne apportait ses pluies et ses froidures, les amants entraient dans leur coquille. Les caresses se faisaient furtives, sous leurs habits. Autant ils avaient apprécié leurs nudités respectives dans la lumière ambrée du fenil, autant ils aimaient leurs câlineries aveugles. L'imagination apportait quelque mystère à leurs jeux. Sylvestre adorait les dessous de dentelle de son amante, le blanc, le mauve, le gris, le jaune… Et s'il ne sentait plus d'elle que ce plissement de soie sur sa chair, ce frôlement sur ses seins, sur son ventre, et l'humide béance qu'il aimait habiter les yeux clos, jusqu'à ce qu'il fondît, c'était chaque fois un continent nouveau.

– Je voudrais que tu sois ma femme.

– Moi ? s'étonnait-elle.

– Je te voudrai toujours.

Elle riait, elle pleurait. L'émotion les attirait l'un vers l'autre, jusqu'à ce qu'ils ne forment plus qu'un corps enroulé, bras et jambes entremêlés. Une seule respiration. Un cri unique aussi.

– Mais je veux bien, Sylvestre.

– Tu le voudrais vraiment ?

Il n'osait prononcer le nom de son rival. Il leur faisait peur, cet Artus.

– Il n'y en a que pour les riches, déplorait Fournel.

– Il n'est pas riche.

– Tu te moques de moi, Angéline. Tu n'as pas le droit de te moquer d'un petit ouvrier.

– Tu es mon chevalier. Et plus encore. Mon preux gardien.

– Je n'ai pas d'armes pour te protéger contre ton père qui veut te sacrifier aux Decosteur, parce qu'il croit faire ton bien, alors qu'il scelle ton malheur.

– Notre amour ! s'écria Angéline. Il restera notre amour pour me sauver !

Sylvestre se dressa dans la nuit, l'œil rivé à la lucarne sur le ciel tourmenté au-dessus de leurs têtes, les nuages d'étain, le vent poussant ses râles.

– À Noël tout sera fini, dit-il.

– Quoi donc ?

– Il te possédera. Tu deviendras son objet. Et peut-être que tu ne me reconnaîtras plus ? Peut-être nous croiserons-nous comme si notre histoire n'avait jamais existé. Si c'est le cas, je mettrai le feu à cette masure. Il faudra qu'elle meure aussi…

Elle tenta d'éteindre la colère qui le submergeait, comme une marée montante à l'équinoxe lorsqu'elle s'en vient frapper les rochers noirs. Elle l'embrassa sur tout le visage, cherchant son regard dans la nuit froide. Elle ne pouvait le savoir distant à cette minute, éperdu d'angoisse et de rage. Mais il avait appris ce qu'est le renoncement, comme il sied aux gens dont la vie est une punition sans objet. Et elle voulut le rassurer par des caresses aimantes. Il paraissait anesthésié par sa douleur. À ce moment, le charme n'opérait plus et elle fut emplie de tristesse, sachant qu'il n'était qu'elle pour préserver leur amour du naufrage.

Comme elle négligeait ses engagements à Bourguenave et qu'Artus se plaignait, jour après jour, de ne plus pouvoir faire sa cour tel que stipulé dans le contrat signé entre les deux familles, les relations connurent un certain flottement. M. Charpenet décida donc de prendre les devants pour sauver les meubles.

Joseph ne comprenait plus rien à la situation. Et cela le peinait dans un sens de se voir attribué, à lui ou à sa fille, toutes les fautes.

– Je ne suis pas doué pour les mariages, se plaignit-il à Adélaïde.

La domestique n'avait pas envie de le consoler, bien au contraire.

– Dans quel pétrin avez-vous été vous fourrer ? Vous ne pouviez pas laisser les choses se faire ?

Ce genre de réflexion avait le don de hérisser le poil de cet homme de justice.

– Il est visible, insista Adélaïde qui avait un peu de bon sens, que votre fille n'aime pas cet Artus et qu'elle rechignera au mariage, malgré toute l'obéissance qu'elle vous doit.

Le père s'affaissa un peu plus dans son fauteuil. Il se sentait petit, inutile et perdu au creux de la vie. Il se voyait déjà disparaître sans avoir mis de l'ordre dans son existence. La disparition d'Émilienne avait déjà scellé son échec. Encore une mort qu'il n'avait pas vue venir, trop occupé à régler le sort du pauvre monde. Aussi, après coup, s'était-il promis de vivre – si on peut dire – en toute lucidité.

Un matin, Artus exigea de voir sa fiancée. Il était venu à La Califourche sans prévenir, juché sur son cheval comme un hobereau du siècle passé. Faute de lui amener sa fiancée, en sommeil dans un grand lit, la porte de sa chambre fermée à double tour, on lui présenta sur un mannequin à roulettes la future robe de mariage. Il caressa le tissu de ses grosses mains de tueur de cochons et le trouva à son goût.

Puis M. Charpenet le raccompagna jusqu'à l'entrée, porté par deux cannes, et l'assura que Blaise ne manquerait pas, dès demain, de conduire la belle fiancée tant désirée à Bourguenave.

Il fallut la faire monter dans la voiture de force. Rien n'était plus déprimant que la campagne de Corrèze sous les bourrasques d'automne. Elle s'était vêtue de grosse laine grise pour se rendre aussi laide qu'elle le pouvait. Sa chevelure empesée d'un shampoing à la limonade l'avait notablement vieillie, au point qu'Artus se demanda si cette catégorie de femmes appartenant à la race des blondes nordiques – slaves ou anglo-saxonnes – ne font de leur beauté qu'un déjeuner de soleil. Telle était devenue aux yeux du futur mari, du moins pour un bref instant, Angéline Charpenet, destinée à s'arrondir à la première maternité, à prendre des seins et de la croupe, comme une vénus callipyge.

Naïvement, Angéline croyait que cette mauvaise impression, si soudaine, allait la délivrer d'Artus, qu'il finirait par douter de sa grâce et de ses charmes. Cependant Théodore sut trouver les mots justes pour qualifier ce dernier rendez-vous de Bourguenave : « Tu ne sauras jamais, mon pauvre Artus, combien cette femme est belle et rayonnante, mais avec toi tout est terni… » L'aîné accueillit ce jugement avec un certain détachement. Il méprisait son frère, il méprisait les sentiments, il se méprisait lui-même. Une seule perspective le faisait piaffer comme un cheval, la nuit des noces, la fameuse nuit où il prendrait de haute lutte ce pucelage.

12

Secret perdu

Achille Coutureau entretenait avec le juge une curieuse relation, faite d'attirance et de détestation mutuelles. Ce matin de novembre 1913, le paysan vint aux aurores à La Califourche, vêtu selon son habitude d'un velours côtelé. Il portait un sac de jute en bandoulière, ficelé aux deux extrémités par une cordelette de chanvre. Celui-ci contenait six grives piégées près du cimetière, une tourte de pain pour son ordinaire et trois litrons de rouge. Il traversa le parc au pas de charge, fila vers le bois et la rivière. Les hampes de ronces ne l'incommodaient guère, il les piétinait ou les enjambait allègrement. Et ce fut de même dans les buissons noirs.

Cela lui était égal de se griffer la peau, de se lacérer les mollets ou les mains. Puis, il s'arrêta, soudain, comme un chien d'arrêt, humant l'air chargé de brume. Il rajusta son béret et fouilla dans sa poche pour y sortir un couteau à la lame aiguisée comme un rasoir. Le paysan s'en servait tout aussi bien pour greffer des pruniers sauvages, tailler des tranches de pain, saigner un poulet ou écorcher un lapin. Mais cette fois, ce fut pour porter un rude coup dans l'écorce de trois beaux chênes. Il y tailla soigneusement sa marque habituelle, un triangle isocèle, jusqu'à la chair.

Se reculant de quelques pas, il prit la bonne mesure des arbres qu'il avait choisis. Il les tâta encore, enserrant les troncs de ses longs bras. Et un petit rire sortit de ses lèvres. Puis, sans se presser il ouvrit son sac, sortit une bouteille de rouge et la déboucha. Il but à pleines gorgées, trois lampées successives, et rangea le litron.

Autrefois, Coutureau avalait ses cinq ou six litres par jour, mais il avait freiné sa consommation après sa première pleurésie qui avait failli l'emporter au cimetière. Il se limitait à trois litres, désormais, et à deux verres de gnôle. L'eau-de-vie de prune, ce n'était pas la même chose, une médication en somme, recommandée, paraît-il, par le docteur Viguier.

Le paysan remonta l'allée en brassant l'air de ses longs bras vigoureux. Il avait hâte d'essayer sa nouvelle cognée sur de si beaux chênes. D'ordinaire, ça le faisait jouir de sentir sous le fer le tressaillement de la bête. Tuer un cochon ne lui faisait pas plus plaisir. Car un cochon n'a qu'une courte vie, tandis qu'un arbre, il faut trente ans, cinquante ans même, et des fois plus, pour atteindre l'âge de l'abattage.

Le vent froid faisait claquer les volets, et en prêtant l'oreille on entendait son mugissement sur l'arête des pierres.

– L'ouvrier s'échine et le bourgeois roupille, marmonna Achille en venant buter sur la porte close de l'entrée. Même l'Adélaïde a pris le pli de son patron. Hé là-dedans ! Debout !

Achille Coutureau avait du culot à revendre, surtout avec le juge Charpenet, un ignorant de la ville, à ses yeux, exilé en terre campagnarde. Il s'estimait bien plus rusé et clairvoyant que lui. « Qu'est-ce un homme qui ne sait pas faire pousser des radis, traire une vache ou dépouiller un lapin ? Un misérable à la merci du premier venu. » Et fort de ce principe, contrairement à Blaise, il faisait payer ses services au centuple.

Coutureau alla directement taper aux volets du juge, modérément au début puis avec violence, voyant que son tapage n'était suivi d'aucun effet.

Adélaïde se réveilla la première et le fit entrer dans la cuisine. C'était un ordre formel du maître de maison, ne pas laisser ce paysan s'introduire dans son salon.

– Cinq heures..., reprocha-t-elle. Te rends-tu compte, Coutureau ?

Le paysan s'était assis à la place du juge, face à la fenêtre. Et quand celui-ci pénétra dans la cuisine, à son tour, drapé dans sa robe de chambre, la mine hâve, il ne serra pas la main d'Achille. Il ne lui reprocherait sans doute pas son intrusion matinale, mais il lui rappelait son infériorité.

– J'ai repéré les chênes dans le bois. Trois, ajouta-t-il.

Adélaïde lui avait servi une petite gnôle. Il la but cul sec, d'un coup de menton.

– Ça nous fera assez pour l'hiver ?

– Mon pauvre juge, on ne se chauffe pas avec le bois de l'année. C'ui-là, on verra dans deux ans. Oh oui, marmonna-t-il, ça nous fera dans les dix stères.

Coutureau se mit à ricaner. C'était son habitude de voler sur la quantité, et un juge en plus, quel bonheur !

– Donc vous me livrez un volume de bois équivalent à mes trois chênes ?

– Dix stères, répéta Coutureau.

M. Charpenet se tourna vers Adélaïde qui préparait le café. Par petites coulées d'eau brûlante, elle infusait la mouture. Une bonne odeur flottait dans la cuisine.

– Croyez-vous que dix stères nous suffiront ?

– Je ne sais pas, répondit-elle. Des fois, il y a des hivers chez nous qui durent quatre mois pleins, comme en 1895.

Dans ces moments, on comprenait combien le juge était éloigné des contingences matérielles. Il eût sans doute été nécessaire pour la bonne tenue de La Califourche d'employer une gouvernante, mais Adélaïde n'avait aucune disposition pour cette tâche. Et de toute évidence, Angéline n'avait pas l'étoffe pour diriger la maison, ou plutôt M. Charpenet en avait décidé ainsi. Il la voyait toujours en petite fille gâtée, pensionnaire du lycée Saint-Charles. Il ne la verrait donc point grandir, s'émanciper, conquérir de l'autorité dans la société. « Ah ! les pères et les filles ! » s'exclamait souvent Adélaïde sans qu'on ne sût jamais la signification de ce grand soupir. En était-il toujours ainsi ? Ou s'agissait-il d'un cas particulier ? Il semblait qu'Adélaïde avait une opinion tranchée sur le sujet et que s'y mêlait aussi un peu de son expérience personnelle.

– Va pour dix stères ! s'exclama-t-elle. Nous verrons bien de quoi sera fait l'avenir.

Le maître de La Califourche confirma d'un hochement de tête.

Achille l'observait toujours, muet et froid.

– Vous désirez une commande écrite de ma main pour sceller notre marché ? s'inquiéta Joseph qui ne comprenait pas pourquoi le paysan restait immobile en face de lui.

– Entre nous, pas de chichis, dit Coutureau. On tope de la main.

Mais le conseiller n'offrait pas sa paume aussi aisément. Ce folklore n'était pas à son goût. Il y avait trop de différence entre un homme vieux et usé comme lui et un petit paysan pétulant de force et de roublardise. Joseph avait conscience d'être à la merci de ce genre d'individus, qu'il avait sa vie durant maltraité sur le banc des prévenus.

– Votre fille aime le vélo, dit Achille dans un sourire appuyé.

La réflexion parut si surprenante que Joseph haussa les sourcils.

– En effet.

– Je la vois souvent du côté de Boismoitier… Ah je vous dis que ça pédale pour pas rater le rendez-vous !

– Qu'insinuez-vous, Coutureau ?

– Je dis ce que je vois et rien de plus.

– Et qu'avez-vous vu ? demanda Joseph.

– Peut-être ferais-je mieux de me taire ?

– Oui, de vous taire ! s'écria Adélaïde.

Puis la domestique se tourna vers M. Charpenet, le visage congestionné par la colère.

– Vous ne croyez pas tout ce que raconte ce fouille-merde, dit-elle.

Puis se détachant de Charpenet, elle s'adressa à Coutureau.

– Va donc voir ailleurs si j'y suis, jura-t-elle en le poussant vers la porte.

Achille ricanait sous cap. Il jugeait avoir bien réussi son coup. « Pour une surprise, c'est une sacrée surprise » se disait-il en traversant le couloir. C'était une des activités journalières du paysan de Darnac, semer la rumeur sur son passage. Pour cela, il était passé maître, parler sans trop en dire, juste un gramme de poison insidieusement instillé et dont l'effet ne tarderait pas à se faire sentir.

Quand Adélaïde revint dans la cuisine, Joseph la pria d'avancer vers lui, de prêter l'oreille à ce qu'il avait à dire, parce qu'il était sans voix sous le choc émotionnel.

– Pourquoi ? Oui pourquoi l'avoir interrompu ? Je dois savoir… savoir à tout prix…

La respiration lui manquait et il devait faire des efforts pour se tenir assis. Les traits de son visage s'étaient contractés. Adélaïde lui servit un verre d'eau, mais d'un geste vif il l'écarta et le verre alla se fracasser contre le placard. Cette attitude n'était guère habituelle chez M. Charpenet, si bien qu'elle comprit qu'il était bouleversé et qu'il mettrait longtemps à s'en remettre.

Après qu'il eut recouvré un peu de sérénité, le juge se retira dans son bureau. Il refusa sa collation du matin. C'était signe d'un grand désordre.

– J'attends que ma fille se réveille, murmura-t-il. J'ai quelques questions à lui poser.

– Vous devriez réfléchir aux conséquences de tout ça, tempéra Adélaïde. Ne rien faire d'irréparable…

Mais Joseph la réduisit au silence d'un geste méprisant de la main. Il se sentait cerné de toute part et ne voyait plus que des ennemis autour de lui. Blaise, Adélaïde… Sur qui compter ?

Angéline n'attendit pas d'être confrontée à son père pour préparer sa réponse. Elle avait décidé d'attaquer. Après tout, l'amour qu'elle vouait à Sylvestre Fournel était d'une nature noble et plus qu'honorable. Elle entendait donc que son choix fût respecté.

La domestique entrouvrit la porte du bureau et poussa Angéline dans la fosse aux lions. Elle resta plus d'une minute debout devant le bureau de son père. Il lui tournait le dos et contemplait le jardin, le miroitement du jour dans les rideaux. Après les pluies de la nuit, la lumière était si belle qu'on avait envie de courir dans le parc, de sentir les odeurs dégagées par les grands arbres, de toucher les mousses sur les écorces, de secouer les hampes des rosiers pour faire tomber les dernières gouttes.

Soudain, le fauteuil pivota lentement, jusqu'à ce que le père fît face à sa fille. Elle regardait le plafond. Il fixait le cuir fauve du bureau. L'instant où les regards se croiseraient enfin semblait ne jamais venir. Mais il parla avant que ceux-ci se fussent trouvés.

– Quel secret me caches-tu, Angéline ?

Le visage de la jeune fille tremblait d'angoisse. Elle craignait de n'être pas assez forte pour imposer sa décision. Jusqu'alors le père avait toujours triomphé de sa fille. Elle n'avait jamais remporté sur lui la moindre victoire, sinon de petits et médiocres succès par le mensonge. Mais présentement Angéline n'avait encore jamais été confrontée à une telle situation : défendre un amour pour lequel elle se sentait prête à mourir. Et elle pressentit confusément, à ce moment précis, que l'un des deux protagonistes de la joute le paierait de sa vie même. Il ne saurait exister le moindre compromis, songeaient-ils tous deux dans le silence écrasant du bureau. Entre l'honneur des Charpenet et la conquête de la liberté, il n'était place pour une issue qui ménageât à la fois l'affection d'un père ou la tendresse d'une fille. L'honneur et la liberté seraient donc des motifs supérieurs.

Derrière la porte, l'oreille collée au bois, Adélaïde était pétrifiée de peur.

– Je ne cache aucun secret, se défendit Angéline.

– Tu ne pourras pas te dérober à mes interrogations, insistait le père.

– Pourquoi ne m'as-tu jamais écoutée ces derniers temps ? Ne suis-je donc rien pour toi qu'un objet à céder au plus offrant ?

Il eut un mouvement de rage. Sa main traça l'esquisse d'une gifle, sans atteindre son but. Le visage d'Angéline se contracta de douleur comme si le coup l'avait atteinte. C'était l'intention qui importait, lui qui ne l'avait jamais frappée de sa vie, et qui n'avait usé pour vaincre sa fille que de mots, tout aussi blessants qu'ils fussent.

– Tu me caches quelque chose, reprit-il. Quelque chose qui a fait de toi une étrangère dans ma propre maison. Oh certes oui, minauda-t-il, je ne te reconnais plus. Je ne reconnais plus ma petite fille. Autrefois, tu avais envers moi des gestes de tendresse, des mots doux et prévenants. Je sais précisément lorsque ces marques d'affection ont cessé. J'en sais les raisons. Depuis que j'ai décidé le rapprochement avec les Decosteur… Tu paraissais résignée à cette alliance, bien qu'elle ne t'enchantât guère. Maintenant, tu te rebelles. Tu aspires à renier ma parole, à piétiner notre honneur.

Joseph poussa un cri de douleur, presque étouffé. La souffrance en lui ne pouvait trouver une expression qui fût digne. Il la claquemurait dans les profondeurs de son être, comme il l'avait toujours fait, même au moment de la mort d'Émilienne, sans verser la moindre larme, ni émettre un seul mot.

Angéline sentit monter en elle la colère. Cela ne lui ressemblait pas. Elle avait compris, avant même qu'elle se déversât, qu'elle la submergerait au point de lui faire perdre la raison. Peut-être prononcerait-elle des mots terribles, irréparables ? Et si elle serrait les poings, ce n'était encore que pour résister à la fureur. Le silence entre eux deux, soudain installé comme une trêve, était comme le souffle retenu de la vague avant qu'elle ne déferle.

– Je fréquente le jeune homme qui est venu réparer notre toiture, dit-elle d'une voix blanche.

Le père l'observait durement, l'œil noir, la lippe menaçante.

– Ce jeune idiot ? Ce n'est pas Dieu possible. Tu ne me ferais pas cet affront, Angéline ? Tu as pris des engagements.

– On les a pris pour moi.

Il tapa du poing sur le bureau à trois reprises. Il avait gardé cette habitude du temps où il jugeait de misérables bougres, lorsque la rumeur grondait dans la salle d'audience et qu'il fallait l'étouffer promptement pour que l'ordre recouvrât ses domaines.

– Te rends-tu compte, ma petite, que tu trahis ton futur mari ? Et lorsqu'il va l'apprendre, on nous demandera des comptes. Je vois d'ici le scandale dans le pays. Qu'as-tu dans la tête ? Le vice ?

– Je suis amoureuse de Sylvestre Fournel, avoua-t-elle. À la vérité, père, je me moque de ce que penseront Artus et son père et toute la famille Decosteur.

– Je m'opposerai à cette liaison, jura-t-il. De toutes mes forces. Tant qu'il me restera un souffle de vie.

– Me voilà prévenue, dit Angéline. Le juge prend le pas sur le père, le juge à l'étroit dans ses principes rigoristes. Répéteras-tu les erreurs que tu as faites avec maman ?

Les mains de Joseph tremblaient.

– Que dis-tu ? Des bêtises, ma petite. Que sais-tu de ta mère ? Rien.

– Tu l'as tuée, papa ! À ta façon. Insidieusement. En lui faisant une existence impossible. Tu l'as tuée par manque d'amour. Mais, moi, tu ne me tueras pas. Je serai plus forte que toi.

M. Charpenet haletait comme un vieux chien épuisé. Sans force. Les mots eux-mêmes ne parvenaient plus à sortir de sa bouche. Le cerveau les formulait, mais l'organe était impuissant à les rendre audibles. Il étouffait, s'étranglait. Il lui semblait que le monde autour de lui diminuait, diminuait, insensiblement, et que d'invisibles membranes étaient en train de l'enserrer, l'enfermer, l'emmurer. « Serait-ce cela mourir ? se demanda-t-il. Un rétrécissement du monde ? Une implosion ? Puis le vide dans lequel chacune des perceptions de la réalité s'éteint tour à tour… »

Le juge ne vit pas sa fille quitter la pièce, n'entendit pas non plus la porte claquer et sentit encore moins le souffle d'air agitant les rideaux blancs des fenêtres. Mais Angéline revint aussitôt, en portant à bout de bras le mannequin revêtu de la fameuse robe de mariage. M. Charpenet ouvrit les yeux à ce moment. Il n'était plus dans sa tête qu'un bourdonnement intense. Mais son regard enregistra encore les gestes vifs de sa fille arrachant, déchirant, mutilant, la robe promise. Et quelques mots lui parvinrent du cœur même de la nuit froide qui figeait le monde alentour et parurent rebondir dans sa tête, comme dans une chambre d'écho.

« Au diable, Artus… Et toi aussi, au diable… au diable… Libre… Libre… »

13

Les contraintes de la liberté

Blaise et Adélaïde transportèrent le juge dans sa chambre, sous le regard effaré d'Angéline. Elle suivit la scène immobile, tétanisée par la peur, comme si le temps s'était interrompu autour d'elle. Pourtant, il eût suffi qu'elle bougeât pour que tout repartît. Rien n'était moins sûr dans son esprit tourneboulé. Peut-être que rien de tragique ne s'était passé à ce moment de sa vie, et que ce remue-ménage autour d'elle n'était tout compte fait qu'une illusion.

Mais lorsque la domestique revint, celle-ci la secoua vivement.

– Mademoiselle ! Hé mademoiselle ! Votre père… Il est arrivé quelque chose de grave à votre père…

Angéline émergea de sa torpeur.

– Quoi donc ?

– Un malaise sans doute. N'avez-vous pas vu ? Il faut dire… (Mais elle hésita. Était-ce le moment ?) que vous ne l'avez pas ménagé, le pauvre homme.

Le docteur Viguier s'était rendu directement dans la chambre du juge, sans même saluer Angéline toujours dans le bureau. Elle tenait encore à la main la paire de ciseaux avec laquelle elle avait lacéré sa robe de mariée. Elle avait frappé avec une telle force, une telle rage, que le mannequin était éventré et qu'il s'en écoulait des paquets de bourre. Elle était enfin rassurée sur son devenir ; elle n'avait plus de toilette pour son mariage. C'était à ses yeux une raison suffisante d'annulation. Et elle éclata de rire, frappant dans ses mains.

À ces manifestations, le médecin accourut, intrigué.

– C'est une commotion, dit-il. Une commotion sans gravité. Nous en sortirons bientôt.

Il se mit à lui tapoter les joues, faiblement au début, puis crescendo. Cela ne semblait guère la sortir de son hébétude. Il la prit par le bras et se mit à lui parler doucement pour la rassurer. Ainsi, à petits pas, sans brusquerie, il la conduisit dans le salon, puis la fit asseoir dans un fauteuil. Angéline s'était laissé guider comme une somnambule. « Il a tué maman, murmurait-elle si faiblement qu'on ne pouvait l'entendre, mais moi, je ne me laisserai pas faire… »

Il semblait que la litanie eût pu se poursuivre longtemps sans que rien ne vienne s'interposer, puisque Blaise avait fui la maison, fui le drame qui venait de se jouer et errait dans le parc, l'âme en peine. Adélaïde était restée près du médecin, obéissant au doigt et à l'œil à ses commandements, jusqu'à ce que son diagnostic tombât enfin.

– Nous avons là une attaque cérébrale, déclara le docteur.

Viguier surveillait le pouls, la tension artérielle. Il calculait les chances de survie de son patient à sa manière, sachant déjà que les effets seraient irrémédiables.

Adélaïde ne comprenait guère ce que le médecin disait à haute voix. Ses énumérations cliniques ressemblaient à de l'hébreu. Enfin, il alla chercher Angéline. On la conduisit devant son père, tout aussi somnambulique qu'au premier instant de l'apoplexie. Elle s'assit au chevet du vieil homme, l'observant fixement, sans un mot.

– Votre père est très malade. Il a fait une hémorragie cérébrale qui, probablement, a causé des dégâts irrécupérables.

Elle hocha la tête sans poser de question.

– C'est dû à quoi, docteur ? demanda Adélaïde. Une émotion ? Une contrariété ?

La domestique eût aimé entendre sans doute que la dispute violente qui l'avait opposé à sa fille en était la cause, mais Viguier n'entendait guère se laisser manipuler.

– Non, je ne crois pas. M. Charpenet avait des problèmes graves d'hypertension. Prenait-il ses gouttes au moins ?

Angéline et Adélaïde se dévisagèrent méchamment.

– Il se soignait, dit la jeune fille.

– Et cela ne vous fait pas plus de peine de le voir là, étendu, immobile ?

– Je vous en prie ! s'interposa le médecin.

Adélaïde se retira pour verser ses larmes. Viguier en profita pour prendre la jeune fille par les épaules et venir lui chuchoter à l'oreille :

– Votre père savait ce dont il souffrait. Nous en avions parlé bien souvent. Il était surtout inquiet pour votre avenir. Il ne savait pas ce que vous deviendriez après son départ.

Ces propos eurent pour effet de réveiller les larmes d'Angéline. Petit à petit, elle prenait conscience de ce qu'elle avait refusé de voir jusqu'alors. Le médecin se voulut rassurant.

– Rien n'est encore perdu, mais monsieur votre père restera sans doute paralysé. Et son état nécessitera des soins constants. Comprenez-vous ?

Égoïstement, elle songeait à son mariage avec Artus et déjà s'imaginait sauvée, dispensée de faire sa cour chez les Decosteur. Et mieux encore, elle pourrait annuler cette union sans avoir de comptes à rendre. Qui s'y opposerait maintenant qu'elle était promue par les circonstances chef de famille ? « Maladie providentielle » songea-t-elle tout en mesurant la monstruosité de sa pensée. Mais Angéline ne parvenait pas à se découvrir de bonnes raisons de pleurer. Elle comprit alors qu'elle n'avait jamais aimé son père.

Trois jours plus tard, le juge parut tiré d'affaire, mais dans quelles conditions ! L'attaque cérébrale avait atteint le côté droit et éteint à jamais son vif esprit autoritaire. Il ne restait plus que l'ombre d'un Joseph Charpenet, condamné à aller jour après jour du lit au fauteuil et du fauteuil au lit. Adélaïde accepta de prendre sur elle le surcroît de travail que la maladie engendrait. Matin et soir, Blaise aidait la domestique à déplacer le juge qui n'était plus qu'un poids mort.

– Ça durera pas aussi longtemps que les impôts, disait le voiturier.

– Veux-tu te taire, répliquait Adélaïde qui trouvait chez Joseph, maintenant à sa merci, plus de qualités qu'elle n'en avait décelées au temps des jours heureux.

C'était l'avis de Viguier. Le médecin n'était pas très optimiste ; après chacune de ses visites, il subodorait une nouvelle attaque dans les six mois et celle-ci fatale.

– Faudra-t-il l'empêcher ? se demanda-t-il à haute voix lors de l'une de ses consultations. J'en doute. Il n'est pas pire situation pour un homme que de vivre ce calvaire.

– Mais avez-vous vraiment les moyens de contrecarrer l'évolution de la maladie ? interrogea Angéline.

Le docteur Viguier eut un soupir de lassitude et la jeune fille comprit qu'il n'était aucune autre solution, sinon laisser aller le cours des choses.

Au bout de deux semaines, Angéline, insensiblement, s'éloigna de la chambre où son père était cloîtré. Elle n'y venait guère plus d'une ou deux minutes par jour, comme si déjà elle se préparait à son absence. Lorsque la domestique lui en faisait la remarque, elle expliquait alors que mille soucis l'assaillaient désormais, et qu'il ne servirait à rien de geindre.

Mlle Charpenet avait beaucoup changé en quelques semaines, elle était devenue une femme, au caractère aussi volontaire et autoritaire que celui de son père ; elle ne rêvait plus ou du moins ne le montrait pas. Aussi la mue s'était-elle opérée sans qu'on s'en rendît compte.

Certes, il était facile d'en attribuer l'origine à la maladie, mais ce n'était pas tout à fait exact, en vérité cela était arrivé avec Fournel. Il lui avait insufflé une audace dont elle avait manqué tout le temps passé sous la férule paternelle. Ainsi s'était-elle rebellée contre un mariage imposé, découvert un amour et les ressources de la passion et enfin affranchie d'un père dominateur. Désormais, il ne lui restait plus qu'à annoncer ces trois bonnes nouvelles à Gabrielle. Pour rédiger sa nouvelle lettre, elle n'aurait plus besoin de se cacher dans le grenier, une écritoire sur les genoux, puisque dorénavant le salon serait tout à elle.

Angéline s'empara du bureau de son père, là où il avait eu sa crise et où elle avait lacéré sa robe de mariée, comme en pays conquis. Avant, ce lieu était sacré, désormais, on le fouillait de fond en comble. Les trois quarts des dossiers qui occupaient les tiroirs et les rayonnages n'avaient aucun intérêt pour elle. M. Charpenet avait pris l'habitude de conserver les textes de ses réquisitoires dans des procès qui lui tenaient à cœur. Quelques triomphes en somme, qu'il aimait parfois feuilleter pour se souvenir qu'il avait été, autrefois, un grand juge. Elle trouva enfin l'emplacement du coffre et les cinquante mille francs qu'il contenait. C'était une grosse partie de la fortune des Charpenet, mais elle ne le savait pas encore, et c'était bien peu.

Cette découverte l'avait rassurée. On pourrait s'acquitter sans difficulté des appointements d'Adélaïde et de Blaise et subvenir aux besoins élémentaires de la maison. Cette évidence l'enchanta et la rasséréna à la fois. Puis elle fit un peu de place pour installer ses affaires personnelles en chassant celles de son père qu'on fit monter dans le grenier.

Ce va-et-vient agaçait Adélaïde.

– Il n'est pas encore mort, disait-elle en grommelant.

Elle en savait quelque chose, elle qui le levait, le malheureux, le lavait, l'habillait, le faisait boire et manger, puis le recouchait, sans que jamais Angéline s'inquiétât de son état. On pouvait supposer que son esprit malade avait fini par oublier l'existence de sa fille, mais peut-être souffrait-il de cette ingratitude, de cet abandon.

– Vous devriez monter voir votre père, insistait la domestique.

– Oui, n'ayez crainte, je le ferai dans un moment.

Mais elle ne le faisait jamais. Elle était tout occupée à mettre de l'ordre dans la maison, à ranger, à déplacer, à remiser, et enfin à courir vers son amour.

Fournel était sans doute bien plus peiné qu'elle de la maladie de M. Charpenet. Il ne le connaissait pourtant pas. À peine l'avait-il croisé au moment des réparations de la toiture. Cela ne l'empêchait pas d'avoir de la compassion pour lui.

– Tu as tort, disait Angéline, il ne t'aimait pas. Mon père n'aurait jamais supporté que nous soyons amants.

Elle omettait de lui dire que l'attaque cérébrale était intervenue au moment même où son père apprenait l'existence de leur liaison. Cet événement resterait enfoui dans les profondeurs de son être, à jamais proscrit de sa pensée. Elle refusait d'admettre qu'il y avait eu cause directe, et le docteur Viguier l'avait rassurée afin qu'au chagrin ne s'ajoutât pas quelque culpabilité.

Adélaïde était une femme simple, peu au fait de la psychologie humaine, elle ne comprenait pas l'indifférence d'Angéline à l'égard de son père. Elle ne pardonnait rien, ni les écarts ni les désinvoltures. Elle se référait sans cesse à sa vie droite et sans histoire où chaque chose était à sa place.

Angéline était devenue son contraire, une fille pleine d'ingratitude tenant parfois des propos outranciers comme ce fameux : « Après tout, il a tué ma mère... » Mais on ne comprenait guère ce qu'elle voulait dire, la petite Angéline Charpenet, avec cette accusation bien tardive... On ne demandait pas de comptes, du reste. À La Califourche, on se contentait de faire le dos rond.

Singulièrement, une sorte d'ordre bourgeois se redessinait, comme au temps de Joseph, la maîtresse contre la domesticité. Ainsi les enfants répètent souvent les gestes de leurs parents et reproduisent leurs drames intérieurs, comme si la famille était un sanctuaire où s'en viennent mourir les destins individuels. Angéline avait fait savoir qu'elle tenait le cordon de la bourse, bien que Blaise et Adélaïde doutassent qu'elle fût rouée à ce jeu. On attendait les premières défaillances. On espérait encore que Joseph sortirait de son néant pour reprendre le commandement du navire.

Au printemps 1914, la maladie de Joseph réduisit encore ses mouvements. Désormais, il n'était plus question de quitter le lit. À la demande de sa maîtresse, Adélaïde fut affectée entièrement aux bons soins du juge. Tandis qu'on lui faisait la lecture – une fois par semaine selon les bonnes dispositions d'Angéline – son regard semblait errer dans une sorte d'immensité. Le son des mots lui faisait sans doute chaud au cœur, surtout émis par la bouche de sa fille, mais il ne les comprenait pas.

Certes, M. Charpenet n'avait jamais prisé la littérature, les romans, les histoires alambiquées, leur préférant la rhétorique des prétoires où l'on résume une vie humaine à quelques traits saillants qui font balancer la vérité d'un côté ou de l'autre. Ce jeu consistant à juger son prochain avec le sentiment de ne jamais se tromper lui avait prêté souvent l'illusion de la puissance. C'est pourquoi Angéline prenait plaisir à lui lire du Stendhal, du Benjamin Constant, du Gustave Flaubert, tout ce que le vieil homme avait abhorré de toute son âme. Elle désirait l'en gaver avant qu'il ne partît dans les limbes. Médiocre revanche ou triste inconscience ? Qui le saura jamais ? Les rapports entre un père et une fille relèvent du domaine de l'irraisonné.

L'arrivée des beaux jours avait inspiré les amants. Ils couraient la campagne tous les dimanches du lever du jour à la montée du soir. Ils s'aimaient dans les chemins creux, sous les cascades de verdure de Boismoitier, dans les hautes herbes de Pertuis. Angéline ne se lassait jamais des baisers et des caresses. Et elle eût voulu que leurs étreintes fussent ininterrompues. Mais lorsque le désir retombait, il paraissait alors que la vie perdait de sa signification. Elle s'abandonnait au spleen, se renfrognait, exprimait quelques jalousies puériles.

– J'ai toujours pensé qu'il pouvait me donner tout ce que je lui demandais.

Le garçon glissait la main dans son pantalon et disait, presque d'un ton enfantin :

– Tu devrais faire un effort, non ? Il ne te plaît plus ?

La jeune fille voulait aussi y mettre sa main ; elle craignait qu'on ne lui cachât une excitation et qu'on l'en privât, tant elle était chaque fois prête à le recevoir. Mais Sylvestre repoussait sa petite main fouineuse.

– Il dit que pour aujourd'hui il a son compte.

– Menteur.

Fournel éclatait de rire. Il n'était pourtant rien de plus excitant pour lui que de l'entendre parler de son sexe à la troisième personne. Angéline ne demandait jamais à son amant s'il voulait l'aimer, préférant toujours poser la question à son sexe. La jeune fille aimait à croire qu'elle avait de l'autorité sur ce dernier, et qu'il subvertirait les réticences ou les paresses de son maître. Jeu amusant, affriolant, dont ils se gavaient avec insouciance.

Au contact de Fournel, Angéline redevenait la fragile et fantasque jeune fille qu'elle était avant la maladie de son père. Hors les murs de La Califourche, hors la présence des domestiques, elle pouvait enfin s'abandonner à sa nature frivole. Mais singulière posture, tout de même… La personnalité de Mlle Charpenet semblait partagée en deux, comme si l'une et l'autre facette ne savaient comment se joindre. Avec Sylvestre, Angéline était restée une année en arrière, tandis qu'à La Califourche, elle entrait à grands pas dans le monde adulte. Sans doute retrouvait-elle avec une jubilation intense cette part immature qui se refusait à mourir dans les bras de son amant.

Ce soir de mai, toutes les collines étaient or et rouge, illuminées par les champs de renoncules et de coquelicots. Le bonheur avait essaimé partout où ils passaient et jusque dans les endroits où les sentiers se perdaient. Sylvestre lui avait fait une couronne de fleurs avec des hampes de liserons. Les corolles blanches ennoblissaient la blondeur de sa chevelure. Elle portait une robe légère de mousseline dont les pans traînaient dans les hautes herbes où s'accrochaient des akènes d'aigremoine comme des chenilles de coton tissées. Il y avait juste assez de vent pour réveiller les senteurs nichées dans les boqueteaux. Et les nouvelles ramures de chêne et de châtaignier filtraient la lumière en certains endroits, tendres jaune et vert mélangés. Ils se crurent perdus. Du moins, aimaient-ils croire que la civilisation s'était éloignée d'eux, qu'ils se feraient surprendre par la nuit, que le temps serait aboli et qu'il ne resterait plus que l'amour pour se rassurer.

– Il n'y aura jamais de cache assez sûre pour nous protéger, déplora-t-elle. Parfois, je sens des regards. Et ça me glace.

– On ne dirait pas.

– Ne sens-tu pas mon cœur qui bat.

Elle avait pris sa main et l'avait glissée sous le bustier.

– C'est juste parce que nous avons marché trop vite, dit-il.

– Tu ne trouves jamais mes idées amusantes.

– Je ne veux pas croire à ces bêtises.

– Quoi donc ?

– Que nous soyons libres, totalement libres. J'ai mon travail. Et toi tu as ton père à garder. Et une maison à surveiller.

Angéline ne le trouvait pas drôle, ce gentil benêt sérieux à ses heures et qu'il fallait encore dévêtir pour faire l'amour.

– Lui, montra-t-elle, il est plus drôle que toi.

Sylvestre éclata de rire.

– Je ne vois pas ce qu'il y a de drôle là-dedans.

– Il est imprévisible. Voilà une qualité qu'une jeune fille comme moi exige de son amant. Et tu devrais l'écouter plus souvent. Il aimerait te rendre la vie plus déraisonnable, monsieur le compagnon couvreur.

De la colline voisine, assez dénudée, hormis quelques bosquets perdus tels des îlots vert foncé sur une mer de tendre jaune, ils distinguèrent les vallons où serpentait la rivière dans son écrin d'arbres.

– Nous descendons à toute allure, dit-il, jusqu'à la rive, puis enfin, nous suivons le Maumont pour rejoindre la digue de Boismoitier.

Il la prit par la main pour avancer plus vite. La pénombre gagnait le creux des vallons, tels des cernes gris sur un visage. Des nuages rougeoyants s'étaient installés sur le couchant. Ils faisaient comme une mer par-delà l'horizon avec ses découpures de côtes incertaines : îles, presqu'îles, estuaires. L'illusion serait brève ; c'était une géographie éphémère. Et quand ils eurent plongé sous la barre, la lumière se fit rasante. Les ombres allongées doublaient le volume des taillis et des futaies.

– Ça nous fait dix minutes de bonne marche, la rassura Sylvestre.

Angéline dansait dans les herbes. Sa robe blanche se gonflait et se dégonflait au gré de son pas, comme si le vent seul la portait à ras du sol. Lui, il courait aussi pour la suivre, essoufflé.

– J'ai une idée, cria-t-elle sans se retourner.

– Quelle idée ?

– Je te la dirai à la rivière.

– Ce sera long.

– Cinq petites minutes. Je suis sûre que tu aimeras. Et lui aussi.

– Ah bon.

Ils dévalèrent un chemin creux. Ici la nuit avait commencé. Leur entrée intempestive dans le couloir formé par les noisetiers, les saules et les acacias mit en fuite une armée de grives et de merles jacassant de colère. Les amants n'eurent qu'à les accompagner jusqu'à la rivière. En cet endroit la fraîcheur fleurait bon la mousse et les fougères. Et quand ils parvinrent sur la digue, Angéline s'arrêta pour ne pas avoir les pieds dans l'eau. Le bord était fait de petits galets. Les crues de mars avaient charrié des embâcles sur le môle de pierre. Plus loin, le moulin avait déjà rendu l'âme.

C'était pitoyable de voir sa roue brisée et chahutée encore par le courant.

– Quelle est ton idée ? demanda Sylvestre après avoir repris son souffle.

– J'ai décidé que tu viendrais me voir à La Califourche toutes les nuits. J'ai besoin de toi.

– C'est de la folie, protesta-t-il. Que dira Adélaïde ? Et Blaise... Il n'a pas l'œil dans sa poche celui-là.

– Je m'en fiche.

– Et ton père ?

– C'est mon affaire. Ce que nous faisons ne peut gêner personne.

Fournel s'assit en tailleur sur les galets. Il en prit une poignée et s'amusa à les jeter dans la rivière un à un. Elle le regardait, rêveuse. Elle avait espéré plus d'enthousiasme.

– Tu n'as pas encore répondu à Artus.

– Le silence et l'éloignement sont des réponses, non ?

Angéline s'assit en face de lui, tournant le dos à la rivière. Leurs genoux se touchaient et leurs yeux ne pouvaient se détacher l'un de l'autre.

– Je viendrai quand même, parce que je t'aime, avoua Sylvestre.

Elle avança sa main jusqu'à son visage et le caressa doucement.

– Tu ne peux pas me faire plus de bien, Sylvestre. Me dire que tu m'aimes... Ça, c'est sacrément fort. À mon goût, tu ne le dis pas assez.

– Mais je t'aime, voilà. Je t'aime, répéta-t-il.

Un instant, le murmure de l'eau se fit discret. Mais ce n'était qu'une illusion.

14

La Califourche

Au moment même où Angéline mit au point son projet de faire venir clandestinement Sylvestre Fournel à La Califourche, ce dernier fut appelé au nord du département pour son travail. La séparation dura trois semaines. « Voici une grande épreuve, jugea l'amante, elle pourrait renforcer notre amour comme le dissoudre. » Ils convinrent de s'écrire, mais Sylvestre n'était pas des meilleurs à cet exercice. Il faisait des fautes à chaque mot ; et à la longue, les lettres finissaient par se ressembler toutes. « Je t'aime toujours… Je suis en bonne santé. Je pense à toi… J'ai hâte de te revoir… » Celles d'Angéline, en revanche, étaient narratives. Elle prenait plaisir à raconter ses journées monotones, à exposer l'état de ses sentiments.

À Meymac, où la petite équipe de Philibert était installée pour la réfection de la toiture de l'église, il n'y avait guère de distractions. Les dimanches, on y traînait son ennui entre les estaminets de la place de la Croix et le petit marché proche de la Tour de l'Horloge. Le patron était exigeant sur la discipline de ses ouvriers ; il fallait qu'ils fussent rentrés à dix heures du soir dans la chambrée. On dormait à même le sol du presbytère, tête-bêche, dans un sac à viande comme on disait vulgairement.

Pendant que ses hommes dormaient ou jouaient aux cartes, Philibert aimait à s'isoler dans une remise jouxtant le jardin du curé. Il lisait les journaux près d'une lampe à pétrole. C'était une lecture consciencieuse, détaillée, commentée par des coups de crayon sur l'article, parfois des points d'exclamation ou d'interrogation. Souvent des phrases entières étaient soulignées.

Ainsi, par son patron, Sylvestre Fournel apprit que la guerre menaçait entre la France et l'Allemagne.

– Il est un fauteur de trouble, expliqua Philibert, c'est l'empereur autrichien François-Joseph qui nourrit contre la Serbie des projets belliqueux. Mais la Russie, soucieuse de protéger ses amis slaves, a décidé d'apporter son soutien à ce petit pays des Balkans. Tandis que nous, la France, qui sommes proches de la Russie par un traité d'assistance mutuelle, nous nous sommes rangés de son côté. Pour tout arranger, poursuivit le maître couvreur, l'Allemagne a déclaré qu'elle appuierait l'Autriche. C'est-à-dire que nous nous retrouverons, au cas où tout cela finirait par exploser, face à notre ennemi héréditaire. Nul doute que nous serions entraînés dans ce conflit.

– C'est de la politique ? demanda Fournel à qui l'on avait appris dès sa plus tendre enfance qu'il lui faudrait toujours s'en tenir éloigné.

– Non, de la diplomatie, rectifia Philibert. Avec des alliances scélérates qui nous engagent pour le pire.

– Peut-être que tout ça n'arrivera pas, maître Philibert. Faut-il se fier à vos journaux ? On voudrait nous faire peur que…

Le maître couvreur éloigna de la main un papillon de nuit qui virevoltait autour du tube de la lampe. Cela l'agaçait que son meilleur ouvrier fût aussi naïf. À croire qu'il n'avait rien retenu de ses leçons sur le rôle de la violence dans l'histoire.

– Je comprends, ajouta Philibert. On est amoureux de la plus jolie fille de Darnac.

– Oui, maître, je suis amoureux de Mlle Charpenet. Et alors ? Est-ce interdit d'être heureux parce que la guerre se prépare ?

– Ce ne sera pas facile d'avoir vingt ans en 1914.

– J'en ai dix-neuf, répondit Sylvestre en bombant le torse.

– Et bientôt le service des trois ans.

– Ça vous plaît de me mettre le bourdon !

Le maître couvreur éclata de rire.

– Tu as raison. Oublions tout cela. C'est un défaut, parfois, d'être pessimiste.

Depuis que le juge était rivé à son lit, on ne lisait plus un seul journal dans la maison. Pourtant, l'abonnement au *Gaulois* suivait son cours, mais au fur et à mesure que les numéros parvenaient à destination, personne n'en défaisait la bande. Pourtant, cette lecture eût été instructive. On y aurait appris que la France devait se préparer au grand choc des nations, que nos politiciens retardaient l'instant de la confrontation, que nos généraux manquaient de lucidité, que l'armée n'était pas aussi prête qu'on voulait bien le dire... Bref, les bruits de botte s'élevaient déjà, bien que les inquiétudes de Viviani et Poincaré ne fussent perceptibles que pour les familiers du langage diplomatique.

Angéline vivait donc, tout comme Adélaïde et Blaise – dont les visites étaient de plus en plus espacées – en retrait du monde, et de même la communauté villageoise de

Darnac. Mme Coquelle ne savait pas où se situait la Serbie sur son livre de géographie. Seuls les potins de Darnac l'intéressaient, les infidélités de Mme Cramoix, la maladie du jeune Herbetot, les querelles des familles Lancret et Tavoine… Et lorsque l'attentat de Sarajevo fut annoncé, nul ne réalisa dans le petit village de Corrèze que la guerre était irrémédiable. Angéline passait ses jours à se languir dans le parc, au soleil, se prélassant comme un lézard. « Bientôt le bel été, pensait-elle, et avec lui le retour de Sylvestre. » Rien qu'à y songer, elle se sentait tout émoustillée.

Le docteur Viguier venait à La Califourche tous les deux jours pour vérifier l'état de santé du juge. On ne lui trouvait aucune amélioration, aucune aggravation. On se disait que la mort l'emporterait lorsqu'elle aurait choisi son moment. Telles étaient les phrases absurdes proférées dans le salon à mi-voix.

– Et votre mariage avec Decosteur ? demanda un soir le médecin. Nous n'en entendons plus parler…

– C'est une affaire classée, répliqua-t-elle d'un ton sec.

Elle ne comprenait pas pourquoi la question lui était posée, voulant ignorer sans doute qu'elle ne l'avait jamais tranchée. Elle en voulait au médecin.

– Classée ? s'étonna-t-il. Vous voulez dire que les fiançailles sont rompues ?

– Il n'y en eut jamais de fiançailles, ricana Mlle Charpenet. Voyez-vous une bague à mon doigt ?

Elle exhiba effrontément ses fines mains distinguées. Viguier baissa la tête. Elle s'apprêtait à en dire plus tout en s'interrogeant sur le docteur : « Serait-il le mieux placé pour colporter mes informations ? » Et elle se lança.

– Puis-je vous faire une confidence, docteur ?

Il acquiesça d'un mouvement de tête avec le visage fermé du militaire à la revue de détail. Viguier avait une allure vieille France, sèche et autoritaire, le port de tête altier, le cheveu coupé en brosse.

– Vous avez ma confiance.

– Je n'ai jamais eu l'intention d'épouser Artus. C'est une idée de mon père. Il voulait que nos deux familles s'associent. Quant à moi, j'ai suivi ses conseils un temps, croyant qu'il voulait faire mon bonheur.

– Vous avez profité de sa maladie pour vous récusez, dit-il.

Le médecin l'observa avec dédain. « Une enfant gâtée, pensait-il, fortuitement lâchée dans la nature, qu'adviendra-t-il ? » Et il se prit à la prendre en pitié. Pour un peu, il l'eût sermonnée comme sa fille. Mais il comprit à la délicatesse de sa toilette, au soin extrême porté à sa chevelure, à son maquillage, que Mlle Charpenet était déjà passée dans le monde adulte et que la maladie du père n'avait fait que précipiter cette métamorphose.

Dans l'une de ses dernières lettres adressées à Sylvestre Fournel, Angéline avait adjoint un plan d'accès à La Califourche. Il ne restait plus au jeune homme qu'à obéir fidèlement aux ordres tracés pour rejoindre son amoureuse au second étage dans une des pièces délaissées de la grande maison. Rien ne se pouvait tenter, néanmoins, avant les dix heures du soir au moins. C'était le moment où Adélaïde était enfin couchée. Mademoiselle osait croire que l'entrée de son amant, grâce à une échelle posée dans les massifs de la façade arrière, s'opérerait sans embûche. Pourtant, la domestique avait le sommeil léger. Cette vigilance lui était venue avec la maladie du juge. À la moindre plainte, elle accourait pour aider le vieil homme dans sa longue agonie.

Cette nuit-là, de lune vieille, Sylvestre mit cinq bonnes minutes au moins à dénicher la fameuse échelle posée dans les massifs de rhododendrons. Il prit peur en débusquant un chat. Ce dernier faillit lui sauter au visage. Le jeune homme se retint de pousser un cri. La surprise, la peur, le saisissement lui enserraient encore la poitrine lorsqu'il dressa l'échelle contre le mur.

Promptement, Sylvestre atteignit le balcon. Elle l'attendait dans sa camisole blanche, un châle à peine jeté sur ses épaules. Le fond de l'air était plutôt frais avec les pluies récentes. Du reste, on entendait le concert lugubre des crapauds, coassements flûtés rebondissant d'un bout à l'autre du parc.

À peine eut-il passé la porte-fenêtre, qu'Angéline lui prit la bouche. Et elle l'emmena ainsi jusque sur le lit. Le craquement du parquet salua leur passage, mais si brièvement qu'on ne s'aperçut de rien à l'étage inférieur. Pour cette fois, du moins.

Ils firent l'amour avec des gestes précieux et mesurés qui ne firent qu'ajouter à leur plaisir. Trop d'attente, de désirs contenus, de mots chuchotés, de sourdine aux baisers et aux caresses nourrissaient quelque insatisfaction. Hélas, mille fois hélas, Sylvestre était trop prompt à s'abandonner. Elle le lui reprochait ensuite avec une moue de désespoir. Mais comme le jeune amoureux n'était point avare dans ses engagements, il la reprenait au moment où ses forces étaient recouvrées. Et cette réparation était du goût d'Angéline. Peut-être se plaignait-elle chaque fois à dessein ? Peut-être jouait-elle sur ses cordes sensibles, sachant qu'il ne pourrait jamais rien lui refuser ?

Ainsi demeurèrent-ils jusqu'à l'aube dans les bras l'un de l'autre, jusqu'à ce que l'horizon se mît à blanchir, puis le jeune homme repartit comme un voleur dans sa fatigue, titubant et joyeux, encore échauffé de caresses, de baisers et de folles promesses.

Nuit après nuit, les habitudes s'installèrent, tel un rituel. Il entrait dans la maison à l'aveugle, aussi habile qu'un écureuil sur sa branche. Autant d'aisance et de facilité avait de quoi déconcerter. Sylvestre ne pouvait croire indéfiniment à sa chance. Si bien qu'à partir de juin, il commença à craindre un traquenard. Adélaïde était sa hantise. Il se rêvait parfois, ficelé sur une chaise, attendant avec force cris le fer rouge qu'elle allait poser sur sa poitrine nue.

– Je suis la maîtresse de maison, insistait Angéline. Au moindre problème, mon cher, je la fiche à la porte !

Fournel n'en croyait rien. Angéline restait encore à ses yeux la petite fille modèle qu'il avait rencontrée une année plus tôt. Et qu'elle fût à lui, tout entière, nuit après nuit, ne changeait rien à son sentiment.

– Je nous verrais bien mariés, dit-elle encore.

Elle se voulait précise dans ces moments. Pour un peu, elle eût fixé une date, un jour, une heure... Mais elle n'obtenait qu'un concert de soupirs. Elle lui battait la poitrine de ses petits poings, de rage et de désespoir. Il ne disait rien. Il se faisait secret, presque distant. Pourtant, ce n'était pas le cas. Il tremblait d'anxiété.

– Je ne peux pas me marier avec toi, avoua-t-il un soir.

– Pourquoi ? Je t'aime, imbécile ! Quand on s'aime, on se marie, non ?

– Il va y avoir la guerre, dit-il d'une voix blanche.

– La guerre ?

Elle se mit à rire. Mais il plaqua une main sur ses lèvres pour la faire taire. Elle se débattit. Il la couvrit d'un baiser comme s'il voulait aspirer en lui toute sa colère.

– Oui, la guerre entre l'Allemagne et la France, ou peut-être entre l'Autriche et la France… C'est mon patron qui m'a dit ça. Il m'a dit : « Il faut te préparer, mon garçon ! »

– Ton patron est un crétin, fulmina Angéline. Un idiot. Serait-il jaloux de notre amour ? Ah ! Ah !

Le jeune homme repoussa le drap d'un coup de talon. Il y avait un petit vent au-dehors, une brise qui agitait les ramures hautes des tilleuls. Sylvestre observait les ombres diffuses au plafond. Elles dansaient avec la légèreté des chimères qui courent dans les têtes. Il serra les poings contre sa poitrine.

– C'est la triste vérité, murmura-t-il.

– Je ne veux pas le croire. On n'est pas aussi bête dans ce monde.

Le lendemain, Angéline se résolut enfin à ouvrir un journal. Elle chercha fébrilement la page des nouvelles internationales. En effet, on préparait la guerre dans la vieille Europe. Chaque grande nation rejetait sur les autres la responsabilité de la crise. Qui commencerait ? Qui porterait la tache infamante du premier coup de feu ?

Mais il lui avait suffi de faire quelques pas sur la terrasse, de sentir le soleil matinal sur son visage, et de contempler la limpidité du ciel, pour oublier la gravité du moment. « Qui haïrait la vie au point de participer à cette entreprise criminelle ? » songeait-elle. Elle ne savait rien encore de ce qui compose le fond intime de l'homme, une sauvagerie nourrie d'intelligence, une obsession de l'espace vital, une phobie des frontières et des races, de vieilles peurs dont l'origine remonte à la nuit des temps. Néanmoins, Angéline se voulait résolument optimiste. « Je le garderai près de moi, mon Sylvestre, quoi qu'il arrive… » se jurait-elle.

Dans la cuisine, Adélaïde préparait le petit-déjeuner de M. Charpenet. Il y avait deux ou trois marmelades de fruits, un bol de café au lait. Angéline se servit une tasse de thé et la but en trois gorgées, le regard suspendu à la fenêtre. Elle rêvassait ainsi, parfois longtemps, sans accorder la moindre attention à son entourage.

– Sept jours que vous n'avez pas été voir votre père, mademoiselle-la-chipie..., lui reprocha la domestique. C'est exagéré.

– Il ne me réclame pas.

– Comment pouvez-vous dire ça ? Il ne parle plus depuis mars dernier. Je le vois à son regard. Il y a de la détresse dans ces yeux-là. Il ne comprend pas pourquoi sa fille a cessé de l'aimer. Qu'a-t-il fait, grand Dieu ?

Il y eut un long silence. Angéline ne tourna même pas la tête vers elle. Elle n'attachait guère d'importance à ce que pouvait dire la domestique.

– C'est encore cette histoire de mariage que vous lui reprochez ?

– Quand donc cesserez-vous de me juger ?

Adélaïde se recula jusqu'à venir prendre appui contre sa cuisinière. Elle croisa les bras sur sa poitrine. Ça lui tenait à cœur toutes ces vérités. Ensuite, elle se sentirait soulagée, comme un abcès ouvert d'un coup de canif.

– Vous êtes une dévergondée, lança la domestique. Et plus encore, une petite vicieuse dans votre genre. Au point d'inviter votre galant à La Califourche, de faire mille galipettes, tandis que votre père se meurt doucement. Vous n'avez pas honte, tout de même...

Le visage de la jeune fille se mit à blêmir. Pour un peu, elle eût défailli. Mais ses doigts s'accrochèrent au rebord de la table. Et tant qu'elle se faisait mal à griffer le bois, c'était signe que sa révolte était forte et puissante en elle, qu'elle enflait et aspirait enfin à se déverser d'un coup.

– Méchante ogresse ! s'écria-t-elle. Méprisable punaise. Va donc te confesser. Tant de haine finira par t'étouffer. Garce.

– Oh, mademoiselle ! je ne vous permets pas. À mon âge tout de même…, s'offusqua Adélaïde.

– Tu ne me jugeras pas. J'aime Fournel et j'en ferai un mari. Ce n'est pas mon père qui s'y opposera. Et encore moins une rombière comme toi.

Angéline sortit aussitôt, sans un regard. Elle avait décidé de l'ignorer, désormais, puisqu'Adélaïde avait dévoilé son secret. Et percée à jour, elle enrageait dans son for intérieur, elle enrageait de n'avoir su protéger son amour de la vile curiosité, de la petite jalousie ordinaire.

La jeune fille s'était arrêtée au milieu du salon, face aux porcelaines et aux cuivres. Une lumière douce de cathédrale baignait la pièce. Elle se retourna enfin pour faire face à Adélaïde qui l'avait suivie. Peut-être eût-il été encore possible de se pardonner l'une l'autre à ce moment, mais il ne se passa rien. Un silence d'environ une demi-heure… Puis les pleurs se libérèrent d'un coup.

– Comme je voudrais partir de cette maison, au plus vite et n'y plus jamais revenir… Mais si je reste, c'est pour M. Joseph. Oh oui, mon Dieu, je serai là, fidèle jusqu'à la dernière minute. Même que je lui fermerai les yeux… Sinon qui le fera ? Qui l'habillera, le pauvre M. Joseph. Comptez sur les enfants, oh oui, les enfants, quelle ingratitude ! Ça ne vous donne rien en retour. Des larmes et des cris. Je le connais bien M. Joseph, un homme juste et sincère, qui aura voulu le bonheur de sa fille. Non sans maladresse, il est vrai. Mais c'est comme ça avec les pères, des erreurs de jugement à la pelle quand il s'agit de choses comme les fiançailles, les mariages… Les hommes, tout de même, ce n'est point fait pour ça. Mais comment lui en vouloir à M. Joseph ? Après le départ d'Émilienne, tout lui est retombé sur les épaules... Une fille à éduquer... Un mariage à conclure. C'est pas des affaires d'homme, ça.

La longue plainte n'en finissait plus. Elle faisait partie du silence. Angéline eût pu l'interrompre à tout moment, mais elle n'en fit rien. Bien au contraire. Quand elle sentit mollir la colère de la domestique, elle lui répondit.

– Je pourrais vous chasser, ma pauvre Adélaïde, pour tout ce que vous avez dit. Pour vos méchancetés. Mais je n'en ferai rien. Auriez-vous oublié qui vous paye ?

Et la jeune fille gagna au pas de charge vers les étages. Elle passa près de la porte de son père, mais ne s'y arrêta point. Pas même une hésitation. « Je ne voudrais pas que la guerre nous sépare, jamais. Jamais, se disait-elle. » Mais ce n'était plus qu'une question de jours à en croire le chroniqueur du *Gaulois*. Il y avait comme de l'exaltation et du contentement dans les mots. On allait faire reluire les boutons de guêtres et de vareuses, aiguiser les baïonnettes, graisser les culasses, astiquer les canons, chauffer les esprits. Victoire, victoire... Bientôt à Berlin. Une semaine tout au plus.

Angéline sentait déjà combien la douleur serait grande sous les rodomontades. Mais on avait envie de croire à ses rêves. La France s'exaltait de cette liqueur doucereuse et patriotique. Elle s'enivrait de *Marseillaise* et de *Chant du départ*. On ne tarderait pas à pavoiser les couleurs de l'ancienne révolution, celle qui avait donné naissance à la République. Mais qu'en restait-il de la République au moment du départ ? « Je le cacherai sous mon aile. On l'oubliera peut-être, mon Sylvestre. Pourquoi avoir besoin de lui ? Il en est tant d'autres qui courent vers la victoire en chantant. Cela suffira bien. Qu'on me le laisse, mon bel amour. Mon Dieu, faites qu'on me le laisse mon bel amour » répétait-elle en chiffonnant les draps de son lit. Ils étaient imprégnés de leurs odeurs. Et cela l'excitait tous ces restes de l'amour perdus dans le tissu.

Le soleil montait sur l'horizon et dorait la nature. Tout était d'or, le ciel, les arbres, l'eau, les collines, les chemins. Cet éblouissement lui faisait mal aux yeux et pourtant elle ne renonçait pas à regarder ; elle faisait le plein d'images comme si tout finirait par se perdre. Peut-être l'avenir serait-il de soie noire avec sa vêture d'étoiles ? Un deuil prolongé. Un cortège funèbre avec des sons de trompettes ou de clairons obsédants. Elle observait le dernier jour de la liberté, ou l'avant-dernier, qu'importe… Elle avait envie de pleurer et ne le pouvait plus. « Je veux garder mes dernières larmes pour lui » se promettait-elle.

15

Le tocsin

Sylvestre Fournel ne croyait pas à l'imminence de la guerre. Il se refusait à l'envisager. D'ailleurs, il ne savait pas exactement de quoi était faite la guerre. S'agirait-il d'occuper un emploi subalterne dans un bureau, d'astiquer des armes, de compter les cartouches, d'aiguiser les baïonnettes, de bouchonner les chevaux ? Il ne pouvait croire qu'un soldat sans expérience, c'est-à-dire sans métier, pût être engagé sur une ligne de front. À ses yeux, on devait réserver cette corvée à des gens préparés au combat, à la tuerie, au massacre. Une affaire de spécialistes. Lui ne saurait rien faire dans ce genre-là, héros de guerre, rien, sinon monter sur un toit et ajuster des ardoises, des tuiles ou des feuilles de zinc. Un ouvrier couvreur, même avec des qualités de compagnon, ça ne devait pas servir à grand-chose sur le front, au moment de l'attaque. Ce serait comme un contre-emploi. Mais il n'était guère d'oreilles complaisantes, et encore moins compatissantes, pour partager cette conviction. Le *la* était donné à l'opinion publique par les généraux, les politiciens, les ministres : défendre la patrie en danger en versant son sang généreusement… Et comme Sylvestre ne réfléchissait guère à la question pour ne pas l'avoir encore affrontée, il répétait après tout le monde : « S'il le faut, je le verserai mon sang… »

Angéline Charpenet ne l'entendait pas de cette oreille.

– Vas-tu te taire, imbécile.

– Quoi ? C'est aussi facile à dire que de respirer. Et ça contente tout le monde.

– Je ne veux pas que tu partes, je ne veux pas que tu fasses la guerre, ni à l'avant ni à l'arrière. Je veux que tu restes avec moi pour me faire l'amour jour et nuit.

Elle l'emprisonnait dans ses bras, comme une mère protectrice, enfouissant son visage entre ses seins.

– Laisse donc les autres la faire. Laisse-les verser leur sang. Moi, je le veux tout pour moi, ton sang, qu'il coule dans tes veines et qu'il s'échauffe dans le plaisir.

La jeune fille avait compris à sa manière de regarder ailleurs, de faire le fier en compagnie, de flagorner les Allemands, qu'il suffirait d'une étincelle de bêtise pour qu'il s'embarque avec le troupeau. Jamais, durant ces derniers jours de juillet 1914, Angéline ne fut si collante avec lui. Elle suivait sans cesse ses allées et venues, écartait les voix enrôleuses.

– Ce n'est pas encore la mobilisation, la rassurait-il.

Mais les gendarmes étaient déjà passés à Darnac pour recenser les hommes.

– Je n'ai pas encore l'âge d'être mobilisé, se défendait Sylvestre.

– Tu devrais venir te cacher à La Califourche. Nous pourrions aménager une chambre dans les combles !

Elle ne croyait pas qu'il fût épargné dès le premier coup de clairon dans les campagnes. On ramasserait à la pelle tous les hommes en âge de combattre et on les enfournerait dans des wagons en partance pour le théâtre des opérations.

– Personne ne viendra te chercher ici, insistait-elle.

Chaque nuit reconduisait la même conversation. C'était un dialogue à épisodes. On le reprenait là où il s'était interrompu la veille. Si Angéline était constante dans ses alarmes, ce n'était pas le cas de Sylvestre. Peu à peu, il se laissait griser par le goût de l'héroïsme. L'air du temps déteignait sur lui comme une garance prégnante. Il n'était rien pour repousser cette contagion de l'âme qui fût assez fort, ni l'amour d'Angéline ni la beauté des jours d'été.

– Tu sacrifierais tout ça ?

– Je ne veux pas être un lâche, disait-il. À la longue, toi-même, tu finirais par me détester. Tu ne pourrais aimer un homme sans honneur.

Le 1er août 1914 étant un samedi, un jour chômé pour Sylvestre, les amants descendirent à la rivière. Angéline avait demandé à Adélaïde de lui préparer un panier. Il y avait du blanc de poulet pour elle et deux pilons pour Sylvestre, ainsi que des cornichons, des tomates et un litre de vin rosé. Le premier geste du garçon fut de plonger la bouteille dans la rivière ; maintenue par une cordelette, un seul geste suffirait à la remonter. Pendant ce temps, elle prendrait la fraîcheur du Maumont.

– Ce sera un plaisir de le boire frais, dit-il.

– Le Bandol de Provence, nous le servions dans un seau à glace, ajouta Angéline.

– C'était dans ta vie antérieure, ajouta Sylvestre.

Il l'avait souvent interrogée sur les années passées à Saint-Raphaël, mais la jeune Charpenet était secrète, comme si cette période de sa vie devait rester étrangère à Sylvestre. Il ne comprenait pas. Mais il restait en elle, à la vérité, un fond de snobisme, jugeant sans doute que son amant ne pourrait rien comprendre à un pan entier de son existence, celui de Gabrielle et de ses jeux saphiques bien innocents… Elle avait rompu avec ce temps, et celui-ci s'éloignait d'elle, peu à peu, dans un brouillard, comme un lavis de céruse sur une scène marine. Elle ne s'aimait guère dans ce vibrant paysage où la mer bleue bataillait avec le ciel.

Maladroitement, Angéline déplia la nappe à carreaux rouges sur un lit de fougères. Le vent défaisait son ouvrage, la faisant tempêter. Sylvestre trouva quatre galets et en plomba les coins.

– Je n'y aurais pas songé.

Il coupait des tranches de pain dans une tourte. Elle observait la lame tranchante du Laguiole avec crainte. Mais le garçon était adroit.

– Tu as toujours été servie, ma chère, par des domestiques. Moi non.

Elle fit la moue. C'était une opinion qui la hérissait en général. En fait, Sylvestre songeait à la manière dont Angéline avait rudoyé Adélaïde. « Comment ferons-nous pour vivre ensemble, se demandait-il, si tant de principes nous séparent ? Nous n'aurons pas de domestiques pour nous servir et essuyer nos colères. »

Le soleil était si violent à son zénith que les feuillages ne contenaient plus la lumière. Elle tombait comme une chape de plomb, éclaboussant la rivière de mille éclats d'argent.

– Ce serait bien de se mettre à l'eau, proposa-t-il.

Elle grimaça à l'idée de se dévêtir ; elle était bien plus prude qu'elle ne voulait le laisser paraître.

– Fais ce qu'il te plaît, dit-elle en ôtant son chapeau de paille.

Elle s'étendit sur la nappe. Et une fois allongée, elle fut submergée par la brutalité de la lumière. Elle prit son chapeau et en recouvrit son visage.

– Je ne saurai pas résister à la tentation, prévint le jeune homme en caressant du bout des doigts le fil de l'eau

– Cet endroit est trop fréquenté à mon goût, jugea Angéline.

Il éclata de rire.

– Tu as peur ?

– Je n'ai pas peur mais...

– Tu as peur qu'on te voie nue, ma belle.

– Et toi non ?

Elle posa sa main à plat sur le chapeau pour opposer un écran de plus au soleil éblouissant qui traversait le tissage de paille. Puis elle entendit un clapotis d'eau. Il s'était donc jeté dans la rivière, nu comme un ver, et elle se tourna sur le côté pour somnoler un peu.

Fournel avait besoin de dépenser ses forces les jours où il ne montait pas sur les toits. Aussi s'adonna-t-il à une brasse féroce dans les eaux tumultueuses du Maumont. Il se laissa même couler à pic dans un trou d'eau après s'être empli les poumons. Le fond était vaseux et la lumière y pénétrait avec difficulté. Puis il remonta pour reprendre son souffle. Ainsi, il s'amusa à plonger plusieurs fois, cherchant la trace de poissons, tels que les tanches, les carpes ou les brochets. Il ne distingua que des truites fugaces et nerveuses. Ses mains ne parvenaient à les saisir. « Un temps de retard sur elles » se disait-il, chaque fois. Avec un filet, il eût pu faire une razzia, mais le cœur n'y était pas.

En surface l'eau était tiède, tandis qu'à deux ou trois mètres de profondeur un fort courant froid se dégageait. Il se plut à en comparer les effets sur son corps chaque fois qu'il regagnait la surface.

Dans ces plongeons successifs en eau trouble – rien n'était plus angoissant que l'onde chargée de vase en suspension où l'on n'y voyait goutte –, Fournel renouait avec ses peurs d'enfance. Il avait mis longtemps à apprivoiser ses craintes, de défis en défis, et cela le rassurait aujourd'hui de n'avoir rien perdu de ses vieilles habitudes. Rouler à bicyclette, nager sous l'eau, grimper aux arbres, ça ne s'oublie jamais. Comme quoi, c'est la première peur vaincue qui importe pour tout le reste de la vie. « Il en sera de même de la guerre, et qui sait ? de l'épreuve du feu » pensa-t-il en prenant pied sur les galets de la rive.

En cet endroit, les cailloux étaient ronds et plats. Il arrivait souvent que les agents voyers en garnissent des tombereaux pour paver les trottoirs et les ruelles. On les agençait à plat ou sur champ, selon l'effet qu'on voulait produire. À quatorze ans, le père Fournel avait placé son fils dans la commune pour faire ce travail de fourmi avec d'autres ouvriers plus expérimentés. Il avait servi de souffre-douleur avant de trouver une place chez maître Philibert. Sylvestre s'amusa à les assembler par tailles, presque instinctivement. Et les larmes lui vinrent aux yeux sans qu'il pût se raisonner. Heureusement, de là où elle se trouvait Angéline ne pouvait le voir. Sans cela, il fût retourné au fond de la rivière pour se cacher.

« Aurais-je été poisson dans une autre vie ? se demanda-t-il. Et de combien de vies bénéficions-nous avant que nous devenions la lumière même du monde ? Sept à ce qu'on dit… Où en suis-je ? Deuxième ou troisième… Et si l'ange de la mort m'extermine, sous quelle forme retournerais-je sur la terre ? À moins que je ne vive ma dernière réincarnation. Et que, enfin, je devienne soleil d'octobre, comme le disait Olivière Méhult, un peu sorcière, un peu guérisseuse dans le village de Rajac où elle sévissait. »

L'ombre des saules et des chênes rouvres s'était déplacée. Il jugea qu'il était bien deux heures, au moins, de l'après-midi. Il remonta sur l'herbe de la rive. Se penchant sur Angéline pour l'observer dans son sommeil, il fit tomber sur elle quelques gouttes d'eau froide. L'effet fut immédiat. Elle poussa un cri et se tourna vivement sur le ventre.

– J'étais si bien dans mon rêve, se plaignit-elle.

– De quoi était-il fait ?
– Je ne le dirai pas.
– Y étais-je au moins ?
– Ça ne te regarde pas.

Fournel déballa les affaires, dont le poulet enroulé dans un chiffon pour le protéger des mouches. Ils mangèrent en silence. Le pain tranché était déjà sec, Sylvestre en coupa deux tranches neuves. La rivière chantait dans son écrin de verdure. Maintenant, le soleil n'éclairait plus que la berge opposée et le banc de sable. L'eau était verte et sombre.

Le jeune homme récupéra, en tirant sur la cordelette, la bouteille de rosé.

– À bonne température, dit-il.

Et il se rinça aussitôt le gosier, puis tendit la bouteille à Angéline. Elle hésita. Elle ne savait pas boire au goulot. Elle craignait de tacher sa robe blanche. Mais, sur les conseils de Sylvestre, elle avança le menton et avala sans difficulté.

– Tu pourrais tout de même te vêtir, Sylvestre, dit-elle.

Il promenait sa nudité sans réticence aucune. Autant de liberté l'effrayait. Peut-être en était-elle jalouse ? Peut-être se sentait-elle mal à l'aise en robe ? Pour la tranquilliser, il enfila son pantalon et releva les bretelles sur son torse nu.

– Maintenant, je voudrais dormir, annonça-t-il.

Angéline s'allongea près de lui, la main serrant celle de son amant. L'ombre des arbres était désormais douce et fraîche. Ils ne pensaient qu'au moment où leurs mains se disjoindraient. Ils pensaient à l'instant où leurs regards s'éloigneraient l'un de l'autre. C'était un sentiment douloureux, inavouable. Et la lumière d'été, dorant les feuillages des chênes et des saules au-dessus de leurs têtes, ajoutait au regret.

– Viendra le temps, murmura Angéline à l'oreille de Sylvestre, où nous ne saurons plus rien l'un de l'autre. Et ce sera alors notre solitude commune. Nous ne serons plus que des âmes errantes sur des chemins séparés. Pourtant, nous ne l'aurons pas voulu. Pourquoi cette punition ?

Le garçon avait la gorge serrée. Les mots ne lui venaient pas en tête. Il feignait de somnoler pour ne pas avoir à répondre. C'était une désertion douce et tragique à laquelle il se préparait, peu à peu, dans le secret de son âme. Il avait compris que son effacement devrait être brutal afin d'éviter les larmes et les pleurs. Plus que tout, il redoutait la seconde où l'espérance se déchirerait, au bord d'un quai dans la fumée âcre d'une locomotive. Il redoutait aussi le chant guerrier des conscrits, la fleur au fusil, et l'optimisme béat du troufion.

Sur le garde-boue arrière de la bicyclette, Angéline avait accroché un panier tenu par des sandows. Elle y avait fourré à la hâte la nappe, les restes de vin rosé et de pain. Puis, tous deux s'étaient envolés vers les puys de Joulac. Cette envie les avait pris subitement, histoire de changer d'air, de varier les plaisirs de l'après-midi, de jouir d'une belle vue sur la campagne environnante. Du reste, c'était un rituel chez les habitants de cette vallée de Corrèze de monter sur les puys, d'y faire le tour de l'antique oppidum avec ses murs effleurant à peine la butte sous sa carapace de lierre. Jadis, on avait guerroyé sur ce flanc de montagne. Et nul ne se souvenait plus de quelle guerre il s'agissait ni combien de gens avaient perdu la vie. En vérité, les guerres sont faites pour être oubliées, puisqu'elles témoignent de ce qu'il y a de pire dans la civilisation.

Lorsque les amants parvinrent à l'oppidum, ils jetèrent leurs vélos au sol, dans l'herbe haute et coururent sur le môle. Le regard portait si loin qu'on voyait le plateau de Millevaches et le mont Bessou. Fournel connaissait par cœur cette géographie. Il suffisait de se retourner pour embrasser la vallée de la Dordogne, les collines ocre et calcaires du Terrassonnais. C'était un paysage à deux faces opposées, l'une vert et mauve, l'autre jaune et bleu. Seul le ciel assurait la fusion des deux perspectives sous un casque d'azur sans trace ni ride de nuage.

Ils se laissèrent couler dans l'herbe sèche. À leurs pieds, on distinguait Darnac au creux d'un vallon, et les hameaux voisins, Boismoitier, Guerdioude, Dourthemont, La Serve... Sylvestre n'en finissait plus d'énumérer les lieux avec fierté. Sans oublier les villages des alentours, Saint-Robert, Saint-Solve, Vignols, Vars, Objat...

Elle ne l'écoutait plus, le regard tourné vers le bleu azuré, perdue dans des pensées profondes. Elle rêvassait. Elle écoutait le vent, le froissement des herbes et, plus loin, le craquement sec des gousses de genêts. Elle se sentait seule au monde, dépossédée de son avenir. Elle aurait voulu que cette journée s'éternisât. Pourtant, la montée du soir en sonnerait le glas, funeste. Ensuite, plus rien ne serait comme avant.

– Tu ne trouveras pas la paix là-bas. Sans moi, tu seras en danger. Ici, rien ne pourrait t'arriver, sans que je ne le devine... J'ai ce don, tout de même. Tu me comprends ?

– Oui, dit-il en lui caressant le visage.

– Nous nous sommes trouvés l'un l'autre. Maintenant, nous ne devons plus nous séparer. Tu ne pourras réparer aucun malheur, mon pauvre Sylvestre. Tu ne seras qu'un grain de sable dans la tourmente. Tout sera balayé par la guerre, notre amour, nos rêves, nos espérances. Nous ne sauverons rien.

Angéline avait envie de crier dans le vent qui soufflait. Il s'abattait sur l'oppidum et ses antiques champs de batailles, faisant peu de cas des cendres humaines dont la terre s'était nourrie jadis. Il en irait de même sur les collines du Nord et de l'Est où bientôt des bataillons entiers s'y dissoudraient dans la glaise et la boue jaune.

Soudain, il siffla, sourd et vibrant, avec sa voix rauque de fin du monde. Doux aux prémices, il s'accéléra jusqu'à prendre ses aises dans le glas funèbre qu'il avait engendré.

– Comme un chien qui hurle à la mort, dit Sylvestre en se prenant la tête dans les mains.

Il s'était recroquevillé sur lui-même, tassé dans sa frayeur. Ses mains tremblaient un peu, mais il veillait encore à les contrôler. Angéline s'était dressée dans la lumière solaire qui enluminait son visage. Sa chevelure flottait au vent. Elle pleurait doucement, sans qu'il en parût. Les larmes coulaient en perles froides.

– Ce serait donc cela que nous attendions avec hantise ?

– Oui, répondit Fournel. Le tocsin.

– Les cloches de Darnac, ajouta Angéline.

Elle fit trois pas dans l'herbe, jusqu'à se porter au bord du précipice. Le battement régulier et lancinant des cloches montait en gagnant de l'ampleur, comme si le ciel s'ouvrait aussi pour accueillir l'alarme des hommes dans le malheur.

– La guerre, balbutia-t-elle.

Machinalement, Sylvestre examina sa montre de poche. « Quatre heures et deux minutes » nota-t-il avec un sens absurde de l'exactitude.

16

Solitude

Angéline n'osait ouvrir les journaux qui s'accumulaient dans l'alcôve en tas désordonnés. Peut-être craignait-elle d'y apprendre fortuitement la disparition de son bien-aimé ? Depuis son départ, elle restait sans nouvelle. Deux mois et demi déjà. Soixante-treize jours de silence. Pourtant, c'était une peur stupide. On ne publiait pas la liste des morts au champ d'honneur dans les journaux. On se contentait d'égrainer les communiqués militaires. Et ceux-ci s'ingéniaient à travestir les faits. Les troupes françaises étaient héroïques, elles repoussaient l'ennemi, elles contraient les offensives allemandes avec courage et détermination, elles avaient bon moral et ne manquaient de rien. Voici ce que Mlle Charpenet n'avait point envie de lire et d'entendre. Sans doute eût-elle été rassurée par des bulletins plus pessimistes.

Heureusement, il y avait Louise, la petite sœur de Sylvestre, qui était toujours serveuse à *L'Hirondelle*. N'y tenant plus et faisant passer son orgueil en arrière-plan – comment accepter d'être abandonnée sans un mot, sans un adieu, sans rien ? –, Angéline était allée la retrouver à la sortie du café. Ce soir de novembre 1914, il tombait une bruine glaçante et pour l'attendre elle s'était réfugiée dans l'entrée sombre d'une porte cochère. Sous sa mante de laine noire, elle avait pris soin de dissimuler son visage pour qu'on ne la reconnaisse point. C'était un genre qu'Angéline cultivait désormais, enfermée dans sa carapace. Elle se cachait sans raison, comme si elle cherchait à se fuir elle-même. De quoi pouvait-elle avoir honte, en vérité ?

Lorsque Louise sortit du café, fort tard, en trottinant vers la rue Lebec où se nichait au troisième étage d'un immeuble sa petite chambre de bonne, Angéline la rejoignit en hâtant le pas. Sur le coup, Louise Fournel se crut poursuivie par quelque méchant bonhomme. Cela arrivait souvent après onze heures du soir. Il était plus d'un vieux chat de gouttière cherchant l'aventure à peu de frais.

– Oh toi ! s'écria-t-elle. Tu m'as fait peur...

– Je n'ai pas osé jusqu'alors...

– Tu as bien fait de venir, Angéline.

Louise l'engagea à monter dans sa chambre. Comme la fenêtre fermait mal, le froid et l'humidité s'étaient insinués dans les murs de vieux plâtre moisi au badigeon vert écaillé. Pour se chauffer, la locataire ne disposait que d'un malheureux Godin. Sans attendre, elle le chargea en actionnant la trappe d'air pour qu'il donnât de la flamme, et bientôt, quelques braises salutaires.

Angéline avait rabaissé la capuche de sa mante, offrant un visage ébouriffé. Louise l'observait avec inquiétude. Ce n'était plus la belle demoiselle Charpenet, orgueilleuse et fière, qu'elle avait connue l'été dernier. Puis elle la fit asseoir sur le lit qui occupait la moitié de la pièce. À son tour elle s'assit à côté d'elle en fixant la lucarne rougeoyante du poêle.

– Je voudrais que tu saches que je n'approuve pas ce qu'il a fait, dit-elle.

La visiteuse la regarda longuement, immobile. On distinguait à peine ses traits dans la pénombre de la chambre. Un peu de lumière provenant de la rue et d'un lampadaire à gaz filtrait par les vitres. Il parut à Louise que des larmes coulaient sur ce visage. Elle poussa un cri d'effroi.

– Il ne faut pas, dit-elle. Pas toi, Angéline. Si forte. Si courageuse.

Mlle Charpenet se prit la tête dans les mains pour masquer son émotion. Aussitôt, Louise la saisit dans ses bras et la berça comme un enfant. Elle n'avait pu résister au besoin de la consoler. Peut-être voulait-elle se consoler elle-même, elle qui n'avait personne dans sa vie pour le faire ? Mais endosser, soudain, le rôle d'une petite mère lui faisait chaud au cœur.

– Pourquoi n'es-tu pas venue plus tôt ? demanda-t-elle.

– Je ne voulais pas montrer mon chagrin. C'est une terrible faiblesse tout de même. Un aveu d'impuissance. Et pire encore…

Louise soupira profondément.

– Il n'a pas écrit, n'est-ce pas ?

– Non. Il est parti le jour de la mobilisation. Et je ne l'ai plus revu, avoua-t-elle.

Louise la tenait toujours serrée contre elle. Le froid de la chambre ne s'estompait guère, malgré le ronronnement du poêle. Alors, Louise se saisit d'une couverture pour s'en envelopper. Quand elles sentirent un peu de chaleur les gagner, elles allèrent se blottir dans l'angle de la pièce, là où la lumière n'entrait pas.

– Il a été appelé le 8 octobre, dit Louise.

– Et pendant ce temps, déplora Angéline, il m'a laissée sans nouvelle, alors qu'il était encore à Portecroix. Il se cachait de moi.

– Il avait peur de perdre courage en te sachant si proche. Ce départ a été pour lui une déchirure, un arrachement. Et quand il est parti pour le front, il n'a cessé de me dire qu'il se sentait coupable de t'avoir fuie. Mais il ajoutait aussi que sans cela il n'aurait jamais pu se décider à prendre le train.

– J'aurais tellement voulu que nous devenions mari et femme, dit Angéline. Je l'aurais caché tout le temps nécessaire. Et nous serions restés ensemble.

– Je lui ai posé la question, reprit Louise. Puisque vous vous aimez, alors mariez-vous ? Il a répondu : « Je ne suis pas sûr de revenir… »

Angéline poussa un cri de bête, le visage défiguré par la douleur qui l'étreignait sans qu'elle pût en atténuer la force. C'était tout ce qu'elle craignait, qu'il ne revienne jamais. Et si la pensée l'en avait effleuré, c'était donc qu'il était assuré de ne jamais revenir.

– Crois-tu qu'il en ait eu la prémonition ?

– Je ne sais pas, murmura Louise.

Elle regardait la nuit de sa chambre, le halo de lumière jaune filtrant par la fenêtre. « Mon Dieu que je suis heureuse de n'aimer personne par ces temps effroyables » pensait-elle. Pourtant, elle était troublée par la douleur de sa visiteuse, troublée et démunie de ne pouvoir rien faire pour l'aider à traverser cette épreuve. « La guerre aura fini par nous dégoûter de l'amour » se dit-elle encore. Elle resserra la couverture pour se garder du froid qui s'insinuait.

– A-t-il vu Olivière, au moins ?

Surprise qu'Angéline connaisse la rebouteuse de Rajac, elle ne sut quoi répondre.

– Pourquoi Olivière ?

– Ne te fais pas plus bête que tu n'es, répliqua Angéline. Olivière sait, elle, mieux que quiconque, si Sylvestre doit revenir.

– Il ne faut pas croire à ces bêtises, se rebella Louise.

– Que me reste-t-il d'autre ? Sylvestre a choisi de ne pas m'écrire. Je suis donc dans l'attente et la crainte. Le moindre signe d'espoir, même le plus irrationnel, ne peut que me faire le plus grand bien.

Louise écarta la couverture et descendit du lit. Elle mit à chauffer sur le Godin un fond de chicorée.

– Je n'ai rien d'autre à t'offrir. Comme tu le vois, je suis sans le sou. Je fais un repas par jour. Ça suffit bien.

– Pourquoi ça ? Le cabaretier ne te paye pas ?

– Deux francs la semaine.

– Tu devrais chercher une autre place, suggéra Angéline.

Elle emplit deux verres et en tendit un à son hôte. Angéline but aussitôt en faisant la grimace. La chicorée lui soulevait le cœur. Mais c'était tout de même réconfortant de partager ce moment avec Louise.

– Il n'y a qu'à Brive où je puisse travailler pour un franc par jour. Mais je ne veux pas quitter Darnac. Je me sens bien ici, même sans argent.

– Je pourrais t'en prêter ? proposa Angéline.

Louise eut un sourire affecté. Elle ne voulait pas vexer Mlle Charpenet, mais cette offre n'était pas de son goût.

– Je ne veux rien devoir à personne, dit-elle frondeuse.

– Même à moi ? insista Angéline. Je ne suis pas n'importe qui. J'aime ton frère d'un amour fou. Et si la providence le veut nous appartiendrons un jour à la même famille.

La jeune femme arpentait sa chambre d'un pas lent. Tout laissait croire qu'elle réfléchissait, mais c'était tout entendu : ne rien devoir, ne rien promettre, demeurer libre, sans attache, telle était sa règle de vie.

– Tu n'as pas la réputation de bien traiter les domestiques, avança Louise.

Angéline baissait la tête. C'était un sacré coup qu'elle mettrait longtemps à digérer. Elle se leva aussi.

– Je vais partir, dit-elle d'un ton décidé.

– Je n'ai pas voulu te vexer. Mais c'est ma manière de dire ce que je pense, se justifia Louise.

– Je comprends. Tu as sans doute tes raisons, répliqua Angéline.

Au moment où elle ouvrit la porte, Louise eut un geste de regret, mais Angéline se dépêcha de la refermer. Elle descendit les étages en courant, malgré l'obscurité de la cage d'escalier. Une fois dans la rue, elle se retourna en haussant le regard vers la façade de l'immeuble. « Il faut que j'apprenne à m'en sortir seule » se dit-elle.

Au fil des jours, il n'était plus aucune nouvelle rassurante à espérer ni à attendre. Aussi avait-elle compris qu'il lui faudrait se résigner dorénavant à compter les heures selon un ordre différent. Si jadis, le temps, son temps personnel et intime, se calquait sur des rendez-vous, désormais la solitude lui pesait comme un couvercle.

Angéline s'était donc inventé un rituel pour meubler le vide ; par exemple, matin et soir, elle s'obligeait à traverser son jardin, à pousser le pas jusqu'à la rivière, puis regagnait sa grande maison. Il y avait aussi les sorties à Darnac, dont la messe du dimanche. La peur l'avait rendue superstitieuse. Et le chagrin… nostalgique. Quelquefois, elle arpentait les lieux où leur amour avait triomphé : la grange de Boismoitier, la digue du Maumont, les puys de Joulac…

Ces pèlerinages lui arrachaient des larmes, froissaient son humeur, ranimaient ses colères. Et elle sut, bientôt, qu'il ne lui servirait à rien de se retourner sans cesse sur elle-même. Peut-être trouverait-elle quelque consolation à rédiger des lettres à Fournel, mais où les poster, lui qui n'avait pas jugé utile de laisser une adresse pour le joindre ? Elle s'adonna pourtant à cet exercice. Celui-ci occupa une dizaine de ses soirées. Mais le ton de ses lettres était volontiers ennuyeux, pétri de lamentations. « De quoi tuer notre passion… » s'interrogeait-elle quelquefois en les relisant, se félicitant peut-être qu'elles n'aient aucune chance de croiser le regard de leur destinataire. Si elle avait ce loisir de pleurer sur son amour, qu'en était-il pour lui, pris dans la mêlée ? Un homme qui frôle la mort à chaque heure, qui s'acharne à l'apprivoiser pour survivre, est-il encore disponible pour un amour lointain ?

Un soir, le juge montra des signes d'égarement. Fort agité, le râle aux lèvres, Adélaïde devina, bien qu'elle n'eût aucune connaissance en médecine, que le pauvre homme venait de subir une énième attaque. Elle appela Angéline pour connaître son avis. La respiration était si oppressante et le pouls fuyant que la jeune fille prit peur, peut-être pour la première fois de son existence, à croire que jusqu'alors elle avait rangé la maladie de son père parmi les affections naturelles dues à l'âge. En voyant Angéline verser des larmes, la domestique s'effondra aussi. Mais le concert des pleureuses n'était pas de nature à apaiser les souffrances du malade. Il roulait vers elles de gros yeux suppliants. Et à force de contorsions, il finit par exprimer sa détresse dans un sourd grognement où l'on crut comprendre qu'il suppliait sa fille de mettre fin à ses jours.

Angéline partit aussitôt sur sa bicyclette pour chercher le médecin. Viguier se déplaçait encore en carriole à cheval. Il lui fallut une heure pour atteindre La Califourche. À son arrivée, M. Charpenet était déjà entré en agonie. Maintes fois, lors de ses visites hebdomadaires, le docteur avait tenté de convaincre son auditoire que Joseph était en sursis, qu'il risquait à tout moment une attaque cérébrale ou pulmonaire, et que celle-ci l'emporterait sans qu'on ne puisse rien tenter.

En se retirant de la chambre, il fit appeler Angéline et Adélaïde, pour leur dire d'un ton sec et autoritaire :

– Ce n'est plus qu'une question d'heures... Vous pouvez préparer les affaires...

Les pleurs reprirent, les pleurs et les lamentations, sous l'œil indifférent du médecin. Viguier avait une philosophie de la vie tout à fait fataliste. L'homme ne naît que pour mourir, et son destin lui-même ne lui appartient guère, puisqu'il ne peut décider ni de son intelligence ni de sa force physique. En cela, il situait le maître des jours très haut, Dieu sans doute, un Dieu peu amène envers sa créature.

Angéline servit un cognac à Viguier pour le réchauffer. Il se laissa corrompre volontiers.

– Votre père a fait son temps. C'est un homme usé. Peut-être l'est-il prématurément par rapport à d'autres qui jouissent d'une meilleure constitution. Mais qu'importe, c'est ainsi, on est prédestiné. Nos cellules, forcément... Car l'esprit, bien sûr, lui, (il se mit à ricaner) ne voudrait jamais mourir. Mais ce n'est pas la volonté qui importe. Les cellules, vous dis-je, les cellules qui composent les organes... Ce sont elles qui décident. Et voilà.

– Comment pouvez-vous faire ce métier ? interrogea Angéline. Avec les idées que vous avez...

Le médecin tenait son verre au creux de la main pour chauffer l'alcool ambré et en réveiller les saveurs.

– Précisément. Ce sont mes idées fatalistes sur la destinée humaine qui m'aident à supporter la souffrance de mon prochain. Non ? Vous ne comprenez pas ?

– Vous êtes catholique, docteur. Vous devriez ressentir, normalement, de la compassion. Aimer son prochain, le soulager, c'est une noble vocation pour un homme de science.

Viguier observait la jeune Charpenet avec pitié. Face à ce genre de situation, il se sentait prêt à lancer ses piques assassines.

– Allons, jeune fille, pensez désormais à votre avenir. Demain, vous enterrerez votre père et, ensuite, la vie continuera. Il vous faudra faire face aux événements avec courage. La compassion, le chagrin, l'affliction, tous ces bons sentiments acquis à peu de frais, ne vous seront pas d'un grand secours pour sauver La Califourche.

Il étouffait de petits rires nerveux en dégustant son cognac. Angéline fit signe à Adélaïde de ne pas le resservir. Et le bonhomme en ressentit quelque aigreur. En général, tout en reconnaissant ses compétences, on ne l'aimait pas. Mais il n'en souffrait que modérément, ce qui n'avait sans doute pas été toujours le cas. Jadis, il s'était sauvé par le mépris en réalisant que ses médications ne remplaceraient jamais une absolution de casuiste.

M. Viguier retourna dans la chambre pour ausculter de nouveau le malade. Il posa ses doigts sur la saignée du cou et mesura ainsi l'épuisement cardiaque.

– Était-il croyant ?

– Pas que je sache, répondit Angéline sans hésiter.

– Il n'a donc pas besoin d'un prêtre ?

Adélaïde protestait. La vcnuc d'un curé lui paraissait une exigence absolue.

– Vous connaissez le pari de Pascal ? insista le médecin.

Angéline pinçait les lèvres de rage. Elle n'avait pas envie que Viguier eût le dernier mot. Lui s'amusait sans doute à ce jeu. Il avait souvent servi cet argument au pied du lit d'un mourant. « Qu'est-ce qui sépare l'athée intégral de l'agnostique, un monde ? se disait-il. Précisément le pari de Pascal. »

– Si votre père ne croit en rien alors le refus du prêtre s'impose comme une protestation ou une rébellion.

– J'ai réfléchi, trancha Angéline. Nous ne ferons pas venir le curé.

Hormis quelques minutes de lucidité ou de supposée lucidité, un regard, une crispation de la main, un mot incompréhensible, le juge avançait vers sa mort inexorablement. Si le médecin s'attardait de plus en plus à son chevet, lors de ses visites journalières, il avait fini par ne plus rien dire, ni pronostic ni commentaire. La fille du juge l'avait convaincu qu'elle avait du caractère, et qu'il ne servirait à rien de batailler sur ce terrain.

Le soir du 14 novembre, M. Charpenet sembla vouloir se dresser sur son séant. Adélaïde, qui veillait à deux pas comme toujours, accourut en portant dans ses bras deux gros oreillers. Elle les glissa dans le dos du juge. Mais le malade n'avait aucune force pour se tenir droit, il bascula sur le côté. Adélaïde appela à l'aide pour le redresser. Une fois, deux fois, en vain.

– Allons Adélaïde ! Vous voyez bien qu'il est mort.

On sortit tous les chandeliers de la maison pour éclairer la pièce. On recouvrit la glace de la chambre d'un drap blanc. Puis on commença la toilette du mort avec application. Pendant que Blaise soutenait le corps, Adélaïde le vêtit.

Pendant ce temps, Angéline s'était réfugiée dans le bureau, surprise de se découvrir sans chagrin. Comme elle n'avait pas envie de jouer la comédie, elle se cloîtra. Et quand tout fut terminé dans la chambre mortuaire, elle consentit à descendre. Elle jugea l'installation parfaite avec les chandeliers autour de la dépouille. Il flottait encore une odeur entêtante d'éther et de benjoin. La jeune femme sortit précipitamment pour vomir dans les toilettes. On mit cette réaction sur le compte du chagrin. Mais il ne s'agissait tout compte fait que d'un écœurement, une nausée, dont l'origine était mécanique.

Les visiteurs affluèrent à La Califourche durant trois jours. Angéline refusa de les recevoir, hormis le curé Langlois qui insista. L'homme ne fit aucune allusion au refus des derniers sacrements. Néanmoins, il s'employa par diverses réflexions à démontrer que M. Charpenet était aussi croyant que le premier de ses ouailles, et qu'il avait beaucoup prié pour lui, faute de lui avoir accordé l'absolution pour entrer dans le royaume de Dieu.

– Je ne savais pas, dit Angéline d'une petite voix blessée. Pourtant, je me souviens que ma mère fut enterrée civilement, sans cérémonie aucune, parce qu'on la soupçonnait de s'être suicidée. Était-ce une attitude chrétienne pour un mari ?

Le prêtre prit les mains de la jeune fille et les tint longuement dans les siennes, comme s'il voulait lui insuffler quelque force spirituelle dont elle n'avait point besoin. Mais Angéline n'osait les retirer, sachant qu'elle n'avait pas très bien agi en refusant les sacrements à son père. « La mort ne tolère aucune revanche, elle est la raison finale de tout et par elle s'éteignent les ressentiments » songea-t-elle avec de petites larmes dans les yeux. Mais elle jugea alors que cette belle pensée, tout compte fait, l'avait effleurée un peu tardivement.

Au retour du cimetière, où il avait fallu acquérir une concession de toute urgence pour enterrer M. Charpenet, Adélaïde entama une longue litanie de ses reproches.

– Votre attitude légère, pour ne pas dire scandaleuse, a hâté la mort de votre père. En avez-vous conscience au moins ? Langlois est un pleutre, un abominable jésuite, un hypocrite, poursuivit-elle. Il aurait dû vous dire vos quatre vérités, mais il ne l'a pas fait. Pourquoi ? Je ne comprends pas. À sa place, je vous aurais maudite…

Angéline resta de marbre sur le long chemin du retour. Mais une fois à demeure, devant l'escalier d'entrée de La

Califourche, Angéline se retourna vers sa domestique pour lui signifier son congé. Elle avait déjà calculé ses émoluments au plus juste, et elle entra dans la maison pour quérir l'enveloppe qu'elle avait tenue prête dans un des tiroirs de son bureau.

– Vérifiez votre solde de tout compte, dit-elle.

17

Idées noires

– Maintenant vous serez bien seule dans cette grande maison, confia Blaise en bouchonnant son cheval à l'entrée de l'écurie. Vous avez chassé Adélaïde. C'est une faute. Pourtant, elle vous aimait bien, Adélaïde.

Mlle Charpenet tenait son col de fourrure relevé d'une main ferme gantée de cuir noir. La bise égrenait ses chapelets flûtés. Le ciel était gris comme un jour de neige, mais il faisait trop froid pour qu'il semât ses flocons. Angéline s'approcha de la jument et lui caressa les naseaux.

– Elle ne m'aimait pas, Blaise. Du moins, elle ne m'aimait plus. Le jour où j'ai appartenu à Fournel, j'ai cessé à ses yeux d'être la petite fille obéissante et bien élevée du juge. Elle a voulu me faire la morale, comme si elle avait été ma mère. Et encore, je doute que ma pauvre mère se fût comportée de la sorte.

Le voiturier insistait sur la croupe de sa jument, la brosse lissant le pelage avec énergie pour faire tomber les croûtes d'écurie.

– Ma jument a fait son poil d'hiver, long et fourni, c'est signe de froid…

La jeune fille ne l'écoutait pas. Il avait l'art de détourner les conversations embarrassantes. Il ne voulait pas émettre la moindre opinion sur les derniers événements de La Califourche. C'eût été jouer avec le feu et perdre sans doute l'estime de la maîtresse des lieux. Pourtant rien ne le froissait plus que le congédiement d'Adélaïde. Rien ne lui avait fait aussi mal que ce combat douteux entre les deux femmes.

– Il est louable que vous la défendiez, Blaise. Je ne vous blâmerai jamais.

L'homme hochait la tête. « On me caresse dans le sens du poil pour m'en faire dire un peu plus, songeait-il. Mais je ne suis pas aussi stupide que j'en ai l'air. »

– Adélaïde désapprouvait vos fiançailles avec Artus. Elle disait que c'était pas un homme pour vous. Mais M. le juge avait son opinion faite. Il croyait que Decosteur était le mari qu'il vous fallait. Quant à Fournel...

Il rajusta sa casquette de toile grise. « Tu ferais mieux de te taire, animal, pensait-il. Ce n'est pas ton affaire. Car l'amour ne se discute pas, comme les goûts et les couleurs... » Il se mit à ricaner.

– Quoi Fournel ? Dites, Blaise ? Je vous écoute...

– Avez-vous de ses nouvelles ?

Angéline tourna la tête de côté. C'était devenu une question indiscrète. Dire oui eût été mentir, et dire non, pire encore, avouer que les liens s'étaient rompus sans raison.

– Je ne sais pas pourquoi mon père n'a jamais voulu que je monte à cheval. Vous m'auriez appris, Blaise, n'est-ce pas ? Cette jument est douce et avenante...

– Jamais, se défendit le cocher. Je ne suis pas un bon professeur en la matière. J'achète des chevaux dressés pour l'attelage. Quant à la selle, je n'y connais foutre rien.

Trois jours plus tard, Angéline se rendait à Brive par l'omnibus de sept heures trente-deux. Maître Delhomme, le notaire de famille, installé boulevard du Salan, avait donné rendez-vous à la seule héritière Charpenet. Un froid sec s'était installé sur la Corrèze, maintenant la température toujours au-dessous du zéro centigrade. Elle n'aimait guère les froidures du pays et semblait, de ce point de vue, vivre en exil dans un environnement bien peu généreux.

Dans ces moments, elle se revoyait sur la côte, au temps de son adolescence, avec Gabrielle. Les deux complices fréquentaient la plage du Veillat à une époque où les bains de mer n'étaient pas encore en vogue. Souvent, elle rêvait la même scène. Elle marchait vers la mer au bras d'Émilienne, là où les vagues viennent mourir. Singulier anachronisme ; quand elle était arrivée à Saint-Raphaël, sa mère était morte depuis deux années au moins.

Guettant l'heure d'un œil distrait au carillon de la gare, Angéline s'interrogeait encore et encore sur le sens de son rêve récurrent. « En vérité, se disait la jeune femme, il n'est que ma pauvre maman dont je n'ai jamais admis la disparition. Peut-être parce que les circonstances de cette mort me furent cachées. Et pour tout dire, elle revient me hanter sous les traits ambigus d'une petite fille ou d'une femme-enfant. »

Le terme femme-enfant avait été employé maintes fois par le juge, et souvent à tort et à travers, devant des étrangers dans des conversations absconses, pour justifier sa disparition ou peut-être, pire encore, les conditions peu honorables de sa fin. Mais Angéline, si elle avait entendu ce mot et si celui-ci s'était gravé dans son esprit, en avait néanmoins interprété le sens à sa manière. Sans doute lui faudrait-il une longue analyse pour comprendre un jour la signification de son rêve.

L'étude de maître Delhomme fleurait le vieux papier, le dossier poussiéreux et le tabac froid. Elle en ressentit de l'écœurement dans la salle d'attente. Un rien eût suffi à lui faire prendre la fuite. Mais c'était un plaisir, désormais, hors de portée pour elle. Il lui fallait assumer la succession des Charpenet ou du moins ce qu'il en restait. Sur un buffet Empire, on avait oublié quelques numéros de *L'Illustration*. Elle prit le premier qui s'offrait à elle et le feuilleta. Angéline tomba sur des photos de guerre. L'une d'elles représentait un alignement de cadavres, rangés tête-bêche telles des sardines dans un jus de boue et de fange. On ne distinguait guère les visages, puisqu'ils étaient rendus à l'anonyme mort et, qu'au fond, ils se ressemblaient tous, comme s'il s'agissait du même cadavre démultiplié à l'infini.

Alentour, on discernait le bardage d'une tranchée, des casques et des fusils entassés à la diable, et au-delà, là où le ciel commençait, des arbres décapités, écorcés, laminés par le feu et la mitraille. Certains ressemblaient à des croix, d'autres à des totems, quelques-uns seulement à des marionnettes de soldat décharnées, encore debout. Ces fantômes d'arbres semblaient insulter le ciel dans l'indifférence. Il suintait de ce cliché un silence de pierre, provisoire certes, comme la possession de cette terre qui avait dévoré tant d'hommes. Aujourd'hui, elle était conquise, demain elle serait reprise, ainsi sans fin, alors que son prix de soldats ne cesserait d'augmenter, jusqu'à l'absurde.

Angéline referma la revue et la tint posée à plat sur ses genoux, le regard soudain baigné de larmes. Elle n'avait osé tourner la page, là où l'attendaient d'autres spectres dans l'effrayant jardin des supplices. C'est à ce moment qu'on la fit entrer dans l'étude et que le notaire fut fort surpris de voir le chagrin sur ce visage. Comment le notaire aurait-il pu se douter, en vérité, que ces pleurs n'étaient pas versés sur le deuil d'un père, mais sur l'éloignement d'un amant ? Si bien que maître Delhomme se crut obligé de vanter la mémoire de M. Charpenet. Angéline demeura insensible à ces propos, l'esprit encore tourneboulé par la photographie, pleine page, de *L'Illustration.*

Le notaire de Brive était un homme fort âgé, portant une belle crinière blanche, un nœud papillon à pois blancs et un costume défraîchi. Il parlait dans un langage châtié, d'une voix égale. Pour Angéline, ce n'était qu'une corvée de plus, qu'elle rattachait à celle de la veillée mortuaire, de la cérémonie religieuse et de l'enfouissement. La lecture de la succession Charpenet n'était rien d'autre à ses yeux que le dernier clou enfoncé dans le cercueil du juge. Ainsi s'achevait son passage sur la terre, par le dépouillement de ses derniers biens. Sa fille fut saisie par l'angoisse à la pensée que l'on quittait ainsi la société et qu'elle-même, un jour, la quitterait de la sorte. Machinalement, elle posa ses mains sur son ventre encore à peine arrondi. « Ma succession est là, se dit-elle, en gésine… »

La jeune femme apprit donc de la bouche même du notaire qu'elle était désormais propriétaire de La Califourche, d'un compte au Crédit français et de divers titres s'élevant à dix mille francs. Angéline comprit alors que son père lui abandonnait une rente dérisoire, alors qu'il lui avait promis soixante-dix mille francs de dot. Où était-elle cette fameuse dot ? Avec ces malheureux dix mille francs, il y avait de quoi vivre deux ou trois années, en comptant sou à sou. De surcroît, elle ne possédait aucun métier, aucune relation, rien qui puisse lui assurer la moindre sécurité.

En quittant le bureau du notaire et après avoir signé les pièces nécessaires à la succession, elle erra longtemps dans la ville, aux alentours de la place du Civoire. Il y avait marché ce jour-là et elle passa un long moment à caresser du regard mille objets hétéroclites dont les paysans avaient besoin pour leur activité. Il n'était rien de plus distrayant pour elle que d'entendre les conversations en patois autour des étals. À un banc, elle s'acheta quelques dentelles rustiques dont elle ferait usage, sans doute un jour, pour orner un plastron de robe par exemple. Ainsi, comme une consolation, s'en revenait en elle l'insouciance des jours passés où l'on vivait sur un grand pied chez les Charpenet, où l'on se payait mille petites choses inutiles rien que pour agrémenter l'existence.

Dans un magasin de la grand-place, face à l'église Saint-Martin, elle s'offrit encore une aumônière, puis un chapeau capeline en velours rose à la dernière mode, et quelques petits romans dans une librairie de la place Latreille.

Au moment de reprendre l'omnibus pour Darnac, Angéline repensa à son père, au peu d'argent qu'il lui abandonnait, alors qu'il lui avait toujours laissé croire, qu'après son départ, son avenir serait assuré. « Je vois clair enfin ! se dit-elle le visage tourné vers la vitre du compartiment. Mon cher papa aura bataillé jusqu'au bout pour me marier à Artus Decosteur, sachant qu'il n'était aucune autre solution pour ma tranquillité. Un bon parti avec de l'argent, et de quoi travailler à la ferme, au milieu des cochons et des vaches… »

Elle éclata de rire. Puis tirant de son emballage en papier de soie la capeline, elle l'essaya en prenant diverses poses, jugeant de l'effet dans la vitre. Elle se trouvait plutôt jolie avec ce zeste d'élégance dont elle avait hérité de sa mère. « C'est pourquoi un mariage avec Artus était une folie, se dit-elle encore. Ce gros bonhomme aurait fini par éteindre en moi toute féminité. N'avait-il pas déjà commencé ce travail de sape à la fontaine de Bourguenave en me traitant comme une fille de ferme ? » Elle ôta son chapeau et le remisa dans sa boîte.

Un accès de tristesse s'empara d'Angéline au moment où le train entrait enfin dans la campagne. Le froid s'était incrusté dans les bosquets, dans le repli des collines et des vallons, dans le creux des chemins, le givre poudrant les arbres, les bosquets, les champs. « Me reviendra-t-il sain et sauf ? Vivant ? s'interrogea-t-elle. Moi qui suis sans nouvelle depuis ce jour où nous nous sommes quittés, sans un mot, sans un regard, subrepticement, comme si nous devions nous retrouver le lendemain… Que la providence m'entende ! supplia-t-elle. Qu'elle exauce mon désir le plus profond ! Je ne sais pas si je saurais l'élever seule, cet enfant… »

Viguier devina au quatrième mois seulement, c'est-à-dire le 18 décembre 1914, que Mlle Charpenet était enceinte. Elle avait gardé pour elle seule ce secret, mais à la manière dont son ventre s'arrondissait, elle ne pouvait tromper son voisinage, à moins de demeurer recluse à La Califourche, loin des regards et des indiscrétions.

– J'ai enfin compris pourquoi, ma chère Angéline, vous avez renvoyé cette pauvre Adélaïde…

– Elle me manquait de respect. Ce n'est pas à un homme comme vous que je vais apprendre ce que sont les domestiques…

– Vous l'avez congédiée pour qu'elle ne vous voie pas dans cet état. Vous craigniez ses reproches, n'est-ce pas ?

– Je n'ai pas besoin d'une seconde mère.

– Quant à votre père, il n'a rien su, n'est-ce pas ?

– Rien.

– On peut dire sans exagération qu'il est mort à point nommé.

– Il est mort quand il devait mourir. Voilà tout, répliqua la jeune femme.

Le médecin rangea son tensiomètre dans sa mallette de cuir noire, sans laisser paraître la moindre émotion. Pourtant il était médusé par l'attitude d'Angéline, et se sentait grugé comme un enfant de chœur…

– Qui est le père ?

Elle l'observa d'un regard hautain, un peu méprisant.

– Pourquoi devrais-je vous répondre ?

– Je me sens responsable.

– Responsable ! s'exclama-t-elle. C'est un comble.

– J'estimais grandement votre père. J'ai envers sa mémoire une sorte de dette morale.

Angéline fronçait les sourcils. Elle n'entendait rien à ce discours. Mais peut-être le juge avait-il demandé à son médecin, dans les dernières semaines de sa vie, à ce qu'il surveillât les agissements de sa fille ? C'était peu probable. M. Charpenet avait les plus grandes difficultés à émettre le moindre son. Après sa deuxième attaque, la parole s'était envolée.

– Vous vous mêlez d'une affaire qui ne vous regarde pas, rétorqua Angéline.

– Insolente jeune fille.

– Malsaine curiosité…

Viguier hochait la tête, déconcerté par la vigueur de sa repartie.

– Ne serait-ce pas par hasard ce petit ouvrier ? Ce Fournel de Portecroix ? Ce n'est pas une maison bien recommandable.

– Celle de Bourguenave le serait bien plus ?

– En effet, insista le médecin, c'est moi qui ai conseillé votre père pour que vous épousiez Artus Decosteur.

– Non seulement vous êtes médecin, mais en plus entremetteur. C'est du joli.

– Vous mériteriez que je vous gifle, mademoiselle Charpenet.

– Essayez donc !

Le médecin lâcha prise en voyant combien sa patiente était résolue à batailler avec lui. Il avait secrètement espéré jouer les directeurs de conscience. Cette vocation lui était venue au moment de la maladie de Joseph. « Voici une jeune fille qui aura besoin d'une épaule, avait-il pensé. Tant d'immaturité mérite un soutien actif. Et si je peux lui être d'un bon conseil, j'aurai au moins un pied à La Califourche. »

Pendant qu'Angéline rajustait son jupon et boutonnait son corsage, Viguier passait et repassait devant la collection de porcelaines de la Compagnie des Indes.

– Si un jour vous êtes dans le besoin, je vous indiquerai l'adresse d'un client fortuné pour ces pièces. Il vous en donnerait facilement cinq mille francs.

– Il me semble vous avoir fait venir pour un diagnostic ! C'est au médecin que je m'adresse.

– N'ayez crainte, jeune fille, votre enfant se porte à merveille. Ce sera un petit Fournel. Mais je doute qu'il voie un jour le visage de son père…

Le feu aux joues, Angéline courut au-devant du médecin, la main menaçante.

– C'est vous qui êtes insolent.

L'homme hocha la tête. Il ne pouvait désapprouver ce point de vue. Mais c'était plus fort que lui, le besoin d'écraser, de dominer, voire de mépriser… De surcroît, l'arrivée de la guerre l'avait armé d'une haine féroce contre les jeunes gens, à croire qu'il jubilait intérieurement que leurs corps et leurs âmes fussent livrés au feu. Peut-être ne supportait-il plus le poids des ans, encore moins ce que le temps avait fait de lui, un lent naufrage ?

– Je vous demande pardon, dit-il en retenant la main levée qui voulait le frapper. Je ne puis croire que vous êtes devenue une femme, vous qui étiez encore une petite fille il y a six mois. Quelle métamorphose !

Angéline médita longtemps les propos du docteur Viguier. Si rien ne l'étonnait dans sa manière d'agir, hautaine et condescendante, elle avait néanmoins retenu ce qu'il avait dit sur Adélaïde. À la réflexion, il y avait du vrai sur les raisons de son congédiement. Voyant ses intentions percées à jour, elle regretta amèrement son départ. Désormais, il lui fallait accomplir toutes les tâches ménagères, les repas, la vaisselle, l'entretien de la maison… Son éducation bourgeoise l'avait écartée de ces contingences matérielles. Engager une nouvelle domestique ? Chercher une âme charitable qui pourrait travailler à La Califourche pour un franc par jour ? Mais en avait-elle les moyens ? Sans doute pour quelques mois encore. Mais tant de dépenses, ne serait-ce pas déraisonnable ? « Si je n'y prends garde, se dit-elle, mes économies fondront comme neige au soleil. »

Pour maîtriser la situation, elle s'était décidée à ouvrir un cahier de comptes, sans conviction, sachant déjà qu'elle ne le tiendrait guère à jour, surtout à la première difficulté. On jouerait les autruches. Autant ne point prendre de domesticité, vivre recluse dans deux ou trois pièces seulement, éviter de se répandre dans la grande maison, limiter le chauffage à la cuisine et au salon, alimenter deux cheminées au lieu de quatre et un fourneau pour les repas.

Au retour de l'étude Delhomme, elle avait songé aussi à licencier Blaise, pour lequel on ne dépensait guère plus de trois francs par semaine. Mais c'était renoncer à une voiture, à de nécessaires déplacements et se retirer encore davantage du monde.

Le froid de novembre fut terrible cette année-là, et les réserves de bois dans la remise s'avérèrent vite épuisées. Elle fit appel à Achille Coutureau. Il vint aussitôt sans se faire prier. Sans détour, il posa ses conditions. Celles-ci parurent extravagantes à Angéline, mais elle ne possédait, pour se défendre, aucune facture antérieure. Le juge avait l'habitude de payer avec des liquidités. Elle ne pouvait donc comparer ces tarifs avec les anciennes livraisons. Pire encore, Angéline n'avait jamais été mise au courant des tractations entre son père et le paysan. Contre l'abattage de trois chênes appartenant aux Charpenet, Coutureau devait livrer dix stères de bois. Il n'en avait cédé que cinq et ne comptait guère honorer sa parole. M. le juge n'était plus là pour faire respecter le contrat, ni Adélaïde du reste, en qualité de témoin.

À quinze francs le stère, Mlle Charpenet supprima le chauffage dans le bureau et dans sa chambre, le limitant au salon et à la cuisine. Le salon était difficile à chauffer avec son haut plafond, ses quatre fenêtres mal ajustées. Ainsi, connut-elle les premières affres de la solitude à La Califourche. Quand le bois se prêtait mal à la cuisinière, il lui fallait le couper à la scie. C'était un travail harassant auquel rien ne l'avait préparée, d'autant que le matériel disponible dans la maison était à bout de souffle. Blaise eut pitié de cette jeune femme enceinte, qui portait son malheur et sa tristesse sur le visage. Il prit l'habitude de lui préparer son bois une semaine à l'avance, sans demander le moindre sou, sinon une soupe matinale, un peu de café et d'eau-de-vie.

C'est par Blaise qu'Angéline apprit la mort de Jeannot Duprat. C'était un bon ami de Sylvestre Fournel, un compagnon de travail.

– Ça fait le troisième gars de Darnac, expliqua le voiturier, à être tué au front. En septembre, il y a eu Benoît Madurier, puis en octobre le petit Jantôt de Boismoitier. On les a enterrés ensemble le 5 novembre.

Angéline pleurait sans qu'il y parût. Ses yeux brillaient comme des perles. Blaise aussi se mit à renifler, à se moucher. Lui, cela l'ennuyait qu'on vît son chagrin.

– N'ayez pas peur, Angéline, votre Sylvestre reviendra. C'est un sacré acrobate, celui-là. Du genre à passer au travers des balles. C'est malheureux à dire, mais Jantôt, c'était pas un garçon bien dégourdi. Et Madurier n'a jamais eu beaucoup de chance non plus. À dix ans, il a fait une pleurésie. C'est tout juste s'il a pu survivre. Je me souviens même que c'est Olivière qui l'a tiré de là avec ses médications de guérisseuse. Viguier avait laissé faire, comme d'habitude. Il disait même : « Je ne peux plus rien pour lui… »

– Vous êtes plein de délicatesse, Blaise. Vous avez toujours un mot gentil pour me rassurer. Mais je sais de quelle sorte de guerre il s'agit. On se tue au corps à corps, à la baïonnette. Et quand les hommes sont à l'abri dans les tranchées, on les bombarde. J'ai vu des photos dans *L'Illustration*. Il y a des milliers et des milliers de morts, plus mutilés les uns que les autres. Je crois que dans une telle boucherie, on a peu de chance de sauver sa peau. Je crains le pire pour mon Sylvestre. Si vous saviez, Blaise, je prie tous les soirs pour lui. Moi, prier, c'est étrange. Autrefois, je ne croyais en rien. Mais la peur, oh la peur, vous ne pouvez imaginer ce que ça peut faire… Je ne me reconnais plus.

Angéline se tenait le ventre, caressant de la main ses rondeurs. Elle portait un peu de lui dans sa chair, et cela la rassurait qu'il y eut du sang de Fournel dans son corps. Elle se disait : « Quoi qu'il arrive désormais, il restera vivant en moi. »

Pour une fois, Angéline lui offrit du cognac. Un des meilleurs, du Decerf.

– Le juge va se retourner dans sa tombe, plaisanta Blaise en posant sa main sur l'encolure du verre.

Elle attendit qu'il la retirât puis lui resservit une rasade, histoire de défier la statue du commandeur qui rôdait dans ses murs.

– Mon père n'en aura jamais vu la fin de sa réserve, reprit-elle. Pourtant, il était si avare de son « vingt ans d'âge » comme il disait.

– Un cognac de cette qualité, ce n'était pas pour la gueule d'un domestique, ajouta Blaise. Il me l'a dit bien souvent : « Faut avoir de l'éducation et de la culture pour apprécier un tel trésor. »

– C'était la vieille France, dit Angéline rêveuse. Je crois qu'elle va finir dans le feu et la mitraille. Dans tout mal il y a un bien, n'est-ce pas ?

Le voiturier se mit à sourire.

– Le prix en sera lourd. Toute cette jeunesse sacrifiée.

– Le pauvre Jaurès avait prédit le suicide de l'Europe. Ils l'ont fait, les imbéciles, s'agaça Angéline. Mon père était de ceux-là, de cette caste bourgeoise qui croyait que le vieux monde ne changerait jamais.

Deux jours plus tard, Angéline se rendit à l'enterrement du petit Jeannot Duprat en habit de deuil, comme s'il s'agissait de celui de Sylvestre. À ce moment de sa vie, seule et désespérée, elle avait perdu toute espérance. Sans qu'elle puisse se l'avouer, elle attendait l'ultime télégramme. Parfois, dans ces moments – rares en vérité – où le spleen semblait l'abandonner, bref sursis ou bref sursaut, elle se reprochait son goût maladif pour la fatalité et elle s'en voulait encore plus de ne pas croire à la force de l'amour.

Dès lors un rite s'installa dans sa vie quotidienne, presque morbide, celui de se rendre en début d'après-midi à la mairie pour consulter le registre des « morts pour la France ». Au retour, pédalant joyeusement, elle se disait, comme l'on chante aux oiseaux : « Encore un jour gagné sur le malheur… »

18

Les lettres d'amour

Angéline n'était jamais allée à Portecroix. Avant le départ de Sylvestre, au plus haut de leur passion, elle n'avait pas souhaité s'immiscer dans la vie de son amant. Pourtant, il avait insisté pour lui montrer ses trésors d'enfance, chemins et arbres de jeux, cachettes de grange ou îles désertes… Elle se serait sentie coupable, tout de même, à cause d'Artus, de ses fiançailles mort-nées, de ses visites à Bourguenave. « Tant qu'on n'est pas assurée de son amour, il faut se tenir sur la réserve » s'était-elle dit alors. Cependant, Angéline avait accepté qu'il vienne à La Califourche, jusque dans sa chambre, par le chemin buissonnier. Mais ce qu'une fille ne doit accomplir, un garçon le peut sans risquer la mauvaise réputation. Ainsi est faite la loi des hommes.

Avec le recul, elle se découvrait stupide. Elle méditait longuement cette faiblesse, qui veut que lorsque l'amour passe à notre portée, on ne se cache pas de trop en jouir. Mais heureusement, elle portait en elle le fruit de cette passion, elle le sentait enfler, le caressait, lui parlait comme on susurre des secrets à l'oreille. « Si mon Sylvestre meurt, se disait-elle les larmes dans les yeux, au moins il me restera ça de lui… » Et elle ne cherchait pas encore à deviner ce que son ventre engendrerait vers le mois de mai 1915, un garçon ou une fille. Elle avait d'autres questions à résoudre avant de songer aux langes, aux prénoms et aux barboteuses.

L'idée de partir en pèlerinage à Portecroix avait fait son chemin. Malgré le froid, malgré son état, Angéline ne rechignait pas à monter sur sa bicyclette. Blaise était trop serviable pour être honnête. Que cachait cette sollicitude ? Trop souvent, lors des balades en voiture vers Boismoitier, Pertuis ou Joulac, il insistait pour qu'elle s'assît auprès de lui sur le siège avant, sous le prétexte de veiller sur elle. Mais une Charpenet n'avait besoin de personne, et du reste elle le lui montrait bien en réglant ses services rubis sur l'ongle. C'était une manière de lui signifier une fois encore qu'elle n'appartenait pas au même monde que le sien, du moins cette apparence durerait-elle tout le temps que la source ne tarirait pas.

Elle choisit une journée de froid sec. C'était ce qu'elle aimait, un ciel de pâle azur, sans brume avec un soleil d'hiver déclinant. Une patine ambrée colorait les collines et cette douce lumière l'enchantait. Deux ou trois fois, elle descendit de vélo pour contempler les tableaux qui s'offraient à elle, dont chaque élément prenait une importance démesurée. Elle se disait que Sylvestre, lui aussi, avait détaillé ces paysages familiers à chacune des saisons, lui aussi s'était attardé devant les collines de Portecroix et leurs terrasses de verdure, avait scruté les ruines de Rajac avant que le hameau ne devînt maudit à jamais malgré les processions, les pèlerinages et les Fêtes-Dieu. C'était l'été dernier que Sylvestre lui avait parlé pour la première fois de Rajac et du diable qui tenait encore ses assises sur un dolmen. Il avait évoqué également les pierres à sacrifices cachées sous la fougère et la mousse, se jurant alors de les lui montrer la première fois qu'elle viendrait à Portecroix.

« Mon pauvre Sylvestre, pensa-t-elle en boutonnant son manteau noir jusqu'au menton, je les découvrirai sans toi, ces trésors, et j'en ferai mon bonheur, comme si tu étais là, marchant à mes côtés, alors que tu es Dieu sait où, mort ou vivant, comment savoir ? Si tu osais un signe, tout de même, à ce moment. » Elle se mit à scruter le ciel. Elle avait espéré une ride de nuage esseulé, un souffle de vent brutal, rien qu'un petit signe tangible, juste de quoi espérer.

Malgré ses réticences, Angéline s'aventura sur le chemin étroit qui montait vers les ruines. Les murs borgnes portaient chacun un manteau de lierre. C'étaient des fantômes de maisons. Jadis, elles avaient appartenu à quelques pauvres tailleurs de pierre, journaliers, scieurs de long ou feuillardiers, peut-être aussi à des vignerons. Puis le feu avait détruit Rajac, masure après masure. Les toits de chaume avaient brûlé d'un seul souffle, d'une aspiration divine. Angéline n'avait aucune envie de se promener dans ce paysage de désolation, bien que sentimentalement, elle se sentît en pays conquis : le petit Fournel y avait joué à son aise, naguère, bravant les diableries, foulant au pied les sortilèges. Innocence de l'âge, sans doute. Les esprits de la nuit, même les plus malfaisants, éprouvent de la commisération pour les têtes blondes. Ceux-là l'avaient épargné, protégé peut-être, intrigués ou amusés par son audace ou son inconscience.

Le vent froid balayait la lande. Les herbes sèches brasillaient sous le soleil parmi les noirs genêts. Elle marcha, hagarde, jusqu'à l'arbre mort. Il était comme un priant qui supplie le ciel. Et alentour, gisaient des molosses de pierre, telles des tombes celtes, éparpillées à la diable. Machinalement, Angéline égrena le nom de son amant. Syllabes jetées au vent. Sans écho. Ici, les esprits se repaissaient du silence et de ses peurs. Les touffes de bruyères débordaient les pavés disjoints d'un chemin. Il y avait encore des objets de l'âge moderne, des épaves de ferraille, des instruments aratoires, et des cuves taillées dans la roche emplies d'eau verte.

Angéline ne se lassait pas de répéter le nom de Sylvestre. Elle le chantonnait même.

« Serais-je assez folle pour croire qu'il aurait laissé un peu de lui ici ? » se dit-elle. Elle ausculta les recoins d'ombre, les vieilles caves creusées dans la pierre grise... Elle voulait tout connaître de l'âme ancienne de Rajac, mais elle désespérait d'y sentir la présence de Sylvestre. « Ou alors, on m'aurait caché la vérité. Et si c'était le cas, mon Dieu, murmura-t-elle en se prenant le visage dans les mains, c'est ici que je le trouverais... »

Un frisson d'angoisse la gagna tout entière lorsqu'elle entendit qu'on marchait derrière elle. Elle se retourna vivement, mais ne vit rien. Elle s'éloigna prudemment. On marchait en effet, on marchait même sans précaution, quelque part entre les murs délabrés de Rajac.

– Sylvestre ? cria-t-elle au vent. C'est toi, Sylvestre ?

Il n'en fallait pas plus pour qu'elle crût avoir perdu la raison. « Trop d'imagination vagabonde » se dit-elle, tandis que le pas se faisait chafouin, comme s'il s'accordait à celui d'Angéline. Elle s'arrêtait, il s'arrêtait. Elle repartait, il repartait. Ainsi faisant, durant de longues minutes dans le murmure du vent sur les murs nus, sur le dos ondulant de la lande. Le bruit de la bise froide sifflait différemment, selon qu'elle s'usât sur la pierre ou s'acharnât à démêler la toison d'herbes sèches.

La jeune femme précipita sa marche jusqu'au sentier conduisant à la route, là où elle avait laissé sa bicyclette versée contre un talus. Elle se sentit soudain rassurée par la présence de Portecroix, à portée de fusil. On y voyait au centre la haute église avec son clocher-mur, puis les maisons aux toitures grises serrées alentour, comme une nichée de poussins cherchant l'aile protectrice. Le cimetière à l'écart occupait un repli de terrain avec son if géant d'un vert laurier dont la forme évoquait un penseur engoncé dans sa toge sombre dans les fragiles couleurs du jour.

– Qui que tu sois, âme errante ou sortilège, je poursuis mon chemin, et tu ne me suivras pas, je prends le pari, bon Dieu !

Elle éclata de rire. Puis, ce fut l'instant, théâtral en diable, où la sorcière maîtresse de ces collines surgit dans sa houppelande de vieille laine noire, comme le corbeau.

Angéline l'observa de pied en cap sans trop s'attarder, afin d'enregistrer quelques détails pittoresques, tout de même, au cas où elle devrait un jour la décrire, cette singulière créature.

– Vous ne seriez pas Olivière, par hasard ?

La vieille femme au visage décharné, ridé, buriné comme un vieux cuir, ne répondit pas. Le vent chahutait son chapeau à large bord, semblable à ceux que portaient, au temps jadis, les adeptes de la foi parpaillote. L'accoutrement de la sorcière constituait une étrange résurgence du passé. À force de proscription et de relégation, l'histoire du petit peuple avait fini par inventer ce genre de caricature, loin des églises et des temples républicains.

– Sylvestre Fournel m'a parlé de vous. Vous connaissez Fournel de Portecroix ? insista Angéline.

La dame lui fit un signe. Mais Angéline hésita à la suivre, elle avait envie de monter sur son vélo et de pédaler vers Portecroix. Cependant sa curiosité était plus forte que sa peur.

– Vous auriez des nouvelles de mon amoureux ? C'est à ce prix que je consens à vous accompagner.

L'étrange oiseau noir qui courait les prés et les champs de Darnac, qui gîtait à deux pas de Rajac, entre les vieux murs, parut décontenancé.

– Rien n'est perdu, rien n'est gagné…, dit Olivière énigmatique.

– Mais quand reviendra-t-il, s'il revient ? Je sais qu'il vous a vue avant de partir comme un voleur…

– Il m'a vue, reconnut-elle en baissant les yeux.

– Vous avez eu plus de chance que moi. Maintenant, j'ai un avantage sur vous, je porte son enfant.

Pour cette fois, la dame de Rajac avait décidé de se taire. Les confidences, parfois, font plus de mal qu'il n'y paraît. Et ce qu'elle avait à dire sur Sylvestre souffrait quelque froide hauteur et détachement.

– Quand on aime, il faut écrire des lettres d'amour. Sinon, le silence est source de malentendus. Je ne connais rien de plus fatal pour les sentiments que les malentendus. N'est-ce pas, petite Charpenet, tu es bien de mon avis ?

– Vous avez connu mon père ? Sans doute l'avez-vous croisé, bien sûr, avec la réputation qu'il avait… On ne pouvait l'ignorer.

– Le juge, dit Olivière, le juge qui voulait te marier à Artus. Quelle affaire !

– C'est bien Sylvestre qui vous a raconté tout ça ? L'idiot, il aurait mieux fait de se taire.

– Ton Fournel, il m'a dit combien il t'aimait, petite, juste avant son départ. Et ça, je le comprends. Tu le mérites bien. Mais il ne voulait pas présider le bal des adieux. Car la guerre, petite, c'est comme de tirer à la courte paille. La mort choisit qui elle veut. Il n'y a pas de morale dans le destin. C'est le triomphe du hasard.

Olivière ne supportait plus les larmes que versait Angéline, pourtant la situation réclamait plus d'élégance. Elle montra néanmoins le chemin du bois de Paragouste, un chemin étroit qui se perdait dans la nuit de chênes centenaires.

– C'est par là qu'il est parti, d'un pas dansant, avec son havresac garni de pommes, de gnôle et de gâteaux secs.

Olivière se tut soudain pour ménager sa surprise. Angéline fixa le doigt de la sorcière pointé vers les vieux arbres. Ils formaient une lisière impénétrable avec leurs dessins d'ombres. Elle observa longtemps la frontière. Olivière ajouta d'un regard malicieux :

– Et c'est là, petite, qu'un jour d'octobre, il reparaîtra...

Une fois arrivée sur la place de Portecroix, entre la fontaine et le calvaire, Angéline prit le temps de reprendre son souffle. Elle avait encore dans la tête les mots d'Olivière et ceux-ci l'avaient chamboulée. « Il reviendra. Elle l'a promis... » Mais elle se trouva bien vite stupide de croire ainsi, les yeux fermés, à toutes ces balivernes. Ça ne manquait pas dans les villages de Corrèze, les diseuses de bonne aventure, les guérisseuses, les leveurs de sort et autres sorciers. « J'ai tellement envie d'y croire » se dit-elle en passant un mouchoir de dentelle sur son visage pour essuyer des gouttes de sueur. Sous sa cape, elle avait chaud, trop chaud, surtout lorsqu'elle se mettait à pédaler. Pourtant, le fond de l'air était glacial, piquant même lorsque le vent poussait ses colères. Au centre de la petite place, face à l'église, il tournait en rond, prisonnier des maisons, puis s'engouffrait dans la grande rue. C'était justement là qu'elle devait aller, vers les lavoirs.

Elle s'arrêta de nouveau pour demander la route de Jarnolle à trois femmes qui brisaient la glace du lavoir à coups de boutoir. Ça jurait, tempêtait, fulminait, comme des charretiers. Il n'en fallait guère plus pour qu'Angéline perçût Portecroix comme un lieu mal famé. « Et dire que mon petit Fournel a grandi à l'ombre de ce fumier humain » pensa-t-elle. Mais elle s'en voulut aussitôt d'avoir usé, même pour elle seule, de cette méchante expression. À la vérité, elle la tenait de son père. Le juge Joseph Charpenet parlait ainsi de ses procès : « Aujourd'hui, j'ai eu mon compte de fumier d'hommes… »

Aussitôt elle repartit vers Jarnolle. On connaissait les Fournel à la métairie Darquoy. Cela faisait deux générations qu'ils vivaient sur la colline parmi les vignes, les pacages, les champs de blé et de maïs. La maison était une bicoque délabrée, devant une cour viciée par l'écoulement des purins. En posant son vélo contre le tronc d'un vieil orme, Angéline comprit enfin, à la seule vue de la ferme, pourquoi Sylvestre avait voulu partir au plus vite. Elle eut une pensée émue pour lui, mais ce sentiment laissa place, comme chaque fois, à l'angoisse qui la tenaillait. « Le reverrai-je seulement ? Peut-être trouvera-t-il une place loin de son pays… Et m'aura-t-il oubliée, estimant sans doute que la ville, même sans l'être aimé, est préférable à un retour dans le marigot de l'enfance ? »

À ce moment d'émotion vive, Angéline hésita. Un vieux chien vint lui flairer la jupe, puis poussa trois ou quatre aboiements fatigués.

– C'est encore Darquoy qui vient nous faire des misères ! dit une voix dans l'étable. Va André, fiche-le dehors ! Trêve de Noël tout de même. Pitié pour nos sous, putain de Dieu !

Le jeune André avec sa face grise de barbe sous son béret noir avança jusqu'au milieu de la cour.

– Mais non, c'est une demoiselle.

Puis il éclata de rire et ajouta :

– M'est avis que c'est mieux que Darquoy. À moins que les garous de Jarnac l'aient transformé en princesse, le vieux bouc.

– Qu'est-ce tu racontes, Dédé ? T'as la berlue ou quoi ?

– J'rêve pas. Putain non.

Sa grosse langue roulait sur ses lèvres comme une limace. Et les traits de son visage se déformaient lorsqu'il éructait les mots, poussés un à un, comme un juron.

Le vieux père sortit enfin de sa tanière, la fourche à la main. Et la vue d'Angéline lui coupa la chique. Pour un peu, il serait retourné dans son étable sans demander son reste, de trouille ou de honte.

– Qui êtes-vous ? demanda-t-il.

– Une amie de votre fils.

Le blaireau s'abandonna à une réflexion de deux minutes et demie au moins avant de réaliser qu'il s'agissait de Sylvestre. De lui, à la vérité, on n'attendait plus rien, sinon un télégramme annonçant sa mort. On avait déjà préparé sa tombe, histoire de ne pas être pris au dépourvu. Le maire Blanchot avait passé le clairon dans les hameaux de Darnac pour prévenir que ça tombait comme des mouches sur le front, et qu'il ne fallait guère espérer de bonnes nouvelles. Ça voulait tout dire.

– Une amie de Sylvestre ? se questionna Auguste Fournel.

Puis il se tourna vers son Dédé qui avait fourré son gros doigt dans un trou de nez.

– Va donc appeler ta mère !

– Pourquoi ?

– Pose pas de question.

On fit entrer Angéline dans la cuisine. La mère Nine était debout près de son fourneau. L'ambiance était au noir, au noir de fumée et au rance. Ça puait l'âtre, la sauvagine, le suint de bête. On offrit une chaise à la jeune femme. Et Nine alluma la lampe à huile suspendue à la poutre maîtresse entre les tresses d'ails.

– J'aime votre fils et je suis sans nouvelle.

Nine portait un bonnet de laine qui contenait une chevelure noire roulée en chignon. Sa peau paraissait aussi grise que les murs, et son regard, deux perles noires, brillait dans la pénombre. Il y avait de la louve chez cette femme, dans sa manière de se tenir à l'écart. Angéline lui eût volontiers tendu la main, mais Nine l'eût refusée, peureusement.

– À nous aussi, dit-elle, il n'écrit pas. Peut-être à sa sœur ? Elle ne nous a rien dit.

Angéline fixait les braises de la cheminée. Une vieille souche se consumait en fusant parfois, comme une expiration. Mais la fumée formait un lourd chapeau que le conduit n'aspirait point et celle-ci se perdait dans la cuisine.

– Je connais bien Louise, ajouta Angéline.

– Ah oui, vous la connaissez ? s'exclama Nine. Belle affaire.

– Pourquoi donc ?

– Elle fait la putain à *L'Hirondelle*.

Nine scrutait la jeune femme assise devant la cheminée, l'œil aiguisé et moqueur.

– Vous en êtes aussi ?

Angéline baissa la tête.

– Je suis la fille du juge.

– C'est beau, dit-elle, bien beau. Et vous fréquentez Sylvestre ?

– Nous nous aimons, avoua Angéline.

C'est alors que la mère Fournel découvrit le ventre arrondi de sa visiteuse, et cela la mit de mauvaise humeur.

– Ne venez pas nous réclamer quelque chose... Nous n'avons rien. Que les yeux pour pleurer. Et qu'est-ce qui prouve que c'est notre fils qui vous a fait ce polichinelle ?

Angéline se leva aussitôt et boutonna soigneusement son manteau.

– Je ne veux rien, madame. Tout juste de ses nouvelles.

La mère se déplaça vers le buffet et d'un violent geste de la main ferma la porte en la claquant.

– N'attendez pas. N'attendez rien. Il se passera rien. Rien ! Il est perdu. Mon gars finira dans le trou, comme tous les autres. Ou pire encore, avec une jambe en moins, comme le petit Octave de Boismoitier.

– Comment pouvez-vous dire ça, madame Fournel ? On ne peut pas vivre sans espoir.

Nine éclata de rire.

– Voyez-vous ça ! Ça vient nous juger. Avec un polichinelle dans le ventre. P'têt que c'est mon fils qui vous a laissé ça avant de partir, p'têt que non, mais ça nous regarde pas.

Angéline se recula jusqu'à la porte, sortit enfin sans un mot de plus, à la sauvette.

« Je ne lui parlerai jamais de ses parents et de toutes les horreurs que j'ai entendues de la bouche même de sa mère, se jura Angéline. Pourtant cette découverte effrayante, la petitesse de sa famille, ne fait que renforcer l'amour que j'ai pour lui. Mon Dieu, quelle force lui a-t-il fallu rassembler pour échapper à sa pauvre condition. Sinon, mon Sylvestre aurait fini comme Dédé, dans l'étable, avec des horribles grimaces pour parler au monde. »

C'était un lundi, bien après onze heures du soir, dans la petite rue Lebec. Angéline avait attendu dans l'ombre d'une porte cochère, comme la dernière fois, tellement attendu qu'elle était gelée des pieds à la tête. Pourtant, elle avait cru que la serveuse de *L'Hirondelle* sortirait vers neuf heures trente ou dix heures. Mais un groupe de types avait abusé des apéritifs anisés, si bien que Louise avait dû rester derrière le bar à les servir, à écouter leurs sornettes et quelquefois

– à ce qu'elle avait pu en juger – repousser leurs grossières avances.

Puis Angéline l'avait rejointe dans l'escalier.

– J'ai craint ne jamais te revoir, avoua Louise. Toutes mes excuses pour ces malheureuses paroles…

– Laisse donc, répondit Angéline, j'ai mes torts aussi.

Louise Fournel alluma deux bougies et bourra son poêle. Elle n'avait ni café ni chicorée ni rien. Cela faisait deux jours qu'elle était sans le sou.

– As-tu des nouvelles de lui ? s'enquit Angéline fébrile.

– Pas depuis le 17 novembre. Une petite carte avec trois mots.

– Et une adresse ?

– Je ne pourrai pas te la donner.

– Pourquoi ?

Louise regardait son reflet dans la fenêtre. Elle se trouvait laide. Elle pensait qu'aucun homme sérieux ne la voudrait prendre et l'arracher enfin à sa misère. Elle enviait Angéline, sa beauté, son aisance, son port de tête, sa bonne éducation. Elle n'avait rien de tout cela, et ce constat amer ne faisait que renforcer son aigreur d'âme.

– Si tu veux bien, dit-elle, je ferai suivre tes lettres. Je crois qu'il a besoin que tu lui écrives des lettres d'amour.

– Des lettres d'amour, répéta Angéline.

Louise sentit les larmes affleurer. Elle avait eu du mal à prononcer ces mots « lettres d'amour », du mal à concevoir que malgré la guerre et la séparation, il fût encore des cœurs pour battre à l'unisson. « Quant à moi, je n'aurai été en définitive qu'une boîte aux lettres, une messagère… » Elle se retourna vers sa visiteuse qui se tenait la tête dans les mains.

– Tu n'auras pas besoin d'attendre comme ce soir. Tu monteras les glisser sous ma porte.

– Où est-il ?

Louise avait longuement cherché sur une carte où se situait Bar-le-Duc. C'était là que Sylvestre était retranché avec son bataillon.

– Tu pourrais me montrer la carte qu'il t'a adressée ? demanda Angéline presque en suppliant.

Elle hésita à ouvrir le petit tiroir de sa table de nuit. Ce silence qu'elle lui opposait était pour elle comme une sorte de revanche. Elle avait envie de faire mal à Angéline, de se jouer de son angoisse. Elle pensa alors ne point être aussi bonne et généreuse que son frère aîné, ni aussi intelligente. En fermant les yeux, elle revit la dernière fête à Bourguenave, la robe élégante de Mlle Charpenet et son franc succès sur les Decosteur. Jusqu'à ce petit Théodore qui en fut tourneboulé. Elle alla s'asseoir à côté de sa visiteuse.

– Si Sylvestre revient sain et sauf, comme nous l'espérons toutes les deux du fond du cœur, il t'épousera. Et nous ne nous fréquenterons plus. Il te suivra, loin de Darnac. Il mettra ses pas dans les tiens et vous irez si loin que je ne vous reverrai plus. Ensuite, vous finirez par m'oublier.

Angéline se leva atterrée.

– Comment peux-tu penser ça de moi ?

– Je l'ai compris cet été à Bourguenave, chez les Decosteur.

Elle avança vers la table de nuit et en sortit une carte.

Je vais bien. Ma santé est bonne. Embrasse nos parents pour moi, sans oublier André.

Sylvestre avait écrit ces quelques mots au crayon à papier d'une main hésitante. Certaines lettres étaient démesurées par rapport à d'autres. Il y avait un peu de boue jaune sur le revers. Quelques traces de la terre d'Argonne.

– Rien pour moi, déplora Angéline, comme si je n'existais plus.

Louise remit vivement la carte dans le tiroir, avant qu'Angéline ne la portât à ses lèvres.

– Tu dois rester forte pour ton enfant.

– Je le serai, promit Angéline.

– Il ne faudra pas lui parler de ça, fit Louise en touchant le ventre de sa visiteuse. Cette nouvelle pourrait l'anéantir.

– Comment cela ?

– J'ai voulu dire, se reprit-elle, lui miner le moral en ces temps incertains.

– Je comprends, concéda Angéline. Tu es de bon conseil, Louise, et bonne aussi. Si bonne..., insista-t-elle.

– Non, se défendit-elle, je ne suis pas bonne. Je suis une peste, repartit-elle. Une affreuse teigne. Comme tous les Fournel, excepté Sylvestre. Il tient son caractère de mon oncle François. Quelle chance pour lui.

– Où est-il ce François Fournel ?

– Nous ne le voyons plus depuis 1896 à cause de ma mère. Elle n'a jamais supporté que mon oncle fasse de bonnes affaires. Pour être vertueux, il faut rester pauvre. Chez nous le culte du malheur et de la souffrance est une religion.

Angéline sentit qu'elle ne serait jamais admise dans le clan des Fournel. C'était tout ce que la sœur de Sylvestre avait voulu lui faire comprendre. Mais sur ce point, après sa rapide visite à Portecroix, rien ne pouvait plus l'étonner. Louise aussi ne l'accepterait jamais, bien qu'elle se trouvât assez éloignée de sa famille. Comme quoi les enfants épousent les causes de leurs parents. « Et moi, comment fus-je préservée de cette loi de la succession ? se demanda-t-elle. Puisque je n'ai jamais ressemblé à mon père et encore moins épousé ses causes..., se rassura-t-elle. Sans doute étais-je trop proche de ma mère, qui disparut fort précocement. En un sens, j'ai épousé le différend qui les opposait l'un à l'autre.

J'ai poursuivi, jusqu'au dernier jour de la vie de mon père, la querelle maternelle. »

Au cœur de la nuit même, à la lueur d'un chandelier, assise près de la cheminée du salon, elle écrivit une nouvelle lettre à Sylvestre. Celle-ci était pleine de reproches. Il avait fui, puis s'était enfermé dans le mutisme. Même si elle n'osa parler de lâcheté – ce qui était un peu exagéré par ces temps effroyables – elle insista sur ses peurs et ses angoisses. « Aucun homme ne peut vivre debout sans les surmonter » assura-t-elle avec emphase. Puis le reste fut composé par des mots de passion, par la remémoration des désirs, des plaisirs et des jouissances. Ainsi, espérait-elle semer dans son cœur quelques regrets. C'est à ce prix, croyait-elle, qu'il sortirait enfin de son silence.

Une fois l'ouvrage achevé – six à sept feuillets d'une écriture serrée – elle repartit vers Darnac et la rue Lebec alors que l'aube blanchissait déjà l'horizon. Elle glissa l'enveloppe sous la porte sans faire de bruit, et s'en revint le cœur léger à La Califourche.

« Ainsi, ferai-je tous les trois jours au moins, se promit-elle, une lettre d'amour et encore une autre et toujours une lettre d'amour… » Jusqu'à l'épuisement des mots, à force d'être répétés.

19

Inventaire

En mai 1915, à cinq heures du soir environ, une petite fille poussa son premier cri à La Califourche.

– Nous l'appellerons comment ? s'enquit le docteur Viguier.

Angéline était trop épuisée pour répondre. Le médecin se proposa de lui trouver un prénom comme s'il était le père. « Qu'est-ce donc qui lui donne ce culot ? se demanda Angéline. Que je sois une fille mère ? Ou qu'il doute de la paternité ? » Le bruit avait couru que la « fille du juge », comme l'on disait, avait eu plusieurs amants : Théodore, Artus, Sylvestre, mais aussi Blaise… Petitesses de campagne. Bassesses de canton.

Sans se décourager le moins du monde, le médecin énonça plusieurs patronymes : Justine, Anaïs, Juliette, Alphonsine, Mariette… Elle l'interrompit d'un haussement de voix, vite étouffé par une violente douleur au ventre.

– Regardez ce que vous me faites, murmura-t-elle.

Le docteur Viguier l'avait délivrée sans ménagement. Bien que l'enfant se présentât convenablement, il avait forcé le passage avec ses grosses mains. À croire qu'il aimait à rudoyer les femmes, à faire siennes toutes les théories bibliques sur l'enfantement dans la douleur. Sur ce point, Angéline n'avait aucune expérience et ne pouvait donc juger de l'art de son accoucheur.

Une fois préparée, la petite fille fut mise dans un lit qui ressemblait à un coffre ouvert avec des pieds tournés. Un lit, une chaise de bébé pliante, des couvertures, des langes, une poussette, c'était tout ce qu'on avait trouvé dans un débarras. Angéline ne savait pas si ces objets avaient appartenu à sa mère et s'ils avaient servi au premier âge de sa vie. Pourtant, elle avait examiné les motifs des tissus dans l'espoir de les reconnaître, mais sa mémoire faisait défaut. Sans doute n'était-il d'autre explication à leur présence à La Califourche. Cette sorte d'amnésie la préoccupait ; on n'oublie jamais sans raison. Le landau eût dû réveiller ses souvenirs avec son armature de fer sculpté en volutes et sa coque d'osier tressé, le tout habillé d'une toile blanc et or.

Le premier soir Viguier hésita à laisser la jeune accouchée seule dans sa grande maison.

– Vous devriez rappeler Adélaïde, conseilla-t-il.

– Jamais de la vie.

– Pourquoi autant d'orgueil ?

– J'en possède moins que vous, docteur.

– J'aurais bien voulu connaître votre mère…

– Ne croyez rien de ce que vous en aura dit le juge.

Cinq jours plus tard, Angéline se sentit enfin assez forte pour descendre au village. À la mairie, elle déclara la naissance de sa fille et lui attribua trois prénoms comme il était d'usage chez les Charpenet : Clémence, Octavine et Paule, en décidant toutefois de lui donner Clémence en prénom d'usage.

L'été 1915, sa fille lui vola tout son temps. Entre les bains, les biberons et les lessives, Angéline n'avait plus une minute à elle, surtout qu'elle n'avait jamais été préparée à la maternité. On l'avait élevée dans l'idée que les tâches ménagères étaient le lot du petit peuple, et qu'elle disposerait toujours d'assez de revenu pour payer du personnel. Hélas, ce n'était pas le cas. Angéline Charpenet commençait à manquer d'argent. Elle avait dépensé plus que prévu. Les menus services de Blaise, les mesquines embrouilles d'Achille Coutureau lui coûtaient les yeux de la tête. On la volait sur le bois de chauffage, sur l'entretien du parc, sur le ramonage des cheminées, sur le curage du puits et de la citerne… Tant d'ignorance, tant d'insouciance étaient une aubaine pour les aigrefins du voisinage. Et lorsqu'il fallut réparer les canalisations endommagées par le gel, on changea tout le système, de la citerne à l'évier de cuisine, alors que deux ou trois soudures au plomb ou à l'étain eussent suffi. Et si les pompes se désamorçaient faute d'avoir servi, on les remplaçait aussi. Et si la cuisinière fumait à cause d'un combustible saturé d'humidité, on préconisait des tuyaux en cuivre. Rien ne se pouvait régler honnêtement à La Califourche sans occasionner des dépenses somptuaires.

Pourtant ce n'était pas faute de compter. Angéline tenait ses livres à jour, ce qui était pour elle un exploit. Même du temps du juge, on ne faisait autant d'effort. Mais du temps du juge, un traitement tombait régulièrement. Il n'était pas nécessaire de puiser dans les réserves, sauf imprévus. Désormais, tout était imprévu, tout contribuait à assécher les réserves du petit héritage.

Au début de l'année 1916, la vie quotidienne à La Califourche ressemblait à un cauchemar. MM. les banquiers avaient fait savoir, par lettres et deux rendez-vous à Brive, que la fontaine était tarie et que, bientôt, il ne resterait plus qu'à clôturer le compte.

– Que faire alors ? demanda naïvement Angéline.

L'employé l'observa longuement par-dessus ses lunettes rondes.

– Travailler, ma bonne dame, et rapporter un salaire…

– Moi ? Mais je ne saurai rien faire qui puisse intéresser un patron. Savez-vous, monsieur, que j'ai été élevée dans un milieu où l'argent n'a jamais fait défaut ?

– Certes, fit le banquier en hochant la tête. Je vous comprends. Mais les temps sont durs. Même pour les gens de l'arrière.

Angéline passa un bon mois à réfléchir : « Que pourrais-je faire pour gagner de quoi vivre décemment ? » Telle était la question qui l'obsédait quotidiennement. Elle énumérait les métiers qui eussent pu l'intéresser. Secrétaire ? Puisqu'elle possédait le bon usage du français… Comptable ? Elle calculait fort bien de tête. Mis à part ces deux professions, elle était ignorante de tout. La confection, les soins infirmiers, la cuisine étaient pour elle des univers à jamais inaccessibles et qui, pourtant, lui eussent permis de trouver un emploi sur-le-champ.

Un jour, elle s'offrit même de travailler pour le docteur Viguier.

– Je pourrais tenir votre cabinet, noter vos rendez-vous, préparer vos instruments, ranger vos paperasses ?

Le médecin conserva la tête baissée sur la pointe de ses chaussures. Bien que son opinion sur Mlle Charpenet se fût améliorée, l'homme ne se sentait guère prêt à lui fournir un salaire. S'il n'avait jamais cru, de prime abord, que cette fille à papa eût pu élever, seule, son enfant, désormais il saluait son courage chapeau bas. Mais c'était tout.

– Nous n'avons pas assez de travail pour vous occuper, ma chère. Et nos malades sont trop pauvres pour nous rapporter assez. (Il aimait à parler à la première personne du pluriel pour montrer qu'il n'était pas le seul dans cette galère.) Je fais déjà dans la charité bien plus que je ne le voudrais, ajouta-t-il d'un air désabusé.

Angéline se fit expliquer ce qu'était la vie des miséreux dans le pays de Darnac, là où les hommes étaient partis au front et où il fallait bien que les femmes les remplacent dans des travaux pénibles. Le docteur se mit à tâter ses mains et ses bras, les jugeant par trop graciles pour abattre un ouvrage d'homme. Cette manière de négrier amusa plutôt la jeune femme.

– Ce n'est pas la délicatesse qui vous étouffe, docteur.

Qu'on le trouvât plus goujat qu'il n'était ne l'embarrassait guère. Bien au contraire, il semblait parfois que Viguier se complût dans ce rôle.

– Je sais que vous ne m'aimez guère, mademoiselle, mais je puis tout de même être de bon conseil, quelquefois. À la condition de me prêter une oreille attentive.

Il fixait toujours la pointe de ses chaussures pour n'avoir à soutenir le regard froid d'Angéline. Peut-être était-il à ce moment moins méprisant qu'à l'ordinaire.

– Je vous écoute, docteur.

La jeune femme fit signe à Viguier de la rejoindre dans le bureau. C'était une vieille habitude qui remontait au temps du juge, on ne parlait affaires que dans le cabinet de travail. Elle hésita à s'asseoir à la place où son père se tenait autrefois. Elle rapprocha un fauteuil de celui qu'elle avait proposé au médecin, afin qu'ils fussent tous deux genoux contre genoux, presque à se toucher, bien plus que du regard.

– Si c'est pour me conseiller d'épouser Artus Decosteur, ce n'est pas la peine, dit-elle.

Le médecin éclata de rire. Puis il prit le temps de bourrer une pipe et de l'allumer.

– Vous n'auriez qu'à claquer des doigts, ma chère.

Elle se mit à rire aussi.

– Croyez-vous qu'il me prendrait avec ma fille ? Ma fille ! s'exclama-t-elle, dont le père est son pire ennemi…

– Il vous prendrait aussi sûrement que deux et deux font quatre. Mais…

– Mais vous avez raison. J'exècre cet homme.

– Et Théodore ?

– Théodore ! s'étonna Angéline. Que voulez-vous dire ?

– Il est amoureux de vous, le propre frère d'Artus, amoureux de vous. Oui, vous m'avez entendu.

– Ce garçon ne m'est pas indifférent, mais hélas pour lui, mon cœur est pris.

Viguier tira nerveusement deux ou trois bouffées, le sourire aux lèvres, plutôt grimaçant. C'était érotique, tout de même, cette situation. Il parlait à Angéline avec la liberté de ton qu'on affecte dans une maison de rendez-vous. Sa main voletait comme s'il tentait d'apprivoiser le regard fuyant et enjoué de la belle Angéline qui le tenait sous son charme. Certes, l'homme se jugeait trop âgé pour conquérir, mais assez pour goûter le plaisir d'une conversation avec la plus jolie femme du pays.

– Votre Fournel a bien de la chance, murmura-t-il. Lui écrivez-vous au moins ?

En d'autres temps, Angéline l'eût envoyé balader. Mais elle se sentait trop seule et brisée par la solitude pour s'offrir ce luxe.

– Un peu moins par ces temps d'inquiétude, avoua-t-elle.

– Mais vous rêvez de lui, n'est-ce pas ?

Elle rougit un peu, sans baisser les yeux.

– Mes nuits sont toutes à lui. Mes nuits, mes belles nuits…

Il l'observait le regard mi-clos, un peu de haut. C'était sa manière élégante de cacher son désir.

– Sait-il combien vous l'aimez ce cher garçon ?

– Il le sait.

– Vous consolerez-vous un jour de ce temps perdu ? insista Viguier.

– Je ne lui en veux pas. Un amour qui n'est point exclusif ne mérite aucune attention.

Le médecin décroisa les jambes et posa sa pipe sur le bord du bureau. Encombrée par la paperasse et les livres, la table de travail conservait la marque du juge. Son esprit l'avait habitée et malgré le rangement opéré par sa fille, l'essentiel du vieil homme était encore là, sa froide hauteur, sa mansuétude de clerc inspiré.

Le médecin songeait à Joseph et il comprenait enfin pourquoi il avait maintenu sa fille éloignée des contingences matérielles. Ce n'avait pas été une bonne éducation d'un certain point de vue, mais le fantasque dont elle avait été nourrie durant ses tendres années en avait fait un être exceptionnel. Peut-être le juge avait-il réalisé, un peu tard, que ces « mauvais principes » l'handicaperaient à l'avenir, et dès lors avait-il tenté, désespérément, de lui trouver une planche de salut par cette piètre tentative à Bourguenave.

– Pourquoi ne vendez-vous pas vos porcelaines ? Celles de la Compagnie des Indes ? De belles pièces en vérité. Vous pourriez en tirer, au bas mot, cinq, voire dix mille francs...

C'était la seconde fois que le docteur Viguier lui faisait cette proposition. La première fois, elle lui avait ri au nez, jugeant l'offre inconvenante. Mais pour l'heure, la situation avait changé du tout au tout. Elle était étranglée par le besoin.

Dans l'attente de son acheteur, Angéline avait installé les douze pièces de la Compagnie des Indes sur la table du salon. Elle avait pris soin de les astiquer. Une fois en place, Angéline éprouva de la peine à l'idée de s'en séparer. Il était connu dans la famille Charpenet que ces trésors avaient été rassemblés par un capitaine au long cours, un vieil oncle du côté de sa mère, la branche des Villette. Peut-être s'agissait-il d'imitations ou de reproductions, surtout les pièces apparentées au style Imari qui fut abondamment copié après 1800.

La larme à l'œil, Angéline décida de les ranger dans le buffet. « Je ne les vendrai qu'en dernier recours » se promit-elle. Il y avait assez de sèvres et de limoges pour combler l'appétit d'un antiquaire et suffire à la subsistance de la jeune mère et de son enfant pour quelque temps. Les sèvres surtout étaient affectées par des taches tenaces, noires et grises. Elle les astiqua à l'eau de Javel, les rinça au vinaigre blanc. Ainsi raviva-t-elle leurs couleurs originelles : le rose carné, le beau bleu, le vert persan ou le violet pensée. Certes, le lot Sèvres était l'un des plus difficiles à négocier, car les pièces appartenaient à une période récente, l'Exposition de 1884 où Joseph Charpenet les avait acquises. Sur certaines, les initiales de la République avaient remplacé celles des rois de France, ce qui en faisait des pièces plus communes que celles antérieures à la Restauration et mieux encore à 1750 où la manufacture connut ses heures de gloire.

Le docteur avait tenu à accompagner l'acquéreur. Il s'agissait d'un étrange bonhomme en costume de velours coiffé d'un bonnet, répondant au nom d'Étienne Clémentel. Il s'exprimait avec un fort accent rocailleux et passait le plus clair de son temps à rouler ses moustaches en pointe. Celles-ci étaient assez fournies, jaunes comme de l'étoupe. Au premier contact, Angéline éprouva une sorte de malaise. L'antiquaire de Bordeaux avait un art consommé pour juger chaque objet présenté sous des aspects négatifs. Il fallut même, au gré de la conversation, que le médecin tempérât ses verdicts.

Angéline s'était assise dans le grand fauteuil du salon, observant les allées et venues, les piétinements, la valse-hésitation de Clémentel avec ennui. Il lui tardait désormais que partît son visiteur providentiel, censé la tirer de son infortune.

Mais au moment où Mlle Charpenet se levait pour ranger ses pièces, la curiosité de l'antiquaire s'éveilla enfin.

– Vous m'aviez parlé, docteur, de Compagnie des Indes ? Je cherche ces choses, japonaises ou chinoises, datant du XVIIIe siècle au moins.

– Et mon sèvres, monsieur ? insista Angéline. Vous n'en voulez pas ?

Précautionneux, il ôta de la table quelques objets.

– Trois mille pour ces cinq pièces. Et rien de plus.

La jeune femme regarda le docteur. Ce dernier, embarrassé, lui adressa une moue dubitative.

– Il faut aller jusqu'à cinq mille, Étienne. Sinon vous vous moqueriez de ma cliente.

L'homme leva les bras au ciel.

– Du petit sèvres, ça pullule dans les salles de ventes. À Drouot, on ne trouve que ça, du sèvres avec des défauts gros comme le bras. La guerre a eu cet effet de remplir les vitrines de mes confrères de la rue de Rennes. Vous comprenez ce que je veux dire ? Les gens ont besoin d'argent, ils mettent leurs babioles au clou. Et ensuite, ça arrive par caisses entières. J'en ai la nausée, moi, du petit sèvres.

Le médecin fit alors une proposition, voyant que l'affaire tournait en rond.

– Vous accordez cinq mille pour les cinq pièces de Sèvres à la condition de traiter aussi sur la Compagnie des Indes ? Qu'en pensez-vous ?

Une lueur d'espoir éclaira le visage de l'antiquaire. Il prit à part le médecin et lui glissa en aparté que, pour le coup, il lui lâcherait une petite commission. Mais Viguier ne parut pas se laisser séduire. Rien ne le détournerait des intérêts de Mlle Charpenet. C'était tout à son honneur, l'honnêteté et la droiture, surtout s'agissant de La Califourche où se mêlaient aussi quelques principes sentimentaux.

– Je voudrais bien voir, dit Clémentel en ajustant ses lunettes.

La lumière, à ce moment de la journée, commençait à décroître. On alla chercher deux lampes qu'on plaça à chaque bout de la table, puis on amena délicatement les porcelaines japonaises. Angéline enrageait de sortir ses trésors de la Compagnie des Indes qu'elle avait cru préserver jusqu'au bout des griffes avides de Clémentel. Mais elle était aux abois, sans le sou pour affronter l'avenir avec une petite fille à charge. Et elle finit par admettre que ces choses, tout compte fait, n'avaient plus à ses yeux qu'une valeur relative, et que rien ne justifiait qu'on se sacrifiât pour elles.

L'antiquaire les examina attentivement sans laisser paraître la moindre émotion.

– Il y a de l'imitation. Du chinois. Du beau chinois tout de même, dit-il en caressant du bout des doigts un service à thé, deux vases et une jarre couverte.

Puis il s'attarda sur quatre assiettes dont les tons étaient chatoyants : or, bleu cobalt, rouge de fer et safran…

– Je vous accorde dix mille francs pour ces quatre assiettes, dit-il en retirant ses lunettes.

– Quinze mille, renchérit le médecin.

Angéline se tenait à l'écart, agacée par les tractations, elle qui n'avait jamais su vendre quoi que ce soit ni débattre de la moindre affaire.

– C'est de l'Imari XVIIe siècle, reconnut l'antiquaire. Et là, je ne discute plus.

Clémentel emballa lui-même dans du papier de soie ses acquisitions, les rangea dans une malle de cuir avec tant de délicatesse qu'Angéline regretta, soudain, d'avoir lâché ses assiettes sans batailler. Il sortit son grand portefeuille et aligna les billets sur le rebord de la cheminée. Elle eût pu se précipiter pour les compter et les glisser dans sa poche, mais elle resta à distance. Elle était toujours mal à l'aise lorsqu'il était question d'argent. On lui avait appris à en jouir certes mais aussi à détester l'effort soutenu qu'il oblige pour le conquérir. On l'avait donc élevée ainsi, à n'y point toucher sans défiance, comme s'il était le mal incarné, le soufre des enfers.

– Vingt mille francs, ce n'est pas si mal, glissa Viguier au creux de l'oreille de sa voisine. Ça vous laisse un peu de temps pour réfléchir.

Forte de cette coquette somme, Mlle Charpenet se rendit chez son banquier de Brive, celui-là même qui l'avait traitée avec condescendance. Il la reçut avec une telle débauche de compliments qu'elle en devint rouge de confusion. Mais elle ne tarda pas à comprendre que l'homme voulait lui vendre des titres.

– Il y a des affaires mirobolantes à réaliser, ma chère dame.

Et il énuméra la longue liste des compagnies et sociétés cotées en bourse, jaugeant les qualités de l'une et les défauts de l'autre. Il y avait des dividendes à engranger sans fatigue, comme il aimait à dire, tel un bonimenteur de foire. Angéline était si naïve en matière financière qu'elle était prête à croire ce qu'on lui disait, d'autant que le banquier savait se montrer sous un jour favorable. Il était son conseiller, son confident, son allié, son amical complice…

– Nous ne nous connaissons pas. Hier encore, vous me jugiez sévèrement, dit-elle.

Bref sursaut de lucidité. L'adresse du bonhomme tourna l'affaire à son avantage. Et en une demi-heure, il parvint à lui faire acheter pour dix mille francs d'actions dans les emprunts russes.

– Sûrs à cent pour cent, clama-t-il, et garantis par le gouvernement.

À l'instant de signer le bordereau d'engagement, Angéline hésita encore.

– Je pourrai vendre mes titres quand bon me semblera ? interrogea-t-elle. Car je gage en avoir besoin dans moins de six mois… Peut-être que la prudence serait de les conserver au coffre mes dix mille francs ?

– Vous n'y songez pas, ma petite dame, affirma le banquier. En six mois, vous disposerez de cinq mille francs de dividendes. Alors qu'en laissant dormir votre argent, il se dépréciera du tout au tout. Ne le voyez-vous pas ? La vie augmente sans cesse. Et les salaires baissent. Entre 1914 et 1916, nous avons perdu presque cinquante pour cent de nos ressources, nous les honnêtes employés. La guerre. Voilà le mal, cette guerre interminable et ruineuse.

Angéline était abasourdie par la faconde du bonhomme. À Darnac, elle vivait loin de la réalité et des rumeurs du monde, ne lisant jamais aucun journal. Rien ne l'intéressait en vérité, hormis son propre sort.

Elle signa donc, les yeux fermés. De nouveau, comme après la mort du juge, le tourbillon de la ville l'emporta dans les magasins. « Je suis actionnaire, pensait-elle. Pendant que mes jours s'écoulent à écrire des lettres à mon amant, mon argent fructifie. Il travaille pour moi. La vie est simple en somme. Si je n'étais prisonnière de ma fille, je pourrais voyager. Revoir Gabrielle. Prendre un bateau pour l'Algérie où le juge emmenait maman autrefois… Car elle avait besoin de se croire libre alors que la vie la maintenait à un port d'attache qu'elle n'avait point choisi. »

Dans les rues voisines de la place Saint-Martin, il y avait quelques magasins de vêtements bien achalandés. À la vérité, Angéline en avait assez de vider les malles de sa mère et de porter des robes démodées. Elle se trouvait ridicule, désormais, dans ces drapés en vieux rose, ces dentelles de Valenciennes, ces chapeaux à fleurs, ces ornements en perles de verre… Puis elle trouva enfin, au Bon-Chic, une robe droite en satin, bleu céladon, à la taille basse, tombant sur les hanches et ample de forme, plutôt floue. C'était *charleston*, lui dit-on. On lui montra aussi des tenues en jersey. Le tissu lui parut si lâche au toucher qu'elle hésita de prime abord.

– Essayez-la donc, lui conseilla la vendeuse. Mais si vous désirez l'apprécier à sa juste valeur, il vous faudra ôter le corset.

– Je ne peux m'habiller ainsi sans avoir les seins soutenus, dit-elle.

La vendeuse s'amusa de tant de pudeur.

– Nous aspirons, désormais, à plus de liberté. Tout le monde ne le peut hélas pas… Mais pour vous, ce sera parfait.

Angéline suivit ses conseils. On la conduisit devant un miroir et elle se découvrit une nouvelle silhouette.

– Vous ferez couper vos cheveux, conseilla la commerçante. Et prenez aussi ce chapeau cloche.

Elle l'essaya et le reposa aussitôt comme s'il lui brûlait les doigts.

– Ce serait trop provocant, avoua-t-elle.

– Bien au contraire, insista la vendeuse. Les femmes revendiquent cette insolence. La guerre nous a pris tous nos hommes, alors profitons-en.

Puis elle éclata de rire en tournoyant sur elle-même au milieu des mannequins de celluloïd et de papier mâché, habillés des dernières nouveautés de vifs coloris.

– Vous êtes cynique, madame, reprocha Angéline.

La vendeuse l'observa en flattant sa belle silhouette.

– Cette robe en jersey vous va comme un gant. Je vous la fais pour cent vingt francs.

Angéline hocha la tête.

– Je prends l'autre aussi.

– La *charleston* ?

– En effet. À cause du bleu.

– C'est une affaire compliquée, une telle robe si courte ? plaisanta la boutiquière. Et vous devrez la mettre sans rien dessous à cause de la finesse du tissu. Sans rien dessous, répéta-t-elle, car les baleines, lacets et agrafes feraient apparaître des contours disgracieux.

Mlle Charpenet se mit à rire.

– Nous quitterons le corset sans regret.

Et afin d'illustrer sa repartie, elle enserra ses seins dans le creux de ses mains faisant mine de les tenir hauts et bien comprimés.

– Bienvenue au club ! s'écria la vendeuse.

Dans un magasin voisin, Angéline dénicha trois paires de chaussures : cuir rouge, coton ciré gris et mary-jane vert bouteille. C'était tout ce qu'elle recherchait avec des talons hauts ou escarpins. Elle en fut si entichée qu'elle décida de porter les mary-jane style en sortant de la boutique. « Caprice d'une enfant gâtée, pensa-t-elle. Tant de folie est bien naturelle pour une actionnaire des chemins de fer de l'Altaï… »

20

L'attente

Durant l'été 1916, il ne se passait pas une semaine sans qu'Angéline ne se rendît dans les vieux murs de Rajac, avec sa fille sur le porte-bagages de la bicyclette. Hanter ces lieux la rapprochait de Sylvestre. Elle avait besoin de respirer l'air qu'il avait respiré, observer les paysages qu'il avait observés... Mais elle ne sentait plus sa présence comme auparavant, un an et demi plus tôt. Cette étrangeté avait disparu de sa vie. Et sa nouvelle impression, celle d'un vide absolu, ne manquait pas de l'angoisser. Elle avait déjà rêvé de lui, à moitié enfoui dans la terre jaune de l'Argonne. Il n'était qu'une moitié de son visage seulement qui apparaissait encore, dans le chaos. Et la terre descendait peu à peu, comme s'écoulant d'un sablier, grain à grain. Elle tentait d'écarter cette boue sauvage, mais ses mains ne parvenaient pas à atteindre son visage. En approchant, elle vit que son amant avait les yeux grands ouverts, des yeux noirs, encore plus noirs que dans son souvenir. Un éclat de ciel bleu se reflétait dans ses pupilles.

– As-tu des nouvelles de ton Sylvestre ?

– Je lui écris trois lettres par semaine.

– Trois ? s'écria Olivière en frappant de son bâton de buis un bouquet de tanaisie. Ce n'est pas assez.

– Je voudrais faire plus, mais ma Clémence me donne tellement de travail.

La petite fille babillait à côté d'elle sur une couverture. Olivière la prit dans ses bras, la dressa vers le ciel. Il y avait quelque chose d'étrangement rituel dans son geste, tandis qu'elle prononçait à mi-voix des paroles incompréhensibles.

– Ta Clémence est robuste comme une enfant de l'amour. Tu n'as rien dit à Sylvestre au moins sur cette naissance ?

– J'ai écouté tes paroles. Je ne sais pas pourquoi en vérité. Car je ne crois en rien. Pas plus aux histoires de curés qu'aux tiennes.

Olivière reposa le bébé sur la couverture.

– Nul n'est maître du destin. Ni du tien ni de celui du jeune Fournel. Peut-être est-il une main qui le protège ? Peut-être écoute-t-il les voix qui lui parlent ? Peut-être suit-il son instinct ? Il est mille signes chaque jour dans notre vie qu'il nous faut décrypter. À force d'attention, on devient voyant.

Angéline baissait la tête. Elle fixait une marguerite dont elle ôtait un à un les pétales. Puis, une fois l'effeuillage terminé, elle se passa sur les lèvres le jaune du pollen, délicatement.

– Au début, tu allais à la messe du matin pour prier, n'est-ce pas ? s'inquiéta Olivière. Surtout la Vierge ?

– C'était la crainte qui me poussait à croire. Il n'y avait rien de sincère dans ma démarche. Je me disais : prions, prions sans cesse, si ça peut le sauver. Mais j'ai fini par trouver cette idée absurde. Car Dieu, s'il existe, reste l'observateur du monde. Il laisse la destinée accomplir sa besogne. Les uns tombent dans la fosse, les autres triomphent de la mort. Il regarde de loin sans intervenir. C'est ainsi que je vois les choses. Pour Dieu, tout ce qui est donné est repris, un peu plus tôt un peu plus tard, qu'importe.

– Peut-être fais-tu plus pour lui que Dieu lui-même ? Ton Fournel se bat contre la Faucheuse pour te retrouver un jour. Et tu es son ange gardien, son espérance, sa raison de vivre et de lutter.

Cette fois, Angéline se sentit assez forte pour ne pas verser la plus petite larme. Au contraire, elle prit sa fille dans ses bras et, ensemble, elles montèrent sur le rempart de pierres. La chaleur était si lourde qu'on entendait les stridulations des grillons dans l'herbe sèche. « Ce qui nous sépare nous rend forts, se dit-elle. Et puisse la mitraille l'épargner, lui, mon valeureux amant. Je ne pourrais vivre sans lui. Et si l'attente est un enfer, c'est aussi d'elle que nous viendra la résurrection. La souffrance nous élèvera l'un vers l'autre. »

Angéline scrutait obstinément l'orée du bois et ses franches découpures, à cette heure de la journée, sur la béance d'ombre, où il s'était évanoui un jour de septembre 1914. Olivière lui avait promis qu'il reviendrait ainsi, par le même lieu. « Il suffit d'attendre » se disait-elle chaque jour.

En rejoignant Portecroix une après-midi, Angéline fit une mauvaise rencontre. Celle-ci la renseigna enfin sur la justesse de son choix, et les jours qui suivirent elle loua la providence de l'avoir écartée de cette mésaventure. Pourtant, que n'avait-on pas dit sur son entêtement ?

Face à un raidillon sévère, la jeune femme préféra mettre pied à terre et conduire son vélo en le tenant par le guidon. Cette manière était malaisée, sa cheville venait buter contre la pédale et ces coups répétés faisaient de vilains bleus. Parvenue à la crête, elle jeta son vélo dans le fossé et, tenant sa petite fille sur le bras, se mit à cueillir un bouquet de millepertuis. Les fleurs jaunes ne manquaient pas sur le plateau où la terre était rendue sableuse par la proximité de la roche.

– Tiens, la Califourche ! s'exclama soudain une voix dans son dos.

Angéline la reconnut aussitôt et en resta figée sur place. « Se pourrait-il que tu en aies encore peur ? » se demanda-t-elle. Puis elle se retourna vivement vers la calèche menée par deux chevaux. La tête ronde d'Artus Decosteur se découvrit. Il portait un chapeau de paille et une chemise à col ouvert dégagée sur sa toison rousse.

– Que faites-vous sur la route de Portecroix ? s'enquit-elle.

Il quitta lestement son siège sans prendre appui sur le marchepied.

– J'ai des clients dans ce coin-là. Je commerce avec Darquoy. Vendre et acheter, des chevaux, des vaches ou des cochons, c'est le métier ça. Aurais-tu oublié ma belle enfant ?

Pour appuyer ses dires, il fit mine de palper des billets entre le pouce et l'index.

– Ah ! voici la fameuse petite fille ! nota-t-il. Hors mariage… Maintenant, qui pourrait te prendre comme ça…

Il caressa l'encolure de son cheval près duquel il se tenait debout.

– Que voulez-vous dire ?

Artus remuait la tête de droite à gauche, comme s'il voulait réveiller sa cervelle endormie. Sous l'emprise de l'émotion, il cherchait ses mots. Il fouillait son esprit pour dégoter l'expression juste. Mais il se sentait démuni devant Angéline. Le temps, semblait-il, n'avait rien fait à l'affaire : il en était encore entiché.

– Je veux dire que tu es passée à côté d'une vraie histoire, d'une authentique passion.

– Inspirée par vous, Artus, je ne crois pas. Se pourrait-il, au juste que sur cette question tout n'ait pas été dit entre nous ?

La réflexion d'Angéline le désarçonna, d'autant plus qu'il n'était pas dans la fureur et la violence. Artus ne savait jamais parler sans colère.

– Devrais-je te rappeler, soutint Artus le visage grimaçant, que tu es partie comme une voleuse de Bourguenave. C'est un affront tout de même. Un terrible affront. J'ai été ridiculisé devant mon père, mon frère.

– Votre frère que vous avez sauvagement agressé, nous accusant l'un l'autre d'un forfait imaginaire… Avais-je un autre choix ?

– Pour cela, je suis prêt à vous demander pardon. Mais…

Angéline recula de quelques pas en serrant Clémence contre elle.

– Oh là tout doux, Artus. Je ne veux d'aucun pardon. S'il est un malentendu entre nous, j'en assume toute la faute. En effet, je n'ai jamais voulu vous épouser.

– Comment cela ?

Il se mit à balancer les bras, à tourner en rond sur le milieu du chemin.

– N'est-ce pas ton père qui est venu proposer un mariage ?

– Mon père, paix à son âme, aurait mieux fait de s'abstenir.

– C'est facile de dire cela aujourd'hui, alors que le mal est fait.

Artus désigna la petite fille. Et, machinalement, Angéline plaqua sa petite frimousse contre son épaule en manière de défense.

– C'est le plus grand bien qu'il m'ait fait, Sylvestre Fournel, fronda-t-elle. Me donner Clémence. Je compte l'épouser à son retour de la guerre. Et si Dieu le veut, nous aurons d'autres enfants…

Artus se mit à ricaner. Il avait compris qu'il lui fallait se tenir à distance. Son père Mattéo lui avait fait jurer de ne jamais plus adresser la parole à la traînée, comme il disait. Et Théodore aussi s'était promis, si d'aventure il faisait violence à Mlle Charpenet, de le tuer de ses propres mains. Tant de menaces avaient de quoi refréner les ardeurs vengeresses du fiancé transi. Mais Angéline n'en savait rien. Et à ce moment de la malheureuse rencontre, elle craignait le pire, qu'il la molestât ou qu'il portât la main sur Clémence.

– Que crois-tu ? se défendit Artus, maintenant, dans ton état de fille mère, je ne voudrais pas de toi. Tu es le déshonneur même pour un homme. Tu ne te marieras jamais, jamais, répéta-t-il avec force. Tu resteras seule dans ta maison, à tirer le diable par la queue. Bientôt la fortune de papa sera épuisée. Et pour gagner de quoi vivre, ma chère, on ne sait pas ce que tu feras. Mais je m'en doute déjà… Tu as des dispositions…

Angéline l'observait sans répondre. Elle avait mal au cœur, mal à l'âme, et ne comprenait pas qu'on pût la haïr de la sorte. « Ce n'est pas la première fois que des fiançailles sont rompues, pensait-elle. Est-ce une faute que de suivre son instinct de femme ? Est-ce une erreur que de répondre à l'amour lorsqu'il se présente ? »

– Vous êtes un homme méchant, Artus. Et si je vous avais suivi à Bourguenave, vous m'auriez rendue malheureuse. Mais peut-être souffrez-vous ? Peut-être ne pouvez-vous pas revenir à la raison ? Est-il si difficile de comprendre que nous ne sommes pas faits l'un pour l'autre ?

– Mais tu ne l'auras pas ton Fournel, s'écria-t-il. Il ne reviendra pas. La guerre va l'anéantir. Il est parti pour cela : mourir pour la France. C'est tout ce que nous attendions de lui. Et je peux te dire, Califourche, que mon père et ses amis députés et sénateurs ont fait le nécessaire pour qu'il soit envoyé en première ligne. Les Fridolins lui feront un sort à ton Fournel... Si ce n'est déjà fait.

– Ainsi, mon pauvre Artus, releva Angéline, vous passez votre temps à surveiller la liste des morts dans le secret espoir d'y lire son nom ? Comme je vous plains. Cette haine va dévorer toute votre existence. Ne croyez-vous pas qu'on puisse mieux occuper le séjour qui nous est accordé sur la terre ?

La calèche reprit la route de Portecroix en soulevant une poussière blanche. Angéline était remontée sur sa bicyclette et pédalait mollement, goûtant la quiétude du jour. Puis elle se mit à chanter une ancienne complainte pour effacer le goût des larmes.

Gentil coqu'licot, mesdames,
Gentil coqu'licot nouveau...

Le docteur Viguier faisait ses visites à La Califourche sans même qu'on l'appelât. Il auscultait l'enfant et la mère aussi. Ensuite, il refusait d'être payé, estimant que sa venue était tout amicale. Cette attention mettait Angéline dans l'embarras ; elle croyait que ses prévenances étaient dictées par des intentions galantes. Rien de semblable en vérité. Viguier était un puits de vertu insondable. Mais secret, maniéré, usant du sous-entendu plus que de raison, il offrait parfois l'image d'un homme à plusieurs facettes. Tantôt rugueux, tantôt mielleux, on ne savait quel rôle il s'ingéniait à jouer dans la petite société villageoise où le moindre propos revêt tellement d'importance.

– Suivez-vous les nouvelles du front ? demanda-t-il au moment de prescrire quelques somnifères sur une ordonnance en papier glacé.

– Non, avoua Angéline.

– Quelle curieuse indifférence.

Il fixait la rosace du plafond. Elle ne savait s'il se moquait ou s'il était sérieux.

– Il n'est qu'une seule nouvelle qui m'importe, l'heure du retour de Sylvestre.

– Vous a-t-il écrit quelque chose à ce sujet ?

Elle ne répondit pas. Il savait, lui, par indiscrétion, que Fournel ne donnait aucun signe de vie et que ce silence était la cause de ses insomnies.

– Sans doute la censure, ajouta-t-il.

– Au départ, j'ai consulté *L'Illustration*. Et ce que j'ai vu de la guerre, mon Dieu, était insupportable. Quant au *Gaulois* auquel le juge était attaché, j'ai fini par résilier l'abonnement. Si bien que je ne sais rien. Rien. Et dans le village, on ne sait rien non plus. Sinon la liste des morts qui s'allonge. Dix-sept jeunes sacrifiés. Déjà.

– Certes oui. Mais la bataille de Verdun, la grande bataille livrée par les Allemands non sans succès, nos lignes furent enfoncées jusqu'à Noyon, est en passe d'être gagnée. C'est une bonne nouvelle, non ? Vous êtes patriote, Angéline, n'est-ce pas ?

– Je ne sais pas, dit-elle, si tout ça a un sens. À la déclaration de la guerre, j'ai conseillé à Sylvestre de venir se cacher, ici même, à La Califourche. Mais il n'a pas voulu. Il est parti, entraîné par les jeunes gens de son âge. Il disait : « Comment pourrais-je vivre dans le déshonneur ? » Vous comprenez ça, vous qui êtes un homme intelligent ?

– Oui, je le comprends.

– Moi non. Une fois mort, comme nos dix-sept enfants de Darnac, cela fait une belle jambe, l'honneur.

– Nous ne pourrions vivre sous le joug allemand. Réfléchissez. La France est un grand pays qui ne saurait souffrir de voir sa liberté bafouée.

Ils sortirent dans le parc pour se dégourdir les jambes. À peine avait-on fait quelques pas qu'on découvrait les effets du temps sur la demeure même. Le lierre et la vigne vierge avaient envahi tout un pan de la façade, et ce jusqu'au deuxième étage. Du vivant de M. Charpenet, on n'eût point supporté un tel laisser-aller. Mais les réflexions de Blaise n'avaient pas l'air de toucher la nouvelle propriétaire, elle s'accommodait fort bien de cette débauche de verdure, elle y voyait même un charme supplémentaire. Le taillis du Maumont avait déjà gagné l'enceinte du vieux parc, enjambant, bousculant, lézardant les vieux murs. Les lianes de glycine s'étaient enroulées sur les antiques grilles en fer forgé du pigeonnier, tordant le métal comme de la guimauve. Il y avait belle lurette que les vaches de Coutureau ne venaient plus paître le gazon, que la faux et le croissant de Blaise n'allaient détruire les ronces et les arbustes naissants.

Quant au sentier conduisant à la rivière, il s'était rétréci rendant la marche malaisée. Les bancs d'orties, les buissons noirs et les églantiers avaient trouvé l'espace nécessaire pour s'épandre. Des colonies de lapins de garenne occupaient l'orée du bois. Eux aussi proliféraient depuis qu'on ne les chassait plus. Et sans crainte, des bataillons approchaient de la maison, gîtaient dans l'écurie. À leur approche, une famille entière déguerpit sous les ronciers.

– Pour eux, nota Angéline, la guerre est une aubaine.

– Ils se fichent d'être français ou allemands, sourit Viguier.

– Un jour, nous lèverons les frontières en Europe, ajouta Angéline. Et nous cesserons de nous faire la guerre.

– C'est une belle idée. Mais il reste le poids des nations. Comment voudriez-vous que les instincts protecteurs des peuples s'effacent ? Ce sont les idées nationalistes qui resurgissent chaque fois que l'on parle de l'entente entre les pays.

– Relisez donc *La Paix perpétuelle* de M. Kant ! C'est la sagesse même, la voix de la raison et la seule parole de progrès qui vaille, que les nations s'accordent enfin à prospérer par le commerce et non par la conquête ou l'élargissement des frontières.

– Et votre père, que pensait-il de cela ?

– Une utopie de plus. Un rêve marginal de philosophe.

Quand ils furent sous la frondaison des chênes, dans la lumière tamisée par la voûte végétale, ils sentirent le silence les gagner. En prêtant l'oreille, on entendait le murmure des eaux roulant sur les galets.

– Je pense sans cesse à Jean Duprat, tué au front et enterré le 5 novembre 1914. Il venait pêcher les truites à la main dans le ruisseau. C'était le meilleur ami de Sylvestre. Je l'imagine couché dans son cercueil, sous la terre avec son beau sourire d'ange. Parfois, cette vision me réveille, comme celle que je vous ai décrite, docteur, mon Sylvestre glissant sous la terre d'Argonne comme dans un sable mouvant, avec ce bleu du ciel dans le regard…

– Taisez-vous donc. Vous vous faites inutilement mal, protesta Viguier.

– Je ne voudrais pas perdre ma lucidité, répliqua-t-elle. C'est l'attente qui donne l'espoir. Mais la peur que cet espoir soit ruiné, soudain, par l'arrivée d'un télégramme, est quelquefois plus forte. Voici un combat auquel ces deux sentiments se livrent incessamment en moi. Il me laisse sans repos.

– C'est pourquoi vous ne voulez rien savoir sur cette guerre, comme si vous en faisiez une parenthèse dans votre vie, n'est-ce pas ? Vous vous dites, en perdant le fil des événements, que votre espérance restera intacte, intouchable.

Angéline se sentit percée à jour. C'était une impression désagréable qu'elle n'avait encore jamais éprouvée devant un homme. Peut-être eût-elle aimé que son juge de père fût parfois aussi perspicace.

– Je me refuse à prendre part aux passions des victoires et des défaites, chanter un jour et pleurer le lendemain. Il ne sera qu'une seule victoire pour moi, la minute sacrée où mon Sylvestre me reprendra dans ses bras.

La force mentale qui émanait de cette jeune femme le toucha profondément. Il l'observa tel qu'il ne l'avait jamais fait jusqu'alors, avec un mélange d'admiration et de fascination. Il se disait sans rien laisser paraître de son trouble : « Comme j'aurais voulu connaître dans ma longue vie un si singulier caractère chez une épouse, une maîtresse ou une fille, qu'importe ? Mais cette chance ne me fut point accordée par le destin. Les femmes que j'ai connues et aimées furent résignées, soumises, obéissantes, jamais assez rebelles. »

Le docteur Viguier consulta sa montre à gousset et poussa un soupir d'ennui.

– Revenons ! dit Angéline. Je ne saurais abuser de votre temps.

– Avec vous, mumura le médecin, le temps me paraît si court…

Il rougit aussitôt de sa réflexion, tout empreinte de légèreté pour un vieil homme comme lui.

– Me feriez-vous la cour, cher monsieur le docteur ?

Viguier passa une main sur son visage, comme s'il venait de traverser une toile d'araignée tendue entre les deux bords du sentier.

– Me voyez-vous dans cette situation ridicule ?

– En quoi l'amour est-il ridicule ? Je ne comprends pas.

– Votre cœur n'est pas libre. Et contre Fournel, je ne fais pas le poids, n'est-ce pas ?

– En effet, reconnut Angéline.

– Et s'il était libre, je ne saurais vous donner que la tendresse d'un vieil homme. La pire des désespérances qui soit. Si je nourris envers vous, Angéline, quelque sentiment, laissez-moi en disposer à ma guise, sans qu'il ne vous engage.

Trois jours d'orage durant la dernière semaine d'août firent des dégâts importants aux écuries, dont la chute d'un vieux platane creux. La réparation coûta trois mille francs de plus. Et Blaise, le bon Blaise, généreux et serviable, décida que, désormais, on paierait ses heures de travail le double.

– Avec la guerre, il y a pénurie de bras disponibles. Je ne sais plus où me louer. Serais-je bête, tout de même, de ne pas me vendre au juste coût.

– La guerre, la guerre, elle a bon dos, protesta Angéline. Ceux de l'arrière en profitent tandis que les pauvres du front risquent leur vie à chaque seconde.

La jeune femme n'eut pas la cruauté de rappeler dans quelle circonstance le voiturier avait échappé à la conscription. Elle était trop polie pour s'abandonner à ces bassesses et trop distinguée pour ajouter sa voix à celle des protestataires.

– Mais pourquoi faire réparer ces écuries ? interrogea Achille Coutureau. Il n'y a plus aucun cheval à La Califourche. C'est une dépense inutile.

– Devrais-je, selon vous, laisser le bâtiment tomber en ruine avec les pluies d'hiver ?

– Puisqu'il ne sert à rien, autant l'abandonner, jugea Achille.

– J'ai une obligation morale, répliqua Angéline, conserver les biens de mon héritage.

Coutureau, l'homme aux bons conseils, lui aussi, la volait allègrement. Il lui faisait payer cent francs un misérable sac de patates racornies qui n'en valait que dix ou vingt. La propriétaire de La Califourche était sans défense devant les profiteurs. Elle ne semblait pas fouler la terre, comme tout le monde. C'était ce qu'on disait à l'épicerie Coquelle. « Méfiez-vous des aigrefins, ma chère enfant... » Elle avait changé dix fois de laitier. Clémence ne supportait pas les laits trop acides qu'on lui livrait. Et elle en dénicha à Guerdioude, chez les Macsin, une petite ferme avec quatre ou cinq vaches, à un prix exorbitant : quatre-vingts centimes le litre alors que le cours normal avoisinait les quarante.

Au début de l'année 1917, le froid descendit sur la Corrèze et s'y attarda plusieurs semaines. Dans la vaste maison, il n'était plus une seule pièce qui pût retenir la chaleur. Les plafonds hauts, les fenêtres disjointes, les murs lézardés et les longs couloirs gris étaient des pièges où le froid et l'humidité s'insinuaient sans recours.

Angéline avait espéré chauffer à douze ou treize degrés le salon, grâce à la cheminée. Le salon seul lui semblait indispensable pour mener une existence à peu près normale à ses yeux, c'est-à-dire lire, écrire, rapetasser des habits de tous les jours, jouer avec Clémence... Certes, la cuisine, avec son fourneau qui ronronnait jour et nuit, conservait une température constante pourvu qu'on gardât la porte fermée. Mais, le salon avait un grand avantage à ses yeux, il était vaste et spacieux, ouvert sur le jardin et ses couleurs désolées, alors que la cuisine était sombre et sans attrait. Elle préférait donc les douze degrés de la grande pièce plutôt que les quinze des communs. Telle était Angéline, obstinée et persévérante. On compensait l'incommode froidure des lieux par des couvertures jetées sur les épaules, des gilets de laine enfilés les uns sur les autres.

Clémence s'était habituée au froid. Elle était sortie d'un rhume aisément avec le sirop du docteur Viguier. On se faisait une raison en quittant le lit, chaque matin, pour entrer dans la glacière, comme disait Angéline.

Afin d'emplir le fourneau de la cuisine et garnir la cheminée, il lui fallait sortir dix fois par jour et courir à la réserve. Corvée épuisante, d'autant que le bois brûlait sans offrir les braises espérées. Coutureau l'avait livré tardivement, en oubliant de signaler que ses bûchers avaient subi les pluies d'octobre. Le chêne charbonnait, quand il n'étouffait pas la flamme. Ainsi fallait-il tisonner sans relâche en pestant contre cet homme. Certes, la cuisinière en fonte, elle, tenait ses promesses, malgré la mauvaise qualité du bois, à la condition de l'alimenter sans cesse en bûchettes. C'était devenu son occupation du matin, après la toilette de chat de Clémence, cliver les rondins à la hache pour les rendre combustibles.

Lorsqu'il se mit à geler à pierre fendre vers le 13 février (moins quatorze centigrades), Angéline et sa fille ne quittèrent plus les couvertures d'un lit douillet. C'était le seul endroit où la vie était encore supportable. Pourtant, l'enfant aimait à batifoler dans le salon, traîner ses jouets de bois et cajoler ses poupées de chiffon. Mais, sa mère craignait pour sa santé, ignorant sans doute, comme l'avait indiqué Viguier, que l'enfant, malgré ses rhumes à répétitions, était robuste et vive. Une véritable Fournel, jugeait Angéline en calmant ses ardeurs et fustigeant ses caprices.

À un an et demi, elle commençait déjà à articuler des syllabes. Il est vrai que sa mère avait tout le loisir de stimuler son intelligence. Elle lui parlait comme elle l'eût fait à une grande personne, par phrases entières et intelligibles, ne négligeant aucune des difficultés, ne simplifiant aucun mot.

Du reste, ce n'était point par calcul, Angéline n'eût su faire autrement.

Sans doute satisfaisait-elle aussi sa folie ordinaire, qu'une si grande solitude avait générée. À force de se regarder dans le miroir avide du quotidien et de ni voir que sa propre personne, elle s'était inventé un rite singulier. Elle se parlait à elle-même, s'inventant un double magique qui, tantôt la contredisait, tantôt l'approuvait. Monologue à deux personnages dans une même tête. C'était assez pratique pour passer le temps, pour réveiller les souvenirs, pour gronder contre la difficulté d'être. Aux heures changeantes du jour, elle commentait les diverses tâches de la domesticité, prenant parfois sa Clémence à témoin.

« Qu'en penses-tu, toi ? (L'enfant riait aux éclats.) Se pourrait-il que tu me comprennes, petite peste ? Bien sûr, que tu me comprends. Bien mieux que moi qui ai l'esprit confus à cette heure. Pourtant, je n'ai pas mérité ça. N'est-ce pas, Angéline, que tu n'as pas mérité cette punition ? Tu aimes un homme et il a choisi d'être absent. Pourtant, la vie ne sera pas éternelle. Tout ce temps perdu ne se rattrapera jamais. Sinon par les regrets... Attendre... Attendre... C'est une bien mauvaise manière de commencer une vie, toi au front et moi dans le réduit de l'arrière. Tu ne crois pas, ma petite ? (Elle s'adressait à sa fille.) Je parie que tu préférerais voir ton père ? Le connaître enfin. Avec sa barbe... (Elle se mit à rire.) Je devine qu'il a une barbe. Tous les soldats du front ont une barbe. On ne les appelle pas les poilus sans raison. Mais il y a peut-être une autre hypothèse... Tu te raserais bien, tous les jours, histoire de faire mentir l'adage. Tu as toujours été contrariant, avec moi, avec ta sœur... Je n'irai pas plus loin. Je ne veux pas d'histoire... Mais d'évidence, mon pauvre Fournel, tu possèdes une piètre famille. Serait-ce être une mauvaise langue que de révéler enfin que ces misérables de Portecroix t'ont déjà mis en terre ? Non, Fournel, je ne te le dirai pas. Je te respecte trop... Enfin, je veux dire. Tu te perds dans tes mots, ma pauvre Angéline... Tu te mélanges les pinceaux. C'est pas bien ça ! Je veux dire que je t'aime trop. Voilà. Je t'aime. Je n'ai aimé que toi. Mais c'est absurde de dire ça, puisque tu n'es pas là pour m'entendre. Toi, (se tournant vers sa fille et la prenant dans ses bras, la serrant jusqu'à la faire crier) tu le sais que j'aime ton père. À force de m'entendre... Tu as tout compris. Mais lui, là-bas, il ne sait rien. Il a peut-être oublié. À force de temps. Pour croire en l'amour, il faut répéter sans cesse : je t'aime, je t'aime, je t'aime... »

Lorsque le vent du nord tomba, que la température chuta d'une dizaine de centigrades en quelques heures, les nuages montèrent sur l'horizon, en rangs serrés, tumescents et sombres comme le bronze. Blaise expliqua alors que la neige serait de la partie, mais que ce n'était pas si grave, puisqu'on ne saurait nommer un hiver sans neige, même dans cette partie de la Corrèze où la basse saison restait encore supportable. Dans le pays de Brive, il était de coutume de plaindre les compatriotes du haut plateau où l'hiver était plus tenace et le froid persistant en ses terres de tourbes et de bruyères. Ici, en bas pays, les vignes, les fruitiers, les primeurs s'épanouissaient... De quoi minimiser la portée de l'hiver, fût-il plus froid qu'à l'ordinaire.

Blaise était convaincant dans ses explications météorologiques et Angéline avait envie de partager cet optimisme. Ce jour-là, l'ouvrier fut plus généreux qu'à l'accoutumée. Il l'aida à faire provision de bois dans la cuisine et dans l'alcôve. De quoi tenir cinq jours sans sortir, jugea-t-il. C'était suffisant à ses yeux, la neige ne tenant guère plus longtemps. Elle le remercia d'un verre de gnôle. Il refusa de prime abord, disant qu'il ne buvait jamais d'alcool à cette heure. Mais il avait une circonstance atténuante, le froid humide d'avant la neige.

Angéline se félicitait chaque fois qu'un visiteur venait la distraire. Le médecin, bien sûr, pour le plaisir de la conversation. Blaise aussi, pour les petits services rendus. Hormis Coutureau qu'elle ne supportait pas. À la vérité, elle se lassait vite de ses hôtes, comme si la petite sauvageonne en elle avait pris le dessus. Enfin seule, elle soupirait un grand coup et trouvait dans la minute mille raisons de se sentir bien dans ses murs avec les ombres et le défilé des souvenirs.

– Mademoiselle Angéline, dit ce jour-là Blaise, vous avez bien du courage et de la constance de l'attendre…

– Cela me regarde.

– Je ne pensais pas à mal…

– Vous ne pensiez pas à mal, certes, rectifia Angéline, mais vous rendez-vous compte au moins que vos paroles me blessent ?

L'ouvrier agricole baissa la tête, la mine grise et renfrognée.

– On ne supporte pas de voir une femme seule dans ce pays, reprit Angéline, mis à part les veuves en chagrin vêtues de noir allant chaque jour au cimetière. Moi, j'attends le retour de mon amant. Je l'aime, Fournel, figurez-vous. Je l'aime ! Comprenez-vous ce que ça signifie aimer ? Pour ça, on donne tout, jusqu'à la dernière goutte de sang. S'il ne revient pas, Fournel, bon Dieu oui, je mourrai, vous entendez Blaise, je mourrai…

L'ouvrier se leva en tremblant. Ces mots interdits le glaçaient d'effroi.

– Je vous laisse, mademoiselle. À bientôt. S'il tombe trop de neige, je viendrai vous creuser un passage devant votre porte.

– Je n'ai besoin de rien. Sinon le retour de Sylvestre. Mais pour ça, Blaise, vous ne pouvez rien faire. Un passage, un passage, s'exclama-t-elle avec colère. Croyez-vous que j'attache de l'importance à votre neige ? Je ne suis plus la petite fille du juge.

Vers les cinq heures du soir, sous le couvercle d'étain, les flocons tombèrent deux jours pleins. Le paysage changea de forme avec la douceur légère du duvet, la molle rondeur des édredons blancs et une forte envie de sommeil.

21

Céleste

Il était tard, presque onze heures, pour qu'on vînt taper à sa porte. « Cette visite n'est pas honnête » se dit-elle en retenant son souffle. Puis elle décida de ne plus bouger, tapie dans son lit. « On finira par croire qu'il n'y a personne dans la maison. Pas âme qui vive » se murmura-t-elle. Belle expression. Angéline ne gâtait pas son plaisir des mots, en toute occasion. Celle-ci, pourtant, eût pu se passer de commentaires. Elle étouffa entre le pouce et l'index les trois flammes du chandelier. La nuit s'épaissit autour d'elle. « Moi qui ai toujours eu peur du noir, pensa-t-elle. D'où me vient ce courage ? »

Les coups à la porte d'entrée se firent insistants.

– Il ne désarmera pas ! dit-elle à Clémence qui dormait profondément. Tu l'entends comme moi. Il veut me faire peur.

Elle pensa à Blaise, à Coutureau, à Viguier... C'était sûrement l'un des trois. « À cette heure, on me veut sans doute des choses peu catholiques. » Elle boutonna soigneusement sa chemise de nuit, de haut en bas, comme s'il s'était agi d'une cuirasse pour faire face à l'ennemi. « Une arme ne serait pas de trop. » Elle avança vers la cuisine et choisit un couteau affilé, de l'espèce qui saigne les cochons dans les cours de ferme.

On tapait toujours à grands coups répétés. Parfois, la main s'épuisait, puis recommençait. « Si seulement mon Fournel était là pour me défendre ! » Elle disait de plus en plus Fournel plutôt que Sylvestre, trahissant ainsi, inconsciemment sans doute, une forme de ressentiment.

Soudain, une pensée lui traversa l'esprit. « Et si c'était lui ? J'aurais bonne mine avec mon couteau à la main. » Elle le cacha derrière elle, puis posa la main sur la clé.

– Qui est-ce ?

Silence. Inquiétant silence.

– C'est toi, Sylvestre ? Tu pourrais me répondre tout de même.

Elle avait entendu dire que les soldats revenus du front étaient parfois hébétés, tourneboulés par l'horreur des massacres. « Et mon Sylvestre est une âme si sensible. Mais où donc as-tu été cherché une idée pareille ? se reprocha-t-elle aussitôt. L'avoir laissée durant tout ce temps sans une nouvelle, n'est-ce pas blâmable, hautement irresponsable, digne d'un gigolo ? » Sa main hésita à tourner la clé. Depuis qu'elle avait interrogé devant sa porte, on ne tapait plus contre le bois. On attendait une réponse, en vain.

S'armant de courage, elle tourna enfin la clé, puis ouvrit sa porte sur la nuit noire émaillée de flocons. Ça tombait dru et sans interruption. La pèlerine de sa visiteuse était recouverte de neige, déjà épaisse sur les épaules et la poitrine. Un visage gris se cachait sous la laine noire de la cape.

– Qui êtes-vous ?

Une main se tendit vers elle, mais Angéline ne la saisit pas. Au contraire, elle reflua vers l'arrière, déçue par la mauvaise nouvelle. Elle avait tant espéré, brièvement il est vrai, au point que son cœur avait battu la chamade, le retour de Fournel dans ses foyers.

La femme crut que la propriétaire allait refermer sa porte, aussi fit-elle un pas en avant pour la retenir.

– Que me voulez-vous ? demanda Angéline.

– Du pain et un peu de lait. J'ai pas mangé depuis trois jours.

Angéline relâcha la poignée de sa porte. Elle avait éprouvé la résistance qu'on lui opposait pour que celle-ci demeurât ouverte, mais elle avait compris qu'il n'y avait là rien d'agressif, sinon du désespoir.

– Je vais voir, promit-elle.

Et profitant qu'elle fût dans sa cuisine à préparer son offrande, la visiteuse s'introduisit dans le couloir à petits pas hésitants.

– Qui vous a autorisée à entrer dans ma maison ?

La femme avait rabattu sa capuche, semant des paquets de neige autour d'elle sur le parquet.

– J'ai été attirée par la chaleur, plaida-t-elle.

– Ça ira comme ça, dit Angéline en lui tendant une tranche de pain et un verre de lait.

La visiteuse but aussitôt goulûment, puis s'essuya les lèvres du dos de la main.

– Je ne sais pas où coucher, dit-elle d'une voix blanche.

Angéline feignit de ne pas avoir entendu. Il lui tardait de la mettre dehors.

– Vous voulez un autre verre de lait ?

La femme hocha la tête. Elle portait une longue chevelure noire, empoissée de crasse. Quant au visage, il était amaigri au point que les os saillaient sous la peau. Il n'était que les yeux, d'un bleu vif, qui conférait à cette physionomie une détresse humaine inimaginable.

Au second verre de lait, la visiteuse sembla perdre l'équilibre. Angéline la retint par la pèlerine et alla aussitôt lui chercher une chaise.

– Ça fait combien de temps que vous errez de la sorte, à la recherche de nourriture ? s'enquit-elle.

La femme laissa retomber sa tête sur sa poitrine comme si elle avait honte du moindre regard porté sur elle. Pourtant, elle s'était habituée à la mendicité, si tant est qu'on parvienne un jour à s'affranchir de cette humiliation. Il lui en coûtait certes de devoir tendre la main, et de son côté Angéline n'avait pas envie de lui faire sentir sa supériorité, elle qui possédait une maison, un parc, et de quoi vivre décemment. C'eût été simple de la jeter dehors d'une simple injonction, dans le vent de neige qui cinglait les visages. « En cela je diffère du juge, se rassura-t-elle, lui, il l'eût mise à la porte sans ménagement sur sa simple mine, sur l'horreur que lui inspirait une main tendue. »

– Si vous ne voulez pas me répondre, je le comprendrais, ajouta Angéline. Toute curiosité est malsaine par ces temps de guerre.

– Je m'appelle Céleste, dit-elle. Céleste-des-Soucis, comme disait mon pauvre père. (Elle se mit à rire.) Enfant, j'étais tout le temps malade, si faible qu'on croyait que j'allais mourir chaque hiver. Et pour de vrai, j'ai voulu disparaître, un soir d'hiver, en me jetant dans la rivière du haut du lavoir de Boismoitier. Mais la camarde n'a pas voulu de moi. J'ai encore dans la bouche le goût du savon noir. En cet endroit où l'on fait de grandes lessives, il y a de la mousse à revendre…

Céleste déboutonna sa pèlerine et la laissa glisser sur ses épaules, jusque sur le dossier de la chaise. Elle était vêtue d'un habit gris en grossière étoffe. L'usure s'était imprimée à l'encolure, aux coudes et aux franges. On devinait que c'était son unique vêtement. Comme elle frissonnait de froid, Angéline la fit entrer dans le salon. Elle s'installa au bord de la cheminée en tendant ses mains vers la flamme.

– J'ai tout perdu, murmura-t-elle. Mon mari à Saint-Mihiel. Je n'ai pas la moindre idée ousque ça se situe ce bled. Mais le papier m'a appris ça. Et c'est comme ça. Y a rien à dire. On encaisse la nouvelle. On fait le dos rond. Et on repart comme si de rien n'était. J'ai dépensé mon dernier sou et j'ai foutu le feu à notre masure de Guerdioude. Avec tous les souvenirs. Y a des fois comme ça des moments où faut tout abandonner. J'ai rien emporté. Je me disais : voilà les soucis qui continuent. Y a de quoi rire, tant de malheurs sur la tête des mêmes. Ce putain de Dieu n'est pas très charitable. C'est toujours les pauvres qui trinquent. Ça doit l'enchanter, le bon Dieu, cette misère qui s'éternise. À cause de la faute originelle. Moi, pourtant, je sais pas ousque j'ai fait une faute. J'ai rencontré mon Serge. On s'est mis en ménage. C'était un moment heureux. Mais si bref. La putain de guerre a tout emporté. Y en a tant d'autres qui sont passés au travers, qui ont tiré le bon numéro. J'ai pas porté chance au mien. Y a comme ça des destins obscurs. On n'en voudrait pas chez soi, de ces histoires terribles. D'ailleurs, ma petite, tu es bien bonne de m'ouvrir ta porte, pasque ça te portera pas chance. On te le fera payer.

– Qui me le fera payer ?

Céleste se mit à rouler des yeux apeurés dans toutes les directions. Elle cherchait dans les recoins des formes maléfiques, là où la nuit laissait accroire au commerce des âmes errantes.

– Elles me suivent depuis ma naissance. Comme une malédiction. Je la porte sur moi, la poisse, la guigne.

Elle leva les yeux vers le plafond. « Que voit-elle que je ne distingue pas » pensa Angéline. Mais un simple cri de rage suffit à briser cette peur qui l'étreignait. Céleste avait ouvert ses bras en croix puis les avait refermés sur sa poitrine d'un mouvement brutal comme si elle voulait étreindre cette force qu'elle sentait fuir d'elle-même.

– Il n'y a rien ici. Je vous le jure, défendit Angéline.

– Toi aussi tu as un mari au front ?

– Oui, répondit-elle.

– Parle-lui souvent. Sinon tu le perdras. La moindre distraction et on te le tue. Et après… (Elle fit un moulinet de ses mains.) Un petit papier pour authentifier le truc. Ça nous fait une belle jambe. Mon Serge gagnait bien sa vie dans la pierre. C'était un tailleur hors pair. On le commandait pour réparer les églises, les maisons bourgeoises, les châteaux. Maintenant c'est de l'histoire ancienne. Ça pourrit dans la glaise. Tout est bouffé aux vers.

Angéline apporta un bol de potage que sa visiteuse avala promptement.

– Je ne dispose pas de place pour vous loger, dit-elle. Toutes les pièces de l'étage sont dans un état lamentable.

Céleste l'observait avec dureté. « Osera-t-elle me mettre dehors par ce temps de chien ? » se demanda-t-elle.

– Je pourrais m'étendre ici, devant le feu…

La propriétaire de La Califourche détestait qu'on lui forçât la main. C'était une femme qu'elle ne connaissait pas assez pour la faire entrer, ainsi, dans son intimité. Elle ne savait rien d'elle, sinon ses infortunes successives, sa crainte des forces obscures.

– Je vous autorise à vous installer dans l'écurie. C'est au sec et protégé du vent, loua-t-elle.

À vrai dire, Angéline ne se sentait pas fière de sa proposition, sans doute le lieu était-il indigne de l'hospitalité, pourtant Céleste l'accueillit avec une sorte de soulagement.

– S'il y a un peu de foin où s'étendre au chaud…

La propriétaire passa une nuit blanche. L'idée que sa visiteuse occupait un coin de l'écurie la perturbait. Dans la nuit, sous le silence pesant des heures égrenées à pas de tortue, chaque pensée prenait un tour tragique. Elle imaginait que cette Céleste était le diable en personne, qu'elle lui porterait malheur, que sa venue était un signe effroyable du destin. Puis, se raisonnant tout de même, à la lueur salutaire d'une bougie allumée en hâte pour dissoudre l'angoisse, elle se reprochait ces vilaines pensées. L'intelligence reprenait force en elle. « Ne ferais-je pas mieux de lui proposer un travail ? Mais avec quel argent la paierais-je ? Lui suffirait-il d'œuvrer pour le manger et le coucher ? »

Ce matin-là, Angéline se leva juste avant l'aube, fit un tour dans le parc et vérifia par curiosité si l'étrangère était toujours là. Elle n'osa pas entrer dans l'écurie dont les battants grinçaient comme un violon désaccordé, mais chercha dans la neige quelques empreintes de pas. Elle n'y vit que celles de la veille, à moitié comblées par les flocons de la nuit.

« Maintenant, je ne pourrai plus la faire partir. Je deviendrai son obligée. C'est la loi de la charité. La bonté ou la générosité se paient au prix fort. Adieu ma tranquillité... » Elle allait et venait, suivant les mêmes traces, foulant et refoulant la même bande de neige fraîche et molle. Puis, elle rentra dans sa cuisine pour y préparer la bouillie matinale de Clémence. La petite peste avait commencé à réclamer sa pitance d'une criaillerie insistante. Elle se baladait, pieds nus, en barboteuse, du salon au bureau, se déplaçait en s'accrochant aux meubles, selon le même trajet, comme un rituel. Il y avait si peu de lumière dans la maison, un bougeoir seulement sur la commode Empire, qu'elle avançait à l'aveugle, presque par instinct. Puis lorsqu'elle entendit sa mère, l'enfant se précipita dans ses bras. Et les pleurs cessèrent par enchantement.

« Nous avons une visiteuse. Une misérable petite bonne femme sans un sou. Tu ne me dirais pas si j'ai bien fait de l'accueillir ? Non, bien sûr. Mais, comprends-moi, je ne pouvais pas la laisser dehors à tous les vents. Ce serait contraire à tous mes principes. (Elle se reprit.) À tous les principes inculqués par le juge… (Elle se mit à rire.) Ton grand-père avait le cœur sur la main tant que ça ne l'engageait à rien. Sa bonté était toute théorique. Tu ne l'as pas connu, bien sûr, ma pauvre petite Clémence. Et c'est mieux ainsi. Je crains qu'il n'ait point aimé ton arrivée. Une enfant de l'amour. Qui aurait pu croire ça de moi ? Une petite fille sans papa. »

Soudain, elle interrompit son monologue. L'enfant avait commencé à manger sa bouillie. Angéline l'observait d'un air triste, lointain. Il lui semblait entendre le fracas des armes, le grondement de l'artillerie. Il y avait aussi quelques cris assez proches, des cris de gorge de cochons qu'on saigne, des geignements de mourants. « La terre demande grâce. Et Dieu lui refuse, préférant lui donner cette pâtée humaine qui l'engraisse. Dieu est indifférence. Dieu n'entend plus les prières. Et la dernière cohorte de tirailleurs surgit de la tranchée dans le brouillard du matin. Tacatacatacataca… La fusillade reprend. Faucheuse d'hommes. »

Angéline essuya ses premières larmes de la journée. Puisque l'attente lui était devenue une seconde nature, il lui fallait bien la meubler, par les pleurs et les cauchemars. Yeux ouverts surtout.

Elle but son café dans une tasse en porcelaine. C'était son dernier luxe, ce décorum de la vie d'autrefois. Elle s'assit devant la fenêtre, là où le juge s'installait pour déguster son thé. On ne voyait guère au-delà des tilleuls, leurs ramures arachnéennes griffant le ciel de platine. Le brouillard masquait le jour. Cela lui était égal. Il était pire que l'hiver, le froid, les engelures et les onglées. Cette mort lente sans amour était l'enfer même. Elle pensa encore au juge dans sa boîte hermétique sous la terre. Quel sens avait eu sa vie, faite de punitions, de sentences, de vengeances aigres et repentances amères ?

« Moi, au moins, j'aurai aimé. J'aurai tout donné de moi à un homme. Et qu'importe si le destin me reprend cet amour. Toutefois garderais-je le souvenir de cette ivresse pour les jours en sursis. »

Elle conduisit l'enfant dans le salon à son carré de jeux, près de la cheminée où la dernière braise de la nuit attendait qu'on la ranime. Et quand Angéline revint dans sa cuisine, elle trouva l'étrangère devant la porte, figée dans le froid cinglant.

« Qu'attend-elle de moi ? La charité m'exaspère. Elle m'oblige, m'écartèle, m'emprisonne dans des devoirs dissipateurs. Je voudrais revenir à ma solitude. C'est ainsi que je pourrais être disponible pour Fournel, lui dédier chaque seconde pour qu'il échappe à la Faucheuse. Tacatacataca… »

Angéline l'invita à prendre place dans la cuisine, d'un geste. Elle n'avait pas envie de parler, sauf à elle-même. C'était son seul plaisir matinal : rallumer le feu et monologuer à haute voix. Elle avait compris que l'installation de l'étrangère dans sa maison la priverait de cette dernière satisfaction.

Néanmoins, la propriétaire de La Califourche lui apporta un bol de café dans lequel elle versa un peu de lait chaud. Céleste y trempa son pain jusqu'à ce qu'il fût bien imbibé. Tandis qu'elle mangeait en silence, l'attention d'Angéline se porta sur la crasse incrustée entre ses doigts. Elle en éprouva un haut-le-cœur.

– Je vous conseillerais un bon bain, Céleste.

L'étrangère leva vers elle des yeux où se lisait un certain amusement.

– J'y avais songé, madame, mais par ce froid, la saleté tient chaud.

Elle éclata de rire, un rire fort et désabusé qu'elle communiqua à sa voisine.

– Nous avons une baignoire en cuivre dans le petit cabinet de toilette. Je vais vous l'emplir d'eau chaude. Ça va nous demander un peu de temps…

Céleste acquiesça d'un sourire.

– Et pour les poux de corps, je vous conseillerais une bonne friction au pétrole dénaturé, insista Angéline. Quant à vos vieilles nippes crasseuses, je crois qu'elles ne méritent pas un autre sort que le foyer de la cuisinière.

– Je voudrais bien voir ça. J'ai pas les moyens de me payer une nouvelle tenue, moi…

– Nous y pourvoirons, promit Angéline.

Cette dernière l'observa attentivement et jugea Céleste plus jeune que de prime abord. Une trentaine d'années, guère plus. Mais le travail rude et la vie au grand air dans les rigueurs des saisons avaient malmené son apparence physique. La saleté ne faisait qu'ajouter à la débâcle, une saleté luisante, agglomérée par plaques comme des taches de vieillesse. C'est pourquoi elle lui confia une brosse en chiendent pour gratter la peau lorsque le savon s'y serait déposé.

Alors que Céleste avait promis de quitter La Califourche dans la journée, elle resta toute une semaine. On ne savait au juste qui forçait la main de l'autre, tant on rusait chez ces deux femmes pour que le *statu quo* s'imposât, comme si le temps n'avait plus aucune importance. La désinvolture les avait gagnées toutes deux puisque l'hôtesse, n'attendant que le retour de Fournel, avait mis son existence entre parenthèses, quand Céleste n'avait plus aucun but dans la vie sinon poser un pas devant l'autre.

Au bout d'une semaine, l'étrangère avait déjà intégré les habitudes domestiques de la maison. Elle préparait les repas et s'occupait de Clémence tandis que sa mère écrivait dans le bureau voisin. Insensiblement, la présence de Céleste avait réveillé en elle le doucereux besoin de confort apporté par la domesticité. Comme autrefois, à Senlis ou à Saint-Raphaël, elle goûtait ce luxe qu'elle avait cru à jamais perdu, se faire servir. Et d'un certain point de vue, l'étrangère – comme elle se plaisait à la nommer insolemment dans ses monologues – était bien plus respectueuse de sa liberté qu'Adélaïde ne l'avait été ces dernières années. Il n'y avait entre les deux femmes aucune histoire ni souvenirs qui eussent pu polluer les relations quotidiennes. Et de Fournel, par exemple, on ne parlait jamais, bien que Céleste eût tout deviné. L'attachement, l'arrachement, l'attente… Étapes habituelles par lesquelles transite un amour.

Après une semaine de cohabitation, on s'en accorda une nouvelle, sans rien se promettre.

– Je pourrais payer tes services, disait Angéline. À raison d'un franc par jour.

– Je ne veux rien, se défendait Céleste. Sinon je deviendrais ta servante. Cette idée me dégoûte.

– Pourquoi donc ?

– J'ai tout ce qu'il me faut et nul besoin de dépenser.

Angéline avait compris que la défiance de Céleste envers l'argent lui accordait le droit de choisir : partir ou rester.

Pour l'heure, la propriétaire lui concédait un espace plutôt restreint : la cuisine, le cabinet de toilette, l'écurie où elle couchait encore. Elle ne faisait que passer dans le salon, se défendait d'occuper les fauteuils ou de fouiller dans la belle porcelaine. Quant au bureau, il lui était formellement interdit.

Après les gelées de mars et les ultimes sursauts de la froidure, le parc se mit à embaumer l'air de ses vieilles moisissures : une saturation d'humus, un soupçon de mousse des bois, et le tenace effluve des premières effervescences de la vie reprenant ses domaines. Angéline portait sa fille dans les bras. Elle marchait sur un tapis de feuilles mortes, molles et charnues comme les algues rejetées par la mer.

– Ton jardin est un désastre, dit Céleste.

– Ce n'est pas un jardin, c'est un parc d'agrément. Tout est abandonné aux vieux arbres pour qu'ils nous donnent de l'ombre l'été.

– Foutaise, répliqua Céleste.

Angéline écartait les branches des arbustes. Mais Clémence les agrippait au passage. Elle commençait à prononcer ses premiers mots : mmmman, tat-tat-tatie… Elle montrait de ses petites mains qui s'agitaient sans cesse les boutons rouges d'églantine. Elle s'en saisit d'une, se griffant au passage.

– Ce n'est pas bon ma princesse, dit Angéline en lui arrachant de la main l'une de ces petites olives alizarine. C'est plein de bourre. Et puis, ça pourrait être du poison. Dis voir : pouah pouah, poison, poi-son. Beuh !

L'étrangère riait aux larmes. Puis elle courut au devant, dans la pampa. Des hampes de ronce marcottaient dans la vieille herbe.

– Je vais nettoyer tout ça à la tranche jusqu'à ce que la terre soit nue, promit Céleste. Puis je bêcherai un premier carré. Vingt pas de côté. Pas plus. Je bêcherai, se reprit-elle, à larges rangs pour y enfouir l'herbe morte. Ça nous fera de la bonne fumure.

Angéline l'écoutait en regardant les pousses neuves des marronniers.

– Ça nous fera un jardin pour les bons potages… Carottes, céleris, pommes de terre, poireaux… Puis nous sèmerons les haricots verts, les petits pois… Ici, le pays est propice aux primeurs. Choux-fleurs, salades, radis…

– Je ne sais rien faire de tout ça, se défendit Angéline.

– Tu dis que tu n'as plus d'argent. Mais nous sommes riches de cette terre nourricière, non ? Elle nous suffira à toutes les trois. De quoi attendre que la guerre finisse sans avoir besoin de personne. À la condition que nous ayons quelque élevage de volailles et de lapins… J'ai fait tout ça, moi, dans ma chienne de vie, à Guerdioude, avec mon pauvre mari. Mais seule, c'est une entreprise désespérante, surtout lorsque chaque recoin de ferme me rappelle à son souvenir… J'ai préféré tout anéantir d'un coup.

– Jusqu'à ce que la guerre finisse, dis-tu, répéta Angéline. Et après ?

– Après, j'imagine, ajouta Céleste, que tu retrouveras ton petit homme. Et je serai de trop dans le royaume. Alors, comme d'habitude, je passerai mon chemin.

– Et s'il ne revient pas, mon petit homme comme tu dis ?

– Il reviendra. Je le sais. Il reviendra comme il est parti. Il te semblera que c'était hier. Et tout ce temps passé à attendre sera oublié. Les émotions, les larmes, les peurs, l'ennui et le reste… Oubliés.

22

Le jeu et la règle

Peu à peu, les deux femmes se prirent au jeu de cette étrange comédie. Céleste régnait sur le parc dont une partie s'était métamorphosée en jardin et Angéline gardait la haute main sur sa maison. C'était un marché bien ficelé en vérité ; le pouvoir de l'une et le pouvoir de l'autre n'avaient aucune chance de se contrarier. Parfois, Mlle Charpenet condescendait à rendre visite aux naissances de printemps dans les allées du jardin et la basse-cour. Elle s'étonnait que la terre, si bien remuée, fût si fertile alors que, jadis, Blaise et Achille s'étaient entendus pour clamer tous deux que celle-ci ne valait rien, « trop grasse et argileuse » disaient-ils. En prenant un poussin entre ses mains, les larmes lui venaient aux yeux : « Jamais nous n'aurons le courage de tuer cette volaille plus tard… » Mais Céleste ne l'écoutait guère. Elle avait saigné tant de lapins et de poules que ça ne lui faisait plus rien. Dans sa maison, Angéline ne laissait rien à portée de l'étrangère. Il lui arrivait de compter ses pièces de porcelaine, comme si elle la soupçonnait continûment de quelques vols. Pourtant, sur ce point, quatre mois après son arrivée à La Califourche, on ne pouvait toujours rien lui reprocher. Mais Angéline la tenait toujours en suspicion, comme si elle avait besoin de cette frontière entre elle et l'étrangère. À croire que, malgré toutes ses bontés, Céleste ne serait jamais plus qu'une égarée sur des terres inconnues.

Le soir, on prenait vite congé l'une de l'autre. Angéline aimait à lire. Cette occupation de dilettante – ainsi Céleste la jugeait-elle – agaçait l'étrangère au plus haut point.

– Serais-tu capable de dire ce qu'ils contiennent tous ces livres ? Une histoire efface l'autre.

– Parfaitement, je pourrais te les raconter un à un. Et il s'en trouve même que je relis plusieurs fois, et j'y découvre chaque fois des choses nouvelles.

– C'est donc qu'ils n'ont pas été lus attentivement ?

– Bien sûr que si. Un livre est comme une personne vivante. Il faut des heures et des jours d'entretiens et de conversations pour en cerner la personnalité.

À la vérité, Angéline mit plusieurs semaines à découvrir que Céleste ne possédait pas la lecture courante. Alors, elle lui proposa de la faire travailler sur de vieux livres d'école rescapés des malles de Senlis. Certaines n'avaient même pas été ouvertes à Saint-Raphaël et à Darnac. Céleste se montra rétive à l'idée que son hôtesse devînt sa préceptrice. C'était une autorité qu'elle supportait mal.

– Il y a un âge pour tout…

– Assurément non. Apprendre est l'affaire de toute une vie.

– Mais je sais des choses que tu ignores, se défendit Céleste. Par exemple que les semis de melons ne se font jamais avant le 15 mai. Et comment les sème-t-on ? Le diras-tu ?

– Non, admit Angéline avec un petit sourire en coin.

– En poquets écartés d'un petit pas. Et après la levée, que fait-on si l'on veut que la culture donne des résultats ?

Angéline baissait la tête pour ne point risquer de la contrarier. Elle avait compris où sa voisine voulait en venir et quelle sorte de démonstration elle lui faisait.

– On éclaircit jusqu'à ne laisser qu'un pied par poquet. Eh oui, ma chère, c'est une leçon qui en vaut une autre. Si tout va bien, les nôtres, du sucrin de Tours, seront bons à déguster en août.

– Je n'ai jamais prétendu que tu ne savais rien, Céleste. Le jardinage est ton affaire. Mais, il faut aussi jardiner son esprit si l'on veut en tirer quelques fruits utiles.

À raison d'une heure par jour, Céleste apprit à lire et à écrire, en faisant même de rapides progrès. Mais Angéline refusa en contrepartie les leçons de jardinage de sa voisine. « Mauvaise joueuse » lui reprocha Céleste. Elle voyait même dans ce refus appuyé un sens caché, selon lequel Angéline méprisait au fond la connaissance du petit peuple. C'eût été pour elle, sans doute, s'abaisser que de s'intéresser au sort des lapins et des carottes, tandis qu'elle jubilait à l'idée de révéler à sa « protégée » l'origine du mot picrocholine désignant l'absurdité de la guerre.

– Ton savoir est noble, tandis que le mien est méprisable, s'indigna Céleste. Nous n'aurons pas eu les mêmes professeurs. Le tien était sans doute issu d'une grande école, le mien de la petite école de la vie. Oui, ajouta-t-elle, j'ai tout appris de ma mère avant qu'elle ne disparaisse…

Angéline se sentit blessée par ces remarques d'une lucidité imparable, au point de s'enfermer dans un silence de trois jours. Mais Céleste parut n'y accorder aucune importance ; elle avait appris de ses malheurs que le silence n'est rien en comparaison des sévices corporels d'un père brutal et arriéré.

Cependant, sans qu'elles s'en rendissent compte, les deux femmes au caractère opposé s'enrichissaient par leur confrontation. Avant que Céleste n'eût récolté ses melons, elle savait lire à peu près couramment. Elle commença par l'œuvre de Rabelais et s'amusa fort à fréquenter Grandgousier et Gargantua. Quant à Angéline, elle apprit enfin quelques notions d'économie domestique, et surtout à se prémunir des roublardises de Coutureau. Toutefois, demeurait, infranchissable, la frontière posée entre la propriétaire et son invitée ; Céleste gîtait toujours dans l'écurie, à l'écart de la maison. « Telle est la règle du jeu entre nous » se disait Angéline lorsque sa conscience s'en trouvait chatouillée.

Depuis le retour des beaux jours, Angéline reprit ses pérégrinations vers Portecroix. Elle y croisa Olivière dans sa masure de Chantalat. C'était une vieille maison délabrée, cernée par le lierre et le lilas. Les solives étaient garnies de bouquets d'herbes sèches. On y trouvait de quoi soulager tous les maux de la terre. Car on la consultait souvent, et pas seulement pour soulager les maux de l'âme : persécution, sortilège supposé, crise de neurasthénie ou aiguillettes nouées… Chaque fois qu'Angéline la retrouvait, c'était pour lui poser invariablement la même question. Olivière la rassurait : « Soleil d'octobre ! » lui disait-elle. C'était une formule magique. Sylvestre Fournel reviendrait au dernier soleil d'octobre. Voilà ! Cela ressemblait à une formule magique. Pour étayer sa prédiction, elle racontait qu'elle en avait interprété le sens sur le miroitement de l'eau dans le puits de Rajac. Angéline demanda alors à voir, de ses propres yeux, ce prodige. Mais Olivière refusa.

– Tu n'y penses pas, petite. Il n'y a que moi, moi seule, qui suis initiée pour lire le secret des eaux.

Cependant, Olivière qui était un brin cabotine, comme toutes les sorcières faisant commerce de leurs dons et autres fluides, finit par avouer qu'elle procédait de la sorte : jeter trois petites pierres dans l'eau dormante et observer les cercles formés par la chute de celles-ci.

– J'hésite à vous croire. C'est du charlatanisme. Pourtant, je n'ai plus que cette histoire à laquelle me raccrocher.

De retour à La Califourche, le scepticisme regagnait la jeune femme. Les forces de la raison l'emportaient sur la divination. Ces diableries la contrariaient ; tout ce qu'elle avait appris de la science l'incitait à se défaire des présages d'Olivière Méhult. Elle s'en ouvrit à sa voisine. Céleste ne fit que la conforter dans la voie royale de la déraison selon laquelle le destin serait écrit d'avance et qu'il ne s'agirait plus alors que d'en interpréter les signes.

« Bien entendu, je voudrais que mon Fournel me revienne, mais comment puis-je croire que tout est décidé par une force supérieure ? se dit-elle. À cette minute même, il peut mourir. Qui écarterait la balle meurtrière de sa trajectoire ? Cependant, la science ne peut embrasser toute la connaissance et une part de celle-ci nous sera à jamais inintelligible… »

Céleste croyait aux dons d'Olivière. Elle l'avait guérie, jadis, de violents maux d'estomac, et qui plus est, lui avait annoncé quelques catastrophes dont elle avait eu à vérifier les effets néfastes. Peut-être s'était-elle trompée une ou deux fois. Peut-être avait-elle négligé de l'avertir que son mari ferait partie des futurs morts pour la France. Mais avait-elle cherché à savoir ? Parfois, on préfère l'ignorance à la connaissance, lorsque celle-ci contrarie nos vœux les plus intimes.

Deux jours plus tard, le docteur Viguier se présenta à La Califourche pour examiner la petite fille. Elle marchait, courait, chantait, tout allait pour le mieux. Et Viguier se félicitait qu'une Charpenet eût mis au monde une si jolie créature.

– C'est votre père qui aurait été fier de vous, Angéline.

Et à la manière dont la mère répondit à sa réflexion, le médecin comprit que sa haine du juge demeurait intacte, comme une flétrissure.

– Il vous faudra bien un jour solder ce compte-là, dit-il, et vous résoudre à vivre dans la plénitude. Pardonnez donc. Vous vous grandirez, ma chère enfant.

Il fut lui-même surpris de ses conseils. Voici qu'il se prenait pour un casuiste, désormais, alors qu'il n'était tout compte fait qu'un réparateur d'organes défaillants.

– Et vous, cher docteur, vous y croyez aux présages d'Olivière ? questionna Angéline.

Le médecin avait eu mailles à partir avec la guérisseuse de Rajac. Il l'avait même menacée à plusieurs reprises de la traduire devant les juges pour pratique illicite de la médecine. Mais il s'était chaque fois ravisé, sachant combien elle était estimée dans le petit milieu des paysans.

– Elle vous a fait le coup de l'eau et de ses secrets dans la bonne vieille fontaine de Rajac ?

Angéline reconnut que sa démonstration lui avait troublé l'esprit et qu'elle s'était laissé prendre au jeu.

– Vous avez tellement envie de croire à ses divinations, n'est-ce pas ?

La jeune femme n'osait plus regarder Viguier tellement elle avait honte. Pourtant, le médecin était tout disposé à l'éclairer sur la question.

– Les Perses, les Grecs, les Celtes, toutes les vieilles civilisations ont eu recours à l'hydromancie. Les procédés varient. Il s'agit de provoquer quelques mouvements d'eau en surface, et ensuite d'en interpréter les effets, selon que les cercles se multiplient, se concentrent ou se croisent et que sais-je encore ; on en tire des présages. D'autres y voient mille figures allusives qui font songer à des visages ou à des situations prétendument reconnaissables. Notre Olivière a le talent de nous raconter des histoires et de nous faire rêver, surtout quand il s'agit d'un pauvre soldat perdu dont on ne sait encore quand et comment il nous reviendra…

Angéline passa un bras sous celui de Viguier, puis se laissa conduire jusqu'au potager de Céleste. Depuis son installation à La Califourche, l'étrangère avait transformé le parc. Outre le jardin, sans un brin d'herbe parasite, elle avait commencé à cisailler les arbustes sauvages, à faucher les ronces, à tailler les arbres fruitiers. Bientôt, elle s'attaquerait aux vieux murs en pierres jaunes ; la maçonnerie n'avait plus de secret pour elle. Elle espérait les relever aussi haut qu'à leur origine. Vœux pieux. Angéline savait qu'on ne disposerait plus d'assez de moellons pour mener à bien cet ouvrage, Coutureau les ayant pillés allègrement.

Pendant ce temps, Blaise Cramois, occupé à redresser de vieux fers à cheval dans la cour proche de l'écurie, fut intrigué par la scène : le docteur Viguier et Mlle Charpenet bras dessus dessous. « Ma fois, c'est donc bien vrai ! se dit-il. Je pourrai dire enfin que je l'ai vu de mes propres yeux : le vieux docteur s'envoyant la jeunette… Ça doit cracher jaune. Et la fille du juge en a bien besoin par ces temps difficiles. »

Voici que s'ajouterait sans tarder un nouveau nom à la longue liste des amants supposés d'Angéline. Le voiturier se chargerait de colporter la nouvelle chez toutes les bigotes et punaises de Darnac, d'ajouter même quelques détails croustillants pour pimenter son infâme sauce.

Le cocher se faufila à pas de loup pour les surprendre derrière le rideau d'arbres. « Ça se bécote, ça se tripote, ça se pelote… » murmurait-il tout excité en suivant les traces du couple avec d'infinies précautions. Mais Blaise fut déçu de ne rien voir qui eût pu corroborer ses phantasmes. Ou plutôt, il préféra fermer les yeux et bâtir sa romance. C'était ça qu'il avait envie de raconter : le vieux médecin, culotte baissée s'escrimant sur la belle Angéline, jupon par-dessus tête…

Lorsque Viguier rendait visite à Angéline, Céleste allait se cacher dans la cuisine. Elle avait une sainte horreur des médecins et des curés. « On vous ausculte et on vous découvre mille raisons de mourir chez les premiers. Quant aux seconds, ils vous tripotent l'âme avec leurs sales petites questions jusqu'à ce qu'ils vous trouvent bons pour le paradis. Moi, je sais que j'ai des champignons qui me poussent dans le ventre et du chiendent qui m'enveloppe les poumons… »

Chaque fois que Céleste proférait ce genre d'ânerie, Angéline hurlait de rire. Ce goût prononcé pour la métaphore botanique, quand il s'agissait de nommer les tumeurs et les métastases cancéreuses observées dans un livre de médecine, et dont elle croyait que tout le monde finirait fatalement par mourir un jour, lui rendait la maladie tout aussi familière que les radicelles d'un poireau à différentes étapes de son évolution dans le manuel de Georges Truffaut sur l'art du jardinage.

Hormis le médecin, allié d'Angéline, Blaise et Achille, fréquentations obligées, il n'était aucune autre personne à franchir la porte de La Califourche. Les deux femmes, unies comme des sœurs, s'occupaient de la petite Clémence tour à tour. Dans la bouche de l'enfant, Céleste était devenue quelque chose comme une tante, une cousine ou une nourrice. Cela restait indéfini.

Un soir de juin 1918, à la pleine lune, Angéline sortit prendre l'air sous les tilleuls. Il y avait un brin de vent. Les feuillages frémissaient dans l'air saturé d'insectes. Il eût suffi d'allumer une lampe pour les voir descendre, tous, virevoltant, les éphémères, les papillons de nuit, et les premiers hannetons au vol lourd heurtant les objets avec un bruit sec. Mais dans les ténèbres de la nuit, les lépidoptères se tenaient à distance, égarés entre deux courants d'air, nageant dans la tiédeur. Angéline écoutait les murmures de la nuit. Elle était triste et malheureuse. Un article adressé par Viguier sur le Chemin des Dames la laissait anéantie.

Dix mille combattants sur un front de quatorze kilomètres avaient repoussé les attaques ennemies au prix de pertes inimaginables. L'état-major, pour contenir l'offensive allemande, avait concentré sur ce territoire plus de mille canons, et de même, l'ennemi avait fourbi semblable quantité de pièces d'artillerie. Dans le creux des vallons, des chemins et des tranchées s'infiltrait insidieusement la fumée jaune des gaz asphyxiants, lourds et lents, foudroyant comme des mouches les soldats terrés dans les boyaux. Sur le plateau de Craonne, on montait au combat la baïonnette en avant. Les soldats français et allemands s'embrochaient à l'unisson, formant d'étranges enlacements que les sections suivantes foulaient et piétinaient, vague après vague, à mesure que croissait le charnier.

Angéline chassa de son esprit les monstrueuses images qui la hantaient. Elle avait envie de respirer l'air du soir, de sentir les effluves odorants des premières fleurs parsemant le gazon. Ils en étaient de plus entêtants, mielleux et poivrés, dans la haie proche de l'ancien pigeonnier. C'était un bain de pureté dont elle avait besoin, et ces fragrances lui apportaient l'illusion que la boue de l'Argonne donnerait un jour, une fois le bruit et la fureur enfin retombés, les plus envoûtantes senteurs. « La beauté finit toujours par l'emporter sur l'horreur, se dit-elle, même lorsque l'horreur atteint des seuils insoupçonnés. »

Au moment où Angéline s'apprêtait à rentrer dans sa maison, elle fut attirée par un bruissement de feuillages, non loin de la roseraie. C'était un endroit à fouillis où l'ombre était épaisse malgré la pleine lune. Elle pensa à la présence fugitive d'un chat errant. Elle claqua par deux fois dans ses mains sans obtenir la moindre réaction. Il était aussi, quelquefois, des hulottes ou des dames blanches pour hanter les tilleuls voisins. Les dames blanches surtout évoquaient, par leur chuintement, si proche du ronflement, une présence humaine.

Angéline regagna aussitôt sa maison, mais quand elle voulut fermer sa porte, elle éprouva une résistance. Elle poussa un cri, mais trop tard. Il était là, l'homme qu'elle haïssait le plus au monde, dressé devant elle avec ses allures de géant goguenard.

– Artus ! s'écria-t-elle. Que faites-vous ici, chez moi ? Comment osez-vous ? À cette heure…

Decosteur avançait sur elle pour l'obliger à reculer. Cette intimidation paraissait avoir produit son effet, puisqu'elle frissonnait de peur. Et plus il la sentait ainsi dévorée par l'émotion et plus il se grandissait, bras croisés sur sa poitrine, bombant le torse.

– Depuis que tu m'as rabroué, typesse, je ne pense plus qu'à toi. Au point d'en perdre le sommeil…

Quand il fut à deux doigts de la toucher, nez à nez, front à front, elle flaira son haleine avinée et comprit alors que son visiteur était excité par l'alcool. Elle esquiva sa main lorsqu'il voulut la prendre à la gorge, comme elle l'avait fait à la fontaine de Bourguenave. Les murs étaient devenus une cage contre laquelle elle se cognait, comme un oiseau sauvage pris au piège. Elle poussa un grand cri au moment où il la saisit à bras-le-corps.

– Allons, mon ange, ne résiste pas. Tu sais bien que tu me remercieras, à genoux, dis-je, à genoux.

– Remercier de quoi ?

Artus resta sans voix à l'observer, rencognée dans l'angle du salon. À cet instant, Angéline crut qu'elle pourrait encore lui échapper. Elle tenta de se redresser, mais ce ne fut que pour mieux tomber à la renverse et se placer ainsi à sa merci.

Sentant sans doute qu'il la tenait sous son emprise, il s'accroupit de tout son poids sur les jambes de sa proie. C'était ainsi qu'il saignait les biches blessées en les étouffant de sa carcasse de vieux chasseur maniaque. Et de même, ici, soufflant de rage et transpirant d'excitation, il sortit son couteau de chasse et posa le plat de la lame délicatement contre la gorge d'Angéline. Le froid contact du métal manqua la faire défaillir d'effroi. « Parle-lui, pensa-t-elle. Donne-toi s'il le faut. Qu'il fasse sa petite affaire et qu'il s'en aille ! » Mais elle était sans voix, la gorge nouée, ses mots prisonniers d'un organe qui ne fonctionnait plus. Seul, le rythme accéléré de sa respiration indiqua à Artus que la belle était paralysée par la peur. Et c'était tout ce qu'il avait escompté.

Decosteur avait déchiré la chemise pour découvrir la poitrine d'Angéline. Elle sentait tomber les gouttes de sueur chaque fois que la bête remuait au-dessus d'elle. La bête grimaçait, bavait, éructait. La bête ne se contenait plus. Il avait hâte de l'écarteler, la vilaine fille, de la prendre enfin, et de satisfaire ainsi un rêve qui le hantait depuis trois années au moins. Les grosses mains d'Artus fouillaient sa poitrine, s'excitaient sur ses seins, serrant, pinçant, molestant les aréoles. Puis ça ne lui suffisait plus cette poitrine offerte, il griffait le ventre, les cuisses, les fesses. Il s'acharnait en grognant de rage, comme un porc fouisseur dans son carré de pommes de terre. Il savait que, de ce corps, jamais il n'obtiendrait la jouissance sans la force, et qu'ensuite il lui faudrait essuyer la haine, l'irrévocable haine par laquelle son amour vaincu serait jeté aux enfers.

– Pourquoi m'avoir repoussé ? J'étais prêt à t'aimer, dit-il entre ses dents.

Elle le regardait droit dans les yeux.

– Moi, je ne t'ai jamais aimé. Tu es trop laid, mon pauvre Artus. C'était mon père qui voulait faire un bon mariage. Je n'ai que faire de tes terres.

– Le mal vient de ce petit salopard de Portecroix. Il t'a embobinée au moment où l'affaire allait se conclure. Je le sais.

Dans un accès de colère, l'homme pointa la lame du couteau sur la gorge d'Angéline. Encore une fois. Avec détermination. Sans doute trouvait-il qu'elle en prenait trop à son aise. Tout compte fait, il ne supportait plus qu'elle lui opposât ses arguments.

– Certes, déplora-t-il, j'ai raté ton pucelage, mais je le ferai cocu ton Fournel !

Sous le poids de la bête, Angéline estima que son affaire était jouée. Elle avait essayé de le raisonner, comme il y a un an, lorsqu'il avait prétendu que Sylvestre avait été « pistonné » par son père. Ce fut peine perdue, rien n'aurait pu arrêter la rage destructrice qui le possédait. Quant à ce viol immonde, il était venu pour cela, après bien des hésitations, pour accomplir sa besogne telle une vengeance. Et seule, désormais, lui importait la revanche qu'il allait prendre sur elle.

Il rit en la voyant grimacer. Il se sentait proche du but.

– Peut-être que tu le reverras jamais ton Fournel, ajouta Artus. Les Allemands lui auront fait la peau. Ce sera très bien comme ça. Après, tu tarderas pas à me revenir, à me supplier de te reprendre, petite salope. J'y ai rêvé à ton avorton, souvent. Je l'ai vu troué de balles. M'est avis que c'est ce qui est arrivé. M'est avis que ton Fournel est pourri comme une charogne. M'est avis que des vers blancs lui sortent par les trous du nez. J'ai prié pour ça, nom d'Dieu, pour qu'y crève le Fournel de Portecroix.

Bravant le couteau pointé sur sa gorge, Angéline se débattait avec force. Elle ne croyait pas qu'il oserait la tuer. Mais cette peur au fond cessait d'exister dès lors qu'elle imaginait la disparition de Fournel. Elle avait envie de mourir aussi. Ce sentiment morbide était en général de brève durée. Un mot, une pensée, un signe suffisaient à chasser les nuages.

– Tu n'es qu'une sale ordure, Artus, s'écria Angéline. Un embusqué. Un planqué de l'arrière. J'éprouve du dégoût rien qu'à l'idée que tu me touches.

Decosteur prit la tête d'Angéline dans ses mains et l'attira à lui. Elle lui résista en lançant des jurons, lui crachant à la face. Le couteau glissa sur le parquet. Elle voulut s'en saisir avec la ferme intention de le frapper aux côtes. Mais Artus était plus fort qu'elle, plus adroit aussi à ce jeu. Quand elle lui planta, de déconvenue, ses ongles acérés dans le flanc, il sentit sa rage décupler. Alors, il se mit à la gifler, à la volée, sans s'arrêter. Il se disait : « Tu la tueras après, s'il le faut, rien qu'en lui serrant la gorge. Comme tu le fais pour les pigeons blessés. On les étouffe en leur comprimant le jabot d'une main ferme. Une longue minute et les yeux chavirent. Cette bougresse, je verrai aussi ses yeux chavirer… »

Mais à la seconde où Artus allait mettre son projet à exécution, il sentit sur ses fesses dénudées le froid contact d'un canon de carabine. Il se dégagea vivement en poussant un grognement de bête dérangée.

– Je vais t'agrandir le trou du cul, jura Céleste.

Elle le tenait en joue, prête à faire feu. L'homme se redressa vivement. Il tenait son pantalon défait à hauteur de la ceinture.

– Je vois qu'on n'est plus aussi gaillard, ajouta Céleste en touchant de la pointe du canon la braguette d'Artus. Je peux te délivrer d'elles aussi, si elles te chatouillent. Donne-moi donc ce couteau-là, Angéline.

Elle le lui tendit d'une main ferme.

– Un couteau de chasse bien affûté, ce sera parfait.

– Qu'est-ce que tu veux faire ? demanda Decosteur.

– Je vais te les couper ! Une bonne fois pour toutes. En souvenir de toutes ces malheureuses que tu as prises de force.

– Non mais tu crois pas que je vais me laisser faire, pouffiasse, morue.

– Ah oui ? Et comment vas-tu t'y prendre ? Je te tiens. J'ai de quoi te faire un trou dans le bide avec du gros plomb.

Artus reflua vers la porte. Il avait hâte de prendre la poudre d'escampette. Angéline lui fit signe de déguerpir.

– Ne remets plus les pieds chez nous, Decosteur, sinon la prochaine sera la bonne. Pense à tes couilles…

Ensuite, les deux femmes restèrent longtemps à s'observer, silencieuses. Céleste tenait à bout de bras sa carabine, le canon vers le sol. Son audace l'étonnait encore. « Moi qui n'ai jamais su charger un fusil, pensa-t-elle, moi qui déteste les armes à feu, et encore plus les poignards et autres horreurs que l'homme a inventées pour se donner de la contenance en toute situation… » Enfin Angéline se décida à la prendre dans ses bras, l'étrangère, à la serrer contre elle, et à lui dire :

– Merci, merci bien, grand merci, mille mercis…

De ce jour, la propriétaire de La Califourche décida de lui ouvrir à l'étage un appartement. « Tu resteras le temps que tu voudras, Céleste. »

23

Le corps et l'esprit

Au premier jour d'octobre 1918, Angéline se rendit à Rajac. Selon son habitude, elle monta sur les vieux murs pour disposer d'une large vue sur le plateau. Elle se sentait l'âme d'une sentinelle dont la vocation consiste à surveiller les ombres. Mais, pour l'heure, il n'était qu'une seule ombre qui l'intéressait, celle d'un revenant, un simple soldat de retour de guerre. Olivière l'avait prévenue : « Fixe donc la trouée du chemin, à la lisière de la forêt de Paragouste, c'est ici, ici même qu'il reparaîtra, un jour d'octobre. » Angéline attendit sans se lasser sur le rempart, l'œil rivé sur la fameuse percée jusqu'à ce que la lumière décrût sur l'horizon. Alors, la sentinelle comprit que ce ne serait pas encore aujourd'hui que la prédiction d'Olivière s'accomplirait.

À chacune des visites, jour après jour, la guérisseuse se tenait à l'écart. Le temps des interrogations était passé et, en se manifestant de nouveau, elle craignait qu'Angéline ne recommençât à la harceler. De fait, Olivière n'avait rien à ajouter, comme si son rôle était achevé. Désormais, la sagesse recommandait de s'en remettre à la providence.

Le 12 octobre, Angéline se risqua à descendre de son poste d'observation qu'elle avait par trop sacralisé à force d'obéissance à Olivière, et se rendit vers Paragouste. « S'il faut l'attendre encore, avant d'en perdre la raison, autant que ce soit à la lisière de la forêt » se promit-elle. Elle imaginait déjà, dans cette folie qui la possédait, que Sylvestre Fournel était enfin arrivé au bout de son voyage et qu'il l'attendait sous les frondaisons des chênes.

Pourtant, il n'était aucun signe qui eût pu la conforter dans cette idée, aucun rêve, aucun songe, tant ses nuits étaient dévastées par la solitude et l'effroi du silence. Elle marcha donc d'un pas égal, hésitant toutefois, vers la frontière sombre qui protégeait Paragouste. Elle avait peur. Elle tremblait. Elle sursautait au moindre souffle de vent. « Quelqu'un me dira enfin s'il est encore en vie, mon Fournel… On ne pourra pas me laisser plus longtemps dans l'ignorance. Personne ne supporterait cet affront… »

Elle se parlait à elle-même, comme si sa personnalité s'était dédoublée. Ainsi commencent les folies ordinaires. « Mais je ne les redoute pas, ces déraisons, puisqu'elles me préparent à la vérité » se disait-elle. Souffle coupé à l'instant de quitter le chemin – elle vit qu'il se séparait en deux, la sente commune courait vers la garenne tandis que l'autre, à peine tracée dans la fourrure d'herbe sèche, rejoignait Paragouste –, elle emprunta tout de même la seconde, en soulevant le bas de sa jupe. Elle craignait d'y déchirer le tissu, de s'y griffer les mollets, elle craignait de ne pas trouver l'entrée du bois, dont la trouée était pourtant si visible du haut des remparts de Rajac.

Angéline s'arrêta à cent mètres des premiers chênes. Sous le couvert, les ténèbres semblaient épaisses et elle se demanda si elle aurait l'audace de s'y engager. « Il y a une percée et je ne la vois plus, maintenant que j'ai le nez collé sur Paragouste », dit-elle en levant les yeux au ciel.

Elle ne savait pas qu'Olivière la surveillait, là-haut, sur le dernier mur de Rajac. La vieille femme était inquiète de la voir, ainsi, immobile, aux portes de sa vérité. « Aurais-je dû lui dire enfin qu'il n'y a pas de chemin dans cette forêt, que ma prédiction est comme toutes les prédictions, un usage immodéré de la parabole des aveugles ? En vérité me voici aussi ignorante qu'elle. » Olivière plaqua ses mains sur son visage. Ainsi voulait-elle donner un sens à son silence : « Un aveugle qui guide un autre aveugle, ne se condamnent-ils pas à tomber ensemble dans la fosse profonde ? »

Elle poussa un grand cri rauque, doutant à ce moment de sa magie. L'ombre dessinée sur la surface de l'eau n'avait-elle pas été lue à la légère ? Elle ne se souvenait plus au juste si le visage était aussi paisible qu'elle l'avait vu. « Un vivant, un gisant, un mort ? Fugace illusion du corps et de l'esprit et qu'ils eussent été réunis ou séparés par l'image transmise dans le miroitement de l'eau ne saurait exprimer une vérité formelle » se dit-elle en manière d'excuse, mesurant combien son génie divinatoire s'avérait douteux à l'approche du dénouement. Toute sorcière qu'elle fût, Olivière avait acquis de son expérience l'art de se défiler. Elle ne parlerait plus à Angéline, elle la fuirait comme la peste, elle n'aurait aucun mot de pitié ou de compassion. Alors, elle se retira sur sa lande, d'un pas leste, vers sa colline de Chantalat, sans se retourner.

Angéline trouva enfin la sente étroite se faufilant entre des lauriers et des houx. Elle s'y glissa avec agilité. La lumière du jour en cet endroit était tamisée par l'épaisse voûte végétale des chênes rouvres. Elle appela d'une voix timide.

– Sylvestre ? Je sais que tu m'attends...

Elle guetta la réponse, longtemps, sans se décourager. Puis elle se mit à sangloter doucement.

– Je ne voudrais pas que tu meures. Mais j'ai compris, Fournel, j'ai compris au moins une chose... Ce ne sera pas encore pour aujourd'hui.

La jeune femme avança jusqu'à une hutte de chasseurs. Le lieu était réputé pour le passage des palombes. On les attendait de pied ferme. Elles se posaient sur les hautes ramures, surtout lorsqu'un petit rusé les appelait avec un appeau. « Tou-cou-wou-wou… Tou-cou-rou-cou-wou… »

Céleste lui prépara une infusion de tilleul. Le soleil d'octobre déclinait déjà sur les vieilles maisons de Darnac. Comme souvent en Corrèze, la lumière des fins de jour ravivait ses feux or et jade en un bref flamboiement, ainsi qu'un incendie. Angéline observait la désolation du jardin, en portant de temps à autre la tasse à ses lèvres. Sur le tapis du salon, Clémence traînait ses poupées de chiffon. Lorsque la petite fille sentait poindre la tristesse dans les yeux de sa mère, elle se tenait à l'écart. Céleste était près de la porte, bras croisés.

– Peut-être faudrait-il demander des nouvelles à Louise ? Mais tu n'oses pas. Pourtant, ce n'est rien d'autre qu'une petite pimbêche. Elle fait ses quatre cents coups à *L'Hirondelle*… Tu le sais bien.

– Non, défendit Angéline. Ce sont de misérables ragots. On dit les mêmes vilenies sur moi. Darnac est un nid de racontars. Je hais ces gens. Je me dis, parfois : dès que mon Sylvestre sera revenu, je mettrai en vente La Califourche et nous irons vivre loin, loin, loin…

Elle sentit les larmes l'envahir. Alors elle se tut. C'était de cette force hautaine dont elle avait besoin pour survivre.

– Et Philibert ? suggéra Céleste. Pourquoi ne pas aller le voir aussi ?

Angéline posa son front contre la vitre embuée.

– Jour après jour, je vérifie la liste des morts pour la France sur le registre de la mairie. Ils sont quatorze. Et pas un de plus aux dernières nouvelles. Le docteur Viguier dit que la guerre tire à sa fin. La dernière offensive a été repoussée.

– Et les permissions ? insista Céleste. Je trouve curieux que ton Fournel ne soit jamais revenu à Darnac.

– Vas-tu te taire, oiseau de mauvais augure ! s'écria Angéline.

Céleste disparut dans la cuisine. Parfois, les deux femmes restaient en froid de longues heures. Mais c'était toujours l'étrangère qui revenait vers elle, comme si de rien n'était. Quoi qu'elle s'en défendît, il était resté, chez la petite Charpenet, quelque chose de la supériorité des maîtres. Et il ne lui suffisait pas de critiquer son père pour s'en absoudre. Mais Céleste, sur ce point, conservait le silence. Elle lui devait l'hospitalité, quelques autres bontés, et respectait aussi sa douleur de femme.

Plus tard, elles se retrouvèrent dans le bureau.

– Tu as raison. Je vais aller voir Philibert. Mon Sylvestre l'aime bien. Il y a une complicité entre eux. Une affinité sociale, précisa Angéline. (Celle-ci s'était révélée lors de l'assassinat de Jaurès.)

– Voilà une sage parole, répondit Céleste en baissant la tête.

– Ne fais pas cette tête. Je t'aime bien, Céleste. Mais je suis une sale bête à mes heures. Auparavant, j'ai une commission à faire. À Brive… Dès demain, je prendrai l'omnibus. Et je compte bien me passer des services de Blaise pour une fois. Je le soupçonne d'entretenir des relations scélérates avec Artus Decosteur.

Céleste pouffa de rire.

– Je n'en crois rien.

– Je viens aux nouvelles, dit Angéline.

– Quelles nouvelles ?

– J'ai acheté dix mille francs d'emprunts russes. Je crois qu'ils ont fait quelques petits depuis le temps.

Janicotte la regarda, effaré. Puis il ne put réprimer un grand éclat de rire.

– Vous ne lisez donc pas les journaux, ma pauvre dame.

– Jamais, dit-elle.

– Il y a longtemps que les emprunts russes sont rayés de la carte.

– Comment cela ?

– Envolés ! pfittt ! fit-il d'un geste désinvolte.

Devant l'incrédulité de sa visiteuse, le banquier ajouta :

– Eh bien quoi ? N'avez-vous pas entendu parler de la révolution bolchevique ? De Lénine ? Ils ont fait main basse sur l'argent étranger pour financer leur programme révolutionnaire. Tout a été nationalisé. Alors, les emprunts russes, autant vous dire que ça n'a pas fait un pli.

Angéline se porta au-devant de Janicotte, bourrelée d'angoisse. Elle avait envie de le toucher, de prendre sa main, afin de se rassurer, mais il restait tel qu'en lui-même, froid et distant.

– Je veux bien croire que je suis condamnée à faire une croix sur les dividendes, les cinq mille francs l'an que vous m'aviez promis, mais ma mise, tout de même, je voudrais la récupérer.

Janicotte s'esclaffa de nouveau. Le cynisme était son armure naturelle. Au fil du temps, il avait appris à baisser la visière du heaume au moment opportun. Angéline ne voyait plus, de son visage, qu'un masque impénétrable.

– Vos coupons russes, ma bonne dame, vous pouvez allumer le feu avec si ça vous chante ! Ça ne vaut plus un clou.

– Mes dix mille francs aussi ? insista-t-elle en tendant sa liasse de titres.

M. Janicotte avait croisé les bras pour signifier la barrière dressée entre la banque et sa cliente.

– Voleur ! s'étrangla-t-elle.

– Moi ? voleur ? Vous plaisantez madame... En quoi serais-je responsable de la révolution d'octobre, de la prise de pouvoir des soviets ? Écrivez donc à Vladimir Ilitch !

De retour à Darnac, Angéline se rendit chez le docteur Viguier. Son cabinet de consultations occupait le premier étage de l'immeuble Pascaleix, rue des Deux-Fontaines. C'était l'une des plus belles demeures de Darnac, avec sa cour intérieure pavée, ses exubérants mimosas et les quelques curiosités Renaissance de la façade : encorbellement, trumeaux, croisées de fenêtre. Le bon docteur avait englouti un héritage dans cette rénovation dont il était si fier. Pourtant, de l'extérieur, c'est-à-dire de la petite ruelle des Deux-Fontaines, on n'en distinguait rien. Ce trésor passait inaperçu. On avait même peine à croire que Darnac couvait une telle demeure dans l'enchevêtrement de ses vieilles maisons, souvent abîmées, malmenées par les outrages du temps.

Pour une fois, Angéline fit ce qu'elle n'avait jamais osé jusqu'alors : monter à l'étage par le passage de service sans même se faire annoncer. La servante voulut arrêter l'intruse au passage, comme elle en avait reçu l'ordre, mais déjà Angéline était dans l'appartement de Viguier, réalisant tout à coup l'énormité de son audace. Mais il était trop tard pour rebrousser chemin.

Alerté par le claquement d'une porte, le médecin quitta son cabinet. Il trouva Mlle Charpenet en larmes. C'était un vieux réflexe chez ce médicastre de prendre le poignet de ses interlocuteurs pour compter les pulsations du pouls. Il jugea son amie si fébrile qu'il la pria de s'allonger sur sa table d'examen. Mais elle refusa.

– Je ne suis pas venue pour ça, Maxime…, dit-elle le feu aux joues.

C'était la première fois qu'elle l'appelait par son prénom, la première fois qu'elle s'autorisait cette privauté. Et il en devint rouge de confusion.

– Qu'y a-t-il ? Vous me faites peur, Angéline.

Le médecin eût pu subodorer qu'il était arrivé malheur au jeune Fournel… Certes, serait-il nouvelle plus gravissime pour Mlle Charpenet à cette heure que l'arrivée d'un télégramme funeste ? Mais lui, il savait depuis peu que ce n'était pas possible…

– J'ai tout perdu dans les emprunts russes. Saviez-vous que dans ce pays une révolution avait éclaté ?

Viguier se tenait le menton, pensif. Il offrait au regard une physionomie passablement débraillée avec son petit gilet ouvert, sa chemise bâillant du col, ses manches retroussées jusqu'aux coudes. Deux accouchements en vingt-quatre heures l'avaient épuisé.

– Pourquoi ne me répondez-vous pas, Maxime ?

– Parce que je suis désolé pour vous. Je croyais que votre banquier vous avait mis en garde. C'est arrivé si brutalement, en 1917 tout de même. On vous a laissée tout ce temps sans nouvelles. C'est exagéré. Et vous avez tout perdu.

Elle chercha une chaise pour s'asseoir. Viguier lui proposa son fauteuil.

– Connaissez-vous un avocat expert en affaires financières ? J'ai bien l'intention de poursuivre ces gens malhonnêtes et de leur faire rendre gorge.

Le médecin passa derrière elle et posa négligemment une main sur son épaule. Angéline abandonna la sienne sur celle-ci dans un grand silence. On entendait juste un enfant pleurer à l'étage.

– Je comprends votre désarroi, Angéline. Mais cela me paraît bien inutile de lâcher les chiens sur votre banque. Souscrire à des titres obligataires suppose un risque contre lequel il n'est guère de recours.

– Je croyais que ma mise de départ était garantie. On me l'avait assuré.

Maxime caressa doucement cette longue chevelure qui s'épandait entre ses doigts. L'envie de consoler Angéline l'emplissait aussi de désir. Mais il avait compris que son amour tardif était sans appel. Du moins ne se bercerait-il jamais d'illusions. Sa vie entière témoignait d'une rectitude sans faille. Et cet amour, il sentait étrangement qu'il ne ferait que le conduire au ridicule.

– Ne croyez-vous pas, Angéline, que vous avez perdu assez d'argent sans engraisser en plus un avocat ?

La jeune femme avait espéré de précieux conseils et voici que Viguier se comportait comme l'eût fait le juge Charpenet, avec ce sérieux désespérant des gens qui ne possèdent plus aucune illusion sur le monde.

Angéline se leva du fauteuil et prit le médecin par le cou. Elle posa sa tête sur son épaule. Viguier se mit à la bercer par un excès de sensiblerie. Mais elle se détacha aussitôt.

– Je parie que vous me jugez sévèrement. Un trop plein de frivolité sans doute. Hystérie des femmes, n'est-ce pas ? dit-elle.

– Je ne pense rien de tout cela, bien que parfois je vous sente par trop immature. Cela est touchant, troublant même. Mais ce n'est rien d'autre que l'œil blasé d'un vieil homme porté sur vous. Sans conséquence, au fond.

Angéline rajusta sa mise, tirant sa lourde chevelure en arrière que la main du docteur avait défaite.

– Je suis ruinée, murmura-t-elle. Et je ne vois pas comment rebondir. Sinon vendre La Califourche. Me trouveriez-vous un acheteur ? Seriez-vous assez généreux pour m'aider ?

Le mot généreux le fit sourire ; il était employé ici mal à propos. Relevant de l'inconscient, peut-être. Mais Viguier le prit en bonne part pour ce qu'il sous-entendait. Et il s'en amusa fort sur la seconde. Il n'était rien au monde qui pourrait lui faire plus plaisir que d'ouvrir son portefeuille à cette élégante jeune femme dont la présence dans sa demeure l'honorait.

– Je vous aiderai, Angéline. N'ayez crainte. Ne vous l'ai-je pas déjà promis ?

– Comment pourrais-je m'accommoder de cette situation humiliante ?

Maxime sentit que cette pudeur n'était pas sincère. Et il lui tendit, tout de go, deux billets de mille francs.

– Pour le mois à venir.

– Je ne peux pas, je ne peux pas, je ne peux pas..., répétait-elle en se prenant la tête dans les mains.

– Un soutien tout amical, insista-t-il. Je n'ai jamais eu d'enfant et j'aurais aimé avoir une fille comme vous. Sans doute, l'aurais-je cajolée, aimée, adorée...

Il reboutonna son petit gilet, resserra le nœud de sa cravate grise, rajusta ses manches de chemise, histoire de se prêter une contenance ; il se sentait perdre pied dans ses justifications vaseuses. Le médecin se sentit enfin rassuré lorsque Angéline glissa les billets dans sa poche.

Dans le salon voisin, où l'homme solitaire passait ses moments de tranquillité, partagé entre une bibliothèque avantageusement fournie et un billard anglais, il invita Angéline à le suivre. Elle fut attirée en priorité par les rayonnages. Il n'y avait pour ainsi dire que des encyclopédies et des ouvrages de philosophie. On y eût cherché en vain la trace du moindre roman. Ce détail égaya la visiteuse car, sur ce point, ses goûts se situaient aux antipodes. « La romance serait-elle affaire de midinettes ? » se demanda-t-elle. Sans doute était-elle proche de la vérité, sans oser en faire la remarque à voix haute.

– Assoyez-vous, je vous prie, ordonna-t-il d'un geste. Ce que j'ai à vous dire va sans doute vous tourneboulter…

– Ce que vous avez à me dire ?

– Oui, poursuivit Viguier. J'ai mené une petite enquête vous concernant… Tout cela auprès de mes confrères… C'est assez édifiant… Et terrible à la fois… Soyez attentive…

Il avançait par bribes, comme s'il tentait de ménager sa surprise, alors qu'elle brûlait de comprendre où Maxime voulait en venir.

– Je vous écoute, docteur.

– Votre Sylvestre Fournel est vivant. Il n'est pas si loin de nous…

Angéline se dressa sur son siège, puis se rassit sous le choc. Elle avait le souffle coupé. Pourtant, il était urgent qu'elle lui posât des questions sur cet événement d'autant plus brutal et soudain qu'elle ne s'était pas préparée à cette issue, croyant que le retour du soldat se ferait, ainsi qu'elle l'avait naïvement imaginé, par le bois de Paragouste. En définitive, elle se reprochait désormais l'émoi excessif qui l'avait submergée tout entière. Elle s'en voulait d'avoir perdu pied devant Maxime Viguier, cédé à l'émotion. Le docteur lui servit un cognac pour la remonter. Il insista même pour qu'elle avalât une grosse rasade. C'était une médication radicale, certes, mais elle fit son petit effet ; Angéline recouvra aussitôt tous ses esprits.

Louise et le médecin se retirèrent de la chambre où Fournel était retranché depuis de longs mois, depuis que l'armée lui avait signifié son congé de réforme.

– Il faut te rendre à la raison, Angéline. Avec deux jambes en moins, un homme est prisonnier de lui-même, condamné au surplace. Les grands voyages lui sont interdits, et le voici à jamais tributaire des autres. Je serais vite une charge pour toi. Et tout ce que nous aurons vécu l'un et l'autre, durant ce bel été, te deviendra un cauchemar. Voici pourquoi je me suis caché si longtemps à Darnac, à deux pas de chez toi, interdisant à ma sœur de prononcer mon nom et de donner la moindre nouvelle. Je désirais que tu m'oublies enfin. Je me disais que cette passion ne pourrait vivre d'un si long silence. Mais elle a la vie dure, bon Dieu, oui. Increvable passion.

– Tu le regrettes ?

Angéline caressait le visage de Sylvestre, cherchant dans son regard la petite lueur tendre qu'il lui réservait après l'amour, lorsque leurs deux corps se détachaient.

– Crois-tu que je puisse décemment traverser la vie sur des béquilles ou m'accommoder de prothèses stupides ? As-tu imaginé le ridicule de ma situation ? Ce n'est pas l'avenir que je nous rêvais lorsque je t'écrivais des lettres de Craonne, de Verdun, de Bar-le-Duc…

– Je ne les ai jamais reçues, s'étonna Angéline.

– Je sais, déplora Sylvestre, ma sœur les a toutes interceptées. Elle ne voulait pas que nous restions ensemble.

Angéline poussa un haut cri de colère, mais Sylvestre l'apaisa, lui faisant jurer de n'en rien dire.

– À quoi bon ? Maintenant, tout est fini.

– Non, se rebella-t-elle, je veux que tu viennes vivre avec moi à La Califourche.

Il soupira profondément. C'était un rêve qu'il avait caressé jadis, avant la triste bataille d'Avaucourt, avant qu'il ne perdît ses jambes, puis il s'était résigné à la réclusion volontaire pour lui épargner ses chagrins quotidiens, ses colères impuissantes, ses élans suicidaires. « Ce que l'esprit désire encore, le corps ne le peut satisfaire » se disait-il journellement pour qualifier son pitoyable état d'homme tronc.

– Tu es folle, Angéline, répondit-il. Que ferais-tu de moi, là-bas ? Tu me promènerais dans le parc. Puis au soir venu, nous irions chacun dans notre chambre.

– Mais je veux vivre avec toi, pleinement, insista-t-elle.

Elle tira vers elle le fauteuil roulant et l'amena au milieu de la chambre au plafond bas. Les murs gris ajoutaient à l'exiguïté de la pièce.

– Nous aurons l'espace, la lumière, la beauté. Nous aurons les murmures du vent dans les arbres, et le ciel pour nous tout seuls, et les longues nuits pour nos caresses.

– J'espérais que ton amour avait dépéri. J'espérais une mort solitaire, lente et terrible. J'espérais que le reste de mes jours s'accomplirait d'un seul élan. Il aurait été plus logique que cet obus, au lieu de me couper les jambes, m'anéantisse tout entier.

– Ce sont des bêtises qu'il faut chasser de ton esprit, ajouta encore Angéline. Et puis, il est une autre petite personne qui te réclame à la maison, fit-elle.

– Qui donc ?

– Clémence, notre fille.

Elle l'enserra alors de toutes ses forces et dans le silence de la chambre, le doux chant de leurs pleurs se mêla à l'unisson.

Le lendemain, Blaise conduisit Fournel à La Califourche. Angéline et Sylvestre y vécurent dix années de bonheur, parfois teinté de regrets mais le plus souvent de tendresse partagée. La santé de Fournel n'étant pas des meilleures – il avait été gazé à Craonne –, sa vie peu à peu s'amenuisa jusqu'à ce qu'il perdît son dernier souffle.

Un jour d'été, Sylvestre monta sur l'église de Darnac, marchant d'un pas assuré sur le faîtage. Il y avait des rires et des applaudissements autour de lui. Salut l'artiste ! Salut ! Mais soudain, il perdit pied et ce fut tout.

Collection

« FRANCE DE TOUJOURS ET D'AUJOURD'HUI »

Jean Anglade, *Une vie en rouge et bleu*
Le Dernier de la paroisse
Sylvie Anne, *Le Gantier de Jourgnac*
Jean-François Bazin, *Les Raisins bleus*
Jean-Baptiste Bester, *L'Homme de la Clarée*
Françoise Bourdon, *Le Moulin des Sources*
Patrick Breuzé, *Les Remèdes de nos campagnes*
Michel Caffier, *Corne de brume*
Anne Courtillé, *La Tentation d'Isabeau*
Raphaël Delpard, *L'Enfant sans étoile*
Alain Dubos, *La Mémoire du vent*
Élise Fischer, *Les Noces de Marie-Victoire*
Gérard Georges, *Une terre pour demain*
Yves Jacob, *Sous l'ombre des pommiers*
Hélène Legrais, *L'Ermitage du soleil*
Éric Le Nabour, *Retour à Tinténiac*
Jean-Paul Malaval, *L'Or des Borderies*
Jean Siccardi, *La Source de saint Germain*

Collection

« ROMAN D'AILLEURS »

Jean Bertolino, *Pour qu'il ne meure jamais*
Marie-Bernadette Dupuy, *L'Orpheline des neiges*
Le Rossignol de Val-Jalbert
Michel Peyramaure, *Les Villes du silence*
Tempête sur le Mexique

DOCUMENT

Jérôme Deliry, *Sept enfants autour du monde*

ROMANS HORS COLLECTION

Jean-Baptiste Bester, *Le Cocher du Pont-Neuf*
Bernard Simonay, *Le Lys et les ombres*

Photocomposition PCA

PAPIER À BASE DE FIBRES CERTIFIÉES

CALMANN LÉVY s'engage pour l'environnement en réduisant l'empreinte carbone de ses livres. Celle de cet exemplaire est de :
1,1kg éq. CO_2
Rendez-vous sur www.calmann-levy-durable.fr

Achevé d'imprimer en mai 2019
par Dupli-Print à Domont (95)
pour le compte des éditions Calmann-Lévy
21, rue du Montparnasse, 75006 Paris

N° d'éditeur : 5183843/07
N° d'impression : 2019050303
Dépôt légal : mai 2011
Imprimé en France